ILONA
EINWOHLT

Weil die ZUKUNFT uns gehört

Roman

HarperCollins

Die Villa Libertas ist ein fiktiver Ort, Personen und Handlung sind frei erfunden, Ähnlichkeiten mit der aktuellen Situation der Frauen um 1920 sind beabsichtigt. Frauen hatten bis 1908 kein politisches Mitspracherecht, erst im Januar 1919 durften sie zum ersten Mal wählen gehen. Frauenvereine dienten i. d. R. wohltätigen Zwecken und setzten sich für Mädchenbildung, bessere Arbeitsbedingungen und Emanzipation ein. Selbst wenn Frauen studieren durften, bedeutete dies noch lange nicht, dass ihnen später die Berufsausübung erlaubt war.

1. Auflage 2022
Originalausgabe

Ilona Einwohlt wird vertreten von der Agentur Brauer
(zuständige Agentin: Ulrike Schuldes)
Gesetzt aus der Stempel Garamond
von GGP Media GmbH, Pößneck
Druck und Bindung von CPI books GmbH, Leck
Printed in Germany
ISBN 978-3-365-00071-7
harpercollins.de

Klimaneutral
Druckprodukt
ClimatePartner.com/15109-2009-1001

MIX
Papier
FSC FSC® C083411

1

Koffer voller Ungewissheit

Es gibt nur eine Moral,
und die gilt für Mann und Frau.

Lida Gustava Heymann (1868–1943)

Mitten im Regen durch München zu laufen, war keine Freude. Erst recht nicht, wenn die Füße klamm in durchnässten Schuhen steckten und die Koffer viel zu schwer an den Armen hingen. Toni machte das nichts aus. Sie hatte ein Ziel, und das ließ aus lauter Vorfreude ihr Herz höherschlagen und sie über Pfützen des Bahnhofvorplatzes springen: die Universität. Wochenlang, ach was, Monate, hatte sie diesen Moment herbeigesehnt. Jetzt war es endlich so weit. Endlich würde sie sich für das Medizinstudium einschreiben. Endlich würde sie das Versprechen einlösen, das sie ihrer Mutter vor so vielen Jahren am Sterbebett gegeben hatte.

Schnell wischte Toni die traurigen Gedanken beiseite, der Tod der Mutter hatte Spuren hinterlassen. Wie der gerade verlorene Krieg, die Schmach der Niederlage, sie spürten, sie alle, und hier in der Stadt spiegelten die Fassaden die Trostlosigkeit. Auch zu Hause in den Bergen waren sie nicht verschont geblieben, beide Brüder gefallen und der Vater seitdem ein einsamer Mann, der mit seinen drei Töchtern nichts anzufangen wusste. Als Älteste hatte sich Toni von klein auf um alles kümmern müssen, was Haus und Hof anging, viel zu früh gelernt, Verantwortung zu tragen, Tag sind und Nacht geschuftet und nebenbei in ihren Büchern gelernt.

Dann war wie durch ein Wunder Gitti auf der Alm erschienen und hatte mit ihrer erfrischenden, jungen Art dem Berghof neues Leben eingehaucht. Vergessen die kargen entbehrungsreichen Jahre, Gitti ackerte von früh bis spät, schenkte dem Vater wieder einen Sohn – und Toni durfte zum Studieren in die Stadt. Ein Geschenk des Himmels für eine Bauerstochter, die außer ein paar Kleidungsstücken und der Kräuterfibel im Koffer nichts besaß, auch keine Mitgift. Dafür saugte Toni lernbegierig jedes Wissen ein und lernte für drei, hatte ihr Abitur mit Auszeichnung bestanden. Jetzt konnte sie das Studium kaum erwarten, ganz bestimmt würde sie eine gute Ärztin werden. Dann würde sie wie versprochen in den Weiler zurückkehren und Frauen und Kindern zu einem gesünderen Leben verhelfen.

Zuversichtlich blinzelte Toni in den wolkenverhangenen Himmel, dahinter schien gewiss die Sonne. Es würde schon alles gut werden, davon war sie zutiefst überzeugt, das Leben hatte es trotz allem bisher immer gut mit ihr gemeint. Und auch wenn München sie nicht sonderlich freundlich empfing, würde sie sich hier rasch zu Hause fühlen. Langsam lief Toni über den Karlsplatz, kaum eine Menschenseele war unterwegs. Auch sie wäre lieber im Warmen gewesen, obwohl ihr das Wetter sonst nichts ausmachte. Ob Regen, Schnee oder heißeste Sonne, die Arbeit auf dem Berghof hatte sie abgehärtet. Heute trug sie einen dünnen Mantel statt ihrer geliebten Lodenjacke und dazu einen Hut, von dessen Krempe das Wasser beständig in ihren Kragen tropfte und ihr seit geraumer Zeit den Rücken hinunterrann. Für einen kurzen Moment bereute Toni, nicht doch zuerst

Tante Cilli in der Villa Libertas aufgesucht zu haben. Die hätte ihr sicher Überschuhe gegeben. Oder ihr eine Droschke spendiert, Toni war noch nie mit einem Auto gefahren. Sie kannte nur Kutschen und Fuhrwerke, meistens lief sie selbst neben den Gespannen her, um den Tieren die Arbeit zu erleichtern.

Später, tröstete sich Toni, später würde sie zu Tante Cilli in der Maxvorstadt gehen und ihr alles erzählen. Cilli würde verstehen und helfen, und bei diesem Gedanken wurde ihr sofort warm ums Herz. Wie sehr freute sie sich auf die alte Dame, die sie seit Kriegsbeginn nicht mehr gesehen hatte. Davor war Cilli regelmäßig zu Besuch gekommen und hatte mit ihrem imposanten Hut ein Gefühl von Großstadt in die karge Blockhütte gebracht. Jedes Mal hing Toni an ihren Lippen, wenn Cilli von ihrem Frauenverein erzählte und wie wichtig es war, dass Mädchen eine anständige Ausbildung bekamen. »Du bist wertvoll«, hatte ihr Cilli jedes Mal beim Abschied ins Ohr geflüstert. »Lass dir bloß nichts anderes einreden!« In den letzten Jahren hatte Cilli alles dafür getan, damit die Tochter ihrer Schwester zu ihr nach München in die Villa Libertas kommen konnte. Und jetzt war es endlich so weit. Jetzt war Toni hier zum Studieren!

Eilig lief sie weiter, die Ottostraße entlang – und wäre beinahe gestolpert. Das Kätzchen sprang direkt vor ihre Füße, leckte sich die Pfote und schaute Toni erwartungsvoll an.

»Mei, was machst du denn hier draußen, du bist ja ganz nass? Hast du etwa kein Zuhause?« Ungeachtet des Regens ging Toni in die Hocke, um dem kleinen Kater über das schwarze Fell zu streicheln. Vertrauensvoll schmiegte er seinen Kopf in ihre Hand und blinzelte sie an. »Von links kommst du gesprungen, soso«, murmelte sie halb belustigt, halb entsetzt und griff wieder nach ihren Koffern. Wer in den Bergen wohnte, besaß entweder tiefes Gottvertrauen oder folgte Brauchtum und Aberglaube. In Tonis Herz hatte beides Platz.

»Schick dich. Geh nach Hause, Kleiner!«, versuchte sie das Katerchen abzuwimmeln, das ihr jetzt auf Schritt und Tritt folgte. »An der Universität sind Tiere sicher nicht willkommen!«

Und Frauen vielleicht auch nicht, fügte sie in Gedanken hinzu. Es gehörte zu den Neuerungen der Zeit, dass Frauen studieren durften, doch die meisten waren der Meinung, dass Frauen bitte ihre gottgegebenen Aufgaben zu erfüllen hätten. Kinderkriegen, Wäsche waschen, warme Mahlzeiten und dem Manne ein heimeliges Heim bereiten. In München und anderswo waren vor dem Krieg Frauen wie Tante Cilli auf die Straße gegangen und hatten für ihre Rechte demonstriert: Sie wollten in der Politik mitreden und wählen, sie wollten über ihre Körper bestimmen dürfen und endlich an die Universität: lernen, wissen, wirken.

»Bist du etwa mein Glückskater? Das kann ich wirklich gebrauchen!« Jetzt hatte Toni den Kleinen doch auf den Arm genommen und drückte ihn überschwänglich an sich, sein Fell war ganz nass. Bei aller Freude darüber, dass sie bald Studentin der Medizin sein würde, plagten sie einige Zweifel. Was, wenn sie nicht schlau genug war? Die Schwestern und allen voran Gitti hatten immer wieder gestichelt und sie spüren lassen, dass Toni nur ein dummes Bauernkind war und Frauen wie sie nie im Leben mit den Großkopferten mithalten könnten. »Die Wiege, in die du gelegt wirst, entscheidet eben nicht«, hatte Toni ihnen trotzig entgegengehalten und ihre Koffer gepackt. Froh, der Enge des Holzhauses zu entkommen. Den weiten Blick über die Täler und Schluchten würde sie trotzdem vermissen.

Vorsichtig setzte sie den Kater wieder ab, dann lief sie weiter, nur flüchtig schaute sie an den prächtigen Fassaden hoch, die einen mit ihren Schnörkeln und Goldverzierungen lockten. Wie es den Menschen dahinter ging, wagte sich Toni nicht auszumalen, so viele Männer waren nicht von der Front zurückgekehrt.

Wie ihre Brüder. Die Front, von der Toni nicht wusste, wie sie überhaupt aussah. Manchmal stellte sie sie sich als eine Linie aus Soldaten vor, schnurgerade am Waldrand aufgestellt bis zum Horizont. Oder waren es Panzerstellungen, die wie eine Perlenkette aufgereiht waren? Toni erschien *die Front* als ein konzentriert versammelter Ort des Krieges, und doch hatte sie sich niemals vorstellen können, was es in Wirklichkeit für die Soldaten bedeutete, dort zu sein, mitten im Krieg im täglichen Tod. Auch Franzl galt als vermisst, doch Toni war zutiefst davon überzeugt, dass er lebte und zu ihr zurückkehren würde. Ihr guter, lieber Franzl, Freund und Gefährte aus Kindheitstagen. Aufgewachsen waren sie wie Geschwister und dann verlobt. Es gab keinen besseren Bergführer und Ziegenhüter, erst recht keinen Geigenbauer. Franzl hörte das Holz, bevor er es verbaute, er fühlte seine Klänge. Um seine Geigen zu kaufen, kamen sie aus aller Welt in den kleinen Laden unten im Dorf, den seine Familie bereits in der dritten Generation führte. Vor dem Krieg.

Toni blieb keine Zeit, ihren Erinnerungen nachzuhängen, denn vorne am Karolinenplatz hatte sich eine Menschenmenge versammelt, etwas schien passiert zu sein. Schnell schluckte sie die Traurigkeit hinunter, blinzelte den Regen aus ihren Augen. Dann umklammerte Toni ihre Koffer noch fester und lief weiter, dicht gefolgt von dem schwarzen Kater, der wohl beschlossen hatte, nicht mehr von ihrer Seite zu weichen.

Als sie entdeckte, warum die Leute gafften, zögerte Toni nicht eine Sekunde. Im nächsten Moment kniete sie neben der jungen Frau. Behutsam strich sie ihr eine Strähne aus der Stirn. Pechschwarze Haare, die sich drahtig anfühlten, und später wunderte sich Toni, warum ihr das als Erstes aufgefallen war. Grüne Augen verfolgten derweil aufmerksam jede ihrer Bewegungen, ihnen entging nichts. Der Kater leckte der Verletzten die Hand, die sich vor Schmerzen krümmte. Niemand von den Umstehenden machte Anstalten zu helfen, im Gegenteil. Abfällige Bemerkungen wie »Das geschieht einer wie der nur recht« oder »Ein Bankert weniger« drangen an ihr Ohr.

»Keine Sorge, ich bin da ... Ich bin Toni Gruber und helfe Ihnen. Wie heißen Sie? Was ist passiert? Wo tut es Ihnen weh?« Die letzte Frage hätte sich Toni sparen können. Ein blutiger Fleck prangte unübersehbar in ihrem Schoß.

»Emilia«, kam es wimmernd, kaum hörbar, und Toni musste sich noch tiefer über sie beugen. »Ay, qué dolor ... Es tut so weh ...«

»Wo ist Ihr Mann?« Hastig zog Toni ihren Mantel aus, um die junge Frau vor den neugierigen Blicken der anderen zu schützen, unangenehm berührt von dem, was sie gerade mit ansehen musste.

Welch ungeschickte Frage von ihr! Das hier war München, eine Großstadt. Und nicht das heimatliche Bergdorf, wo jeder jeden kannte und die Jungfrauenehe Tradition war.

Da richtete sich Emilia auf, für einen Moment schienen ihre Schmerzen vergessen. »No hay. Ich habe keinen«, antwortete sie klar und selbstbewusst, bevor sie halb ohnmächtig zusammensank. Als wäre es das Normalste der Welt, dass eine junge schwangere Frau keinen Mann an ihrer Seite brauchte. Aus der Menge ertönte ein wissendes Raunen.

»Hier. Versuchen Sie, das zu lutschen.« Toni schob Emilia ein Kräuterbonbon in den Mund, das sie aus ihrer Manteltasche gekramt hatte. »Ich weiß, Thymian schmeckt furchtbar, aber hilft, versprochen«, fügte sie entschuldigend hinzu, als sie Emilias Grimasse bemerkte. Gut so. Dann vergaß sie hoffentlich ihre Schmerzen.

Hilfesuchend blickte sich Toni um. »Holt bitte jemand einen Arzt?«, rief sie in die Menge, doch niemand bewegte sich.

»No! Bitte keinen Arzt«, wimmerte Emilia. »Bring mich hier weg. Schnell, bitte.«

»Du musst ins Krankenhaus!« Toni atmete tief durch, sie musste jetzt Ruhe bewahren. Schweißperlen hatten sich auf ihrer Stirn gebildet, sämtliche Körperzellen in Alarm. Verzweifelt versuchte sie, die Bilder zu verdrängen, die sich unweigerlich vor ihr inneres Auge geschoben hatten, das Gefühl der ohnmächtigen Hilflosigkeit. Die Mutter, wie sie sich unter Schmerzen gewunden hatte, während das Blut aus ihr herausflutete. Der Körper, mit jeder Minute sterblicher. Blass, tiefe Ringe unter den Augen und immer wieder diese Schreie, die bald ein Wimmern wurden und schließlich für immer verstummten. Toni hatte es ihrer Mutter in deren letzten Minuten versprechen müssen: Sie würde Medizin studieren, alles lernen und wissen, um Frauen in Zukunft helfen zu können.

Und jetzt kniete sie hier, am helllichten Tag im strömenden Regen mitten auf der Straße. Beobachtet von diesem schwarzen Kater, der nicht von Emilias Seite wich, und wusste nichts zu tun, außer nach einem Arzt zu rufen.

»Bring mich zu Ida Petersen, so schnell du kannst. Bitte, Toni«, flüsterte Emilia und schaute sie eindringlich an. »Du musst es mir versprechen, nimm eine Droschke. Ich kann dir alles erklären ... nur bitte keinen Arzt ...«

»Bleib bei mir, nicht ohnmächtig werden, hörst du!« Toni klopfte ihr auf die Wangen. Panisch überlegte sie, was zu tun wäre. Ein Tee aus Kamille und Schafgarbe wäre gut, die Dose steckte in ihrem Koffer. Gitti hatte sie ausgelacht. »Du studierst bei Professoren und nicht bei Kräuterweiblein! Die moderne Medizin wirkt viel schneller als deine umständlich getrockneten Pflanzen ...«, waren ihre Worte gewesen, als Toni ihre gesammelten Schätze eingepackt hatte.

Leider hatte Gitti recht. Wie um Himmels willen sollte sie

hier auf der Straße Tee zubereiten! Finster starrte Toni den Kater an. Hätte der nicht von rechts nach links in ihr Leben springen können?

»Kann ich helfen? Gestatten, Georg Bender.« Jemand schob sie zur Seite, fühlte Emilias Puls. Dann hob der junge Mann die mittlerweile Ohnmächtige ohne Umstände auf seine Arme. »Wir bringen sie ins Krankenhaus. Bis ein Krankenwagen hier ist, ist es zu spät.«

»Nein, nicht.« Toni hielt ihn am Ärmel fest.

»Haben Sie etwa eine bessere Idee?« Sie erntete einen spöttischen Blick. Flüchtig zwar, aber lang genug, um die Entschlossenheit darin zu erkennen.

»Ja!«, erwiderte Toni mit fester Stimme, seine blauen Augen irritierten sie. »Wir bringen sie zu Ida Petersen.« Wer immer das war. Wo immer sie wohnte. Toni fühlte sich verpflichtet, Emilia beizustehen, und betete insgeheim, dass diese Ida mindestens eine Engelmacherin war, wenn nicht sogar eine Ärztin. Es sollte sie ja bereits geben, hier in der Stadt. Frauen, die es geschafft hatten, eine eigene Praxis zu eröffnen.

»Zu Ida Petersen? Hat sie das gesagt?« Offensichtlich wusste dieser Georg Bender sofort Bescheid. Wenn das mal kein gutes Zeichen war. »Na, dann verlieren wir besser keine Zeit! Und am besten kommen Sie mit!« Diesmal lächelte er Toni freundlich zu, und es war, als scheine die Sonne in ihr Herz, dabei regnete es unaufhörlich auf sie nieder. Toni griff sofort nach ihren Koffern, dann musste die Universität eben doch noch warten.

So liefen sie mitten im Regen durch die Straßen, eine ungewöhnliche Prozession, und das Schlusslicht bildete der Kater.

»Kennen Sie sich hier aus?«, rief Toni außer Atem und hätte sich diese Frage auch sparen können. Dieser Mann legte ein Tempo vor, dass sie kaum Schritt halten konnte, dabei war sie alpine

Wanderungen gewohnt und konnte klettern wie ein Gamsbock. Kreuz und quer ging es durch die Stadt, durch das Gewirr kleiner Verkaufsstände, vorbei an einer antiken Tempelfront. Und immer wieder ratterten Fuhrwerke an ihnen vorbei.

Toni hatte jegliche Orientierung verloren, die Stadt schien ihr ein einziges Labyrinth. Immerhin schien Georg genau zu wissen, was zu tun war, was blieb ihr anderes übrig, als ihm zu vertrauen und zu folgen. Etliche Minuten später standen sie vor einer prächtigen Villa, deren grün getünchter Turm über die Baumspitzen ragte. Toni blieb keine Zeit, den sorgsam angelegten Vorgarten und das mit Ornamenten verzierte Portal zu bewundern. Der Kater schnupperte interessiert an den Büschen und schien sich sofort zu Hause zu fühlen.

»Schnell, sag Ida Bescheid. Wir brauchen Tücher und heißes Wasser«, rief Georg einer hageren Gestalt zu, die erschrocken die Holztür öffnete. Toni erschrak ebenfalls, denn die Frau trug zu ihrem schwarzen, langen Kleid kurze Haare. Wie ein Mann.

»Ich bin schon da … Um Himmels willen, was ist passiert? Kommt, hier entlang, wir bringen sie in den Turm.« Eine zierliche Frau kam ihnen entgegengeeilt und führte sie den Seitenflügel entlang eine geschwungene Holztreppe etliche Stufen hinauf in ein geschmackvoll eingerichtetes Zimmer. Toni folgte neugierig. Sie wagte kaum, sich umzusehen. Wie vornehm die Villa war: die fein gemusterten Tapeten an den Wänden, die eleganten Möbel, die mit Seide gepolsterten Stühle, dazwischen ein Schrank, der sich als Versteck für Arzttasche und medizinische Apparate entpuppte.

Unbehaglich zupfte Toni ihre nassen Sachen zurecht, Wassertropfen zierten ihren Weg. Ida in ihrem vornehmen Kleid zu den sorgsam hochgesteckten Haaren flößte ihr Respekt ein. So eine elegante Erscheinung hatte sie noch nie gesehen, selbst sonntags zur Kirchweih nicht, wenn die Frauen im Dorf ihre Trachten anlegten.

Georg bettete die Ohnmächtige vorsichtig auf das Bett.

Mit angehaltenem Atem verfolgte Toni, wie er sich sorgfältig die Hände wusch und seine Instrumente hervorholte. Er musste Arzt sein, kein Wunder, dass er sofort wusste, was zu tun war. Ida assistierte ihm während der Untersuchung, immer wieder betupfte sie Emilias Stirn mit einem Waschlappen und schien keine Scheu davor zu haben, ihr die Beine zu spreizen. Das machten die beiden nicht zum ersten Mal, ging es ihr durch den Kopf.

Langsam kehrte die Farbe in Emilias Gesicht zurück.

»Sie hat es verloren, oder?«, fragte Ida.

»Eine Ausschabung wird nicht nötig sein …«, meinte Georg mit Blick auf die Nierenschale in seiner Hand, er wirkte erleichtert. »Glück gehabt. Wer ist sie, ich habe sie bei dir noch nie gesehen?«

»Emilia Campos-Rivera, Studentin der Jurisprudenz. Sie wohnt seit letzter Woche bei uns in der Damenpension«, erwiderte Ida.

»Was hat sie genommen? Riechst du das?« Georg hatte sich über Emilia gebeugt und schnupperte.

»Ich glaube nicht, dass sie bei einer Engelmacherin war … Sie kennt hier doch niemanden. Das sind irgendwelche Kräuter …« Ida rümpfte die Nase.

»Das Bonbon war von mir!«, meldete sich Toni zaghaft zu Wort. Sie stand immer noch mit beiden Koffern in der Hand im Türrahmen. »Ich … ich wusste nicht, was ich tun sollte. Sie helfen mir immer, äh … bei Frauenleiden.« Sie versuchte ein Lächeln. Hier hatte gerade jemand mit medizinischer Kompetenz eine Fehlgeburt begleitet – und sie kam mit Heilkundlerei aus den Bergen! Traditionelles Hebammenwissen ihrer Mutter, die

Kräuter brachten Linderung und halfen. Egal ob bei einer zu starken Blutung, Schmerzen oder Kopfweh. Oder unter einer Geburt. Meistens.

»Wer sind Sie?« Überrascht drehten sich Georg und Ida zu ihr um, erst jetzt schienen sie Toni wirklich wahrzunehmen. Unbehaglich ließ sie die ausführliche Musterung über sich ergehen. Sie musste ein klägliches Bild abgeben, wie sie da so stand, tropfnass in ihrem Kleid und in den durchweichten Schuhen, der Hut längst verrutscht und der blonde Zopf aufgelöst.

»Toni Gruber«, stellte sie sich vor und streckte ihm entschlossen die Hand hin. »Ich bin in München, um Medizin zu studieren.«

»Eine künftige Kollegin also? Herzlich willkommen!« Lächelnd schlug Georg ein, noch bevor Ida reagieren konnte. Die Wärme seiner Haut ließ Tonis klamme Finger kribbeln. Dann fügte er noch hinzu: »Danke, dass Sie Emilia so umsichtig geholfen haben. Das hätte nicht jede gemacht.«

»Das war doch selbstverständlich. Die Kräuterbonbons waren das wenigste, was ich tun konnte.« Berührt senkte Toni den Blick, er sollte sie bitte nicht so ansehen, das schickte sich doch nicht. Doch sie ließ es gerne geschehen, dass er ihre Hand immer noch nicht losgelassen hatte.

»Ich glaube, Sie verwechseln da etwas! Naturheilkundlerei hat mit Medizin nichts zu tun …« Ida schüttelte skeptisch den Kopf, während ihr Georg einen anerkennenden Blick schenkte.

»Ich habe davon gehört! Bei Gelegenheit müssen Sie mir mehr darüber erzählen. Ich kann mir kaum vorstellen, dass Kräuterkunde die Medizin ersetzen wird.«, meinte er.

»Das ist es ja gerade.« Toni atmete aus und reckte das Kinn, bevor sie mit einem verschmitzten Grinsen hinzufügte: »Deswegen bin ich hier.«

Meine geliebte Tochter,

über ein Jahr ist es nun her, dass ich fort von dir bin. Ich weiß nicht, wie es dir geht, denn ich darf keinen Kontakt zu dir haben. Das Einzige, was mir bleibt, ist, in Gedanken bei dir zu sein, aufzuschreiben, was mir auf der Seele brennt. Ich musste dich verlassen, dich zurücklassen. Unbeschreiblich der Schmerz, die Sehnsucht nach dir. Deinem fröhlichen Lachen, deinen unbekümmerten Luftsprüngen, wie du immer zwei Stufen auf einmal die Treppe hinunterstürmst. Bewahre dir diese ungestüme Art, versprich mir das!

Und jetzt ist sie in meinem Leben gelandet. Warum sie, ausgerechnet sie? Warum schickt mir der liebe Gott ausgerechnet Toni in mein Leben? Sie erinnert mich an alles, was ich zu verdrängen suche, jede Stunde, jede Minute, jede Sekunde daran, dass ich nicht bei dir sein darf. Wärest du nur zehn Jahre älter, geliebtes Kind, du würdest aussehen wie sie. Diese gesunde Gesichtsfarbe zu deinen blonden Haaren. Und dieses Strahlen in deinen Augen, das nichts und niemand brechen kann. Weder Krankheit noch Tod noch die Scheidung deiner Eltern. Niemals im Leben, so hoffe ich.

Du bist und bleibst ein Teil von mir. Mein Fleisch und Blut, ich habe dich geboren. Monatelang bist du in mir gewachsen. Dann habe ich dich ins Leben geschickt, mit all meiner Kraft. Wie richtig sich das anfühlte. Du warst gesund, so fröhlich, eins der wenigen Babys, die schon im Wochenbett lachen. Welch Glück ich mit dir spürte, so unbeschreiblich. Sie wollten dich mir wegnehmen, damit ich schlafen kann, wie konnte ich ohne dich sein! Ganz nah bei dir, deinen zarten Körper spüren, deinen weichen Duft atmen.

Als wäre es gestern, so fühle ich es. Und jetzt bin ich so weit weg von dir.

Ich konnte nicht anders, ich hatte keine andere Wahl. Verzeihe mir. Wie hätte ich dieses Martyrium noch weiter ertragen können? Seine Küsse und gewaltvollen Aufdringlichkeiten? Du bist zu jung, du weißt nicht, wie es sich anfühlt, wenn ein Mann dich gegen deinen Willen nimmt, und wirst es, Gott sei mit dir, hoffentlich nie erfahren müssen.

Wie es ist, seine Küsse über dich ergehen zu lassen, die Beine geöffnet und die Augen geschlossen. Hoffend, dass es schnell vorbeigeht, er seine Erfüllung findet und endlich von dir ablässt. Nacht für Nacht. Und dann diese Erniedrigungen bei Tag. Wenn er dich spüren lässt, dass du ein Nichts bist, abhängig von ihm, er hat das Wissen, das Geld, das Sagen, er hat die Macht. Mit deinem Ja hast du dich ihm ausgeliefert. Alles, worüber vorher dein Vater bestimmt hat, bestimmt jetzt er. Keine Widerrede. Mit dem Unterschied, dass er gleichzeitig auch noch über deinen Körper verfügt.

Ich hätte das durchgehalten, dir zuliebe, bis an mein Lebensende. Aber dann.

Wer hätte ahnen können, dass ein Blick dieser funkelnden Augen mein ganzes Lebensgerüst ins Wanken bringt? Ich habe mich umschwärmen lassen, seine Aufmerksamkeit genossen. Mich hinreißen lassen zu diesem einen Kuss und noch mehr. Und plötzlich war alles anders, plötzlich ging es um mich! Jede Faser meines Körpers sagte mir, wie schön und jung ich bin! Ich wollte leben, Berührungen genießen, in seiner Umarmung verglühen. Er hat mein Herz berührt. Vergessen das Versprechen, das ich gegeben habe, ich habe mit ihm Dinge getan, die eine verheiratete Frau nicht tut. Und jetzt … Sie haben mich weggeschickt, ich darf dich nicht sehen. Eine geschiedene Frau, ohne Rechte und Ansprüche. Beinahe hätte ich mich aufgegeben, die Brooksbrücke schon auserwählt. Dann hat mich Cilli nach München geholt. Und jetzt ist Toni da, mit ihrer Wissbegierde und Begeisterung. Für Frauen wie sie lohnt es sich zu kämpfen, jeden Tag. Wieder und immer wieder. Und für dich, mein Herzenskind.

2

Villa Libertas

Man kommt sich auf dem Gebiet
immer wie ein Wiederkäuer vor.
Das liegt an der Taktik der Gegner.
Hedwig Dohm (1831–1919)

Toni blinzelte gegen das Morgenlicht. Nur einen winzigen Moment wollte sie noch das wohlige Gefühl des Aufwachens genießen, sich genüsslich in den Kissen strecken und dann den Tag begrüßen. Ach was, Tag: ihr neues Leben! Toni konnte es immer noch nicht glauben, der Zufall hatte sie mit dem Regen in die Villa Libertas gespült.

»Was meinst du, Katerchen? Vielleicht hast du mir doch Glück gebracht«, murmelte sie und erntete zur Antwort ein wohliges Schnurren. Der kleine Kater hatte es sich zu ihren Füßen gemütlich gemacht und verfolgte aufmerksam Tonis Bewegungen.

Wie sich gestern noch herausgestellt hatte, waren Ida Petersen und Toni Cousinen, denn Ida war ebenfalls eine Nichte von Tante Cilli. Ida hatte nicht schlecht gestaunt, als Toni ihr erklärte, was eine Bauerstochter wie sie in München zu suchen hatte. Noch dazu in diesem jämmerlichen, durchweichten Aufzug.

Die arme Cilli war im vergangenen Herbst an der Spanischen Grippe gestorben, die seit geraumer Zeit in der Region wütete. Als ob der Krieg nicht schon genug Unheil und Tote über sie alle gebracht hatte! Toni hatte nicht gewusst, dass Ida Cillis Vermächtnis zufolge die Villa als Damenpension weiterführen sollte. Niemand hatte mir ihr gerechnet, offensichtlich auch ihren Brief nicht erhalten. Jetzt waren alle sechs Zimmer an junge Frauen vermietet, und Toni musste mit der kleinen Kammer unterm Dach vorliebnehmen. In ihren Augen ein Geschenk, denn es war das größte Zimmer, das sie je ihr Eigen nennen durfte! Auf dem Berghof hatte sie sich das Bett mit ihren beiden Schwestern geteilt, und schon gar nicht hatte eine Waschschüssel mit einem Krug bereitgestanden. Von elektrischem Licht, weichen Daunendecken und Vorhängen mit Volants an den Fenstern ganz zu schweigen.

Mit einem Lächeln im Gesicht setzte sich Toni auf. Langsam tauchte die Morgensonne das Kämmerchen in helles Licht, der Spiegel über der Kommode zauberte funkelnde Reflexe an die Zimmerdecke. In ihrem Spitzennachthemd fühlte sie sich wie eine Prinzessin, so königlich gebettet hatte sie noch nie in ihrem Leben geschlafen. Ihr Zuhause war nun eine Villa so groß wie ihr Weiler, mit unzähligen Fluren zum Verlaufen und sogar einem Turm. Mit Bibliothek, Wintergarten und Gemeinschaftsküche. Und einem Park mit Blumenrabatten und Büschen statt Futterrüben und Weizen. Normalerweise wäre Toni um diese Uhrzeit längst im Stall, wäre mit dem Käsen beschäftigt und danach mit Holzhacken. Jetzt saß sie da und musterte ihre Hände. Wettergegerbte zupackende Hände waren das. Nicht so zarte und fein manikürte wie die von Ida.

»Sie kann mich nicht leiden, oder was meinst du?«, stellte Toni fest und zog den Kater in ihre Arme. »Dafür ist Emilia furchtbar nett! Wie sehr sie sich über unsere Hilfe gefreut hat.«

Am Abend hatte Emilia noch eine Suppe zu sich genommen, die Ida ihr persönlich ans Bett gebracht hatte. Sonst würde es in der Villa Libertas keinen Zimmerservice geben, hatte sie betont.

»Im Gegensatz zu anderen Damenpensionen«, sie hatte das Wort wirklich verwendet: »Damenpension«, »kocht und wäscht hier nicht jede für sich, sondern wir erledigen das alle gemeinsam. Meine Tante legte großen Wert darauf, dass wir uns gegenseitig unterstützen. Ich will diese Tradition fortführen und dafür sorgen, dass die Freiheit einer Frau nicht auf Kosten der Unfreiheit einer anderen stattfindet.«

Daraufhin hatte sie Toni in die Küche geschoben, wo sie sich an dem Eintopf des Vortages bedienen durfte, und ausgehungert, wie sie war, machten ihr auch die Bohnen darin nichts aus.

»Was meinst du, Katerchen, die zwei Jahre halten wir durch, oder? Und dann werde ich nicht dabeistehen und zusehen müssen, wie ein Arzt die Frauen untersucht, sondern selbst wissen, was zu tun ist.«

Bei der Erinnerung an Georg Bender kribbelte ihre Hand. Wie aufmerksam er ihr gegenüber gewesen war. Ganz anders als Ida, die sich so abfällig über ihr Heilwissen geäußert hatte. Dabei wusste Toni doch selbst nur allzu gut um die Grenzen der Naturheilkunde.

Und wie umsichtig und einfühlsam Georg Emilia untersucht hatte, er schien zu den modernen Männern zu gehören und mit emanzipierten Frauen keine Probleme zu haben, schon gar nicht, dass sie Ärztin werden wollten. Im Gegenteil, er hatte sie geradezu ermuntert. Toni erinnerte sich an jeden seiner Handgriffe, seinen konzentrierten Blick und die angestrengte Falte auf der Stirn. Und an das Grübchen in seiner Wange, als er Toni zum Abschied anlächelte …

Alle in der Villa waren Georg dankbar dafür, dass Emilia nicht ins Krankenhaus musste, allen voran Ida, die ihn aufs Charmanteste umgarnt hatte. Dabei war sie so viele Jahre älter als er, die Fältchen um die Augen verrieten sie. Den Tisch hatte sie für ihn gedeckt und extra Wein aus dem Keller geholt, ganz bestimmt hatten die beiden eine Affäre. Bei dem Gedanken durchzuckte es Toni eifersüchtig, schnell drückte sie den Kater an sich.

»Auch wenn sonst keine Männer in der Villa geduldet werden, Hauptsache, du darfst bleiben«, murmelte sie in das schwarze Fell. Auch das hatte gestern Abend noch für Unmut gesorgt. Die Städter schienen abergläubischer als die Menschen in den Bergen zu sein. Ida wollte partout keine schwarze Katze im Haus haben. Das Katerchen schien ihre Abneigung zu spüren, fauchend hatte er sich gewehrt, als sie ihn packen und vor die Tür setzen wollte. Georg war es zu verdanken, dass er bleiben durfte, und deshalb verzieh ihm Toni, dass er sich von Ida so hatte verwöhnen lassen.

Von unten tönte nun geschäftiges Treiben. Höchste Zeit, aufzustehen und sich in die Gemeinschaft einzubringen, wie Ida es wohl wünschte. Toni konnte es kaum erwarten, die anderen Frauen kennenzulernen. Wenn sie nur alle so nett waren wie Emilia!

»Ja, mei! Du musst die Toni sein!«, wurde sie herzlich begrüßt, als sie die Küche betrat. Die kurzhaarige Frau von gestern streckte ihr beide Hände hin. »I bin Maria, das Mädchen für alles hier, auch wenn ich nicht mehr die Jüngste bin! Und wenn Ida gestern behauptet hat, sie bräuchte mich nicht, war das glatt gelogen. Denn ohne mi …«

»… wäre die Villa Libertas das reinste Irrenhaus!«, vollendete Emilia grinsend den Satz und winkte ihr mit dem Kochlöffel zu. Sie stand am Herd und rührte in einem großen Topf. »¡Cuidate! Pass auf! Maria entgeht nichts, sie ist der eigentliche Herr im Haus, auch wenn sie die perfekte Hausmutter gibt. Vor ihr kannst du keine Geheimnisse haben …«

»Lass das bloß nicht Ida hören!« Die beiden brachen in schallendes Gelächter aus. Die drei anderen jungen Frauen, die vor der Anrichte mit dem Kaffeegeschirr klapperten, fielen mit ein.

Unsicher blickte Toni zwischen ihnen hin und her. Emilia mit ihrer fröhlichen Art schien der Älteren an Witz und Gewandtheit in nichts nachzustehen. Und die anderen wirkten so erwachsen und selbstbewusst, obwohl sie wie Dienstmädchen mit dem Kaffeegeschirr hantierten.

»Jetzt lass uns erst mal frühstücken, und dann erzählst du mir alles. Was für ein Zufall, dass wir uns auf diese Weise kennengelernt haben!« Emilia gab den verführerisch duftenden Brei in eine Porzellanschüssel, die sie ohne Umstände Toni in die Hände drückte. Dann schob sie sie nach draußen in einen dunkel getäfelten Raum, in dem Ida und die anderen Frauen bereits am fein gedeckten Frühstückstisch saßen. Toni blieb keine Zeit, sich darüber zu wundern, dass Emilia nach dem gestrigen Vorfall schon wieder so frisch und unbeschwert umherwirbelte, das reinste Energiebündel. Sie spürte neugierige Blicke auf sich und fühlte sich angesichts des vornehmen Ambientes in ihrem wollenen Kleid mehr als unbehaglich.

»Darf ich euch Toni vorstellen! Sie ist wie wir alle in München zum Studieren«, rief Emilia in die Runde. »Und sie hat mich gestern vor der Sittenpolizei gerettet.«

Beschämt senkte Toni den Blick. »Das war selbstverständlich«, murmelte sie. Dabei war es eigentlich Georg Bender gewesen, der Emilia untersucht und in die Villa gebracht hatte.

»War es nicht! Du weißt gar nicht, was du mir alles erspart hast!« Emilia hatte unterdessen Platz genommen und den anderen die Teller gefüllt.

»Das ist Milchreis«, erklärte Ida, als sie Tonis fragenden Blick bemerkte.

»Daran wirst' dich gwöhne müssen!«, lachte eine Frau mit blonden Zöpfen. »Ich bin übrigens Gerda!«

»Woran? Dass Emilia ständig mit der Sittenpolizei zu tun hat oder dass wir hier jeden Tag Milchreis essen müssen?« Das kam von der Braunhaarigen, die sich als Ilse vorstellte.

»Ich muss schon bitten!« Ida schenkte ihr einen mahnenden Blick, sie wirkte heute morgen übellaunig und unausgeschlafen. Die ganze Zeit über nestelte sie an ihrer Rüschenbluse und versuchte, die falsch geknöpften Knöpfe wieder in die richtige Reihenfolge zu bringen. »Andere wären froh, wenn sie überhaupt etwas zu essen bekämen. Du weißt ja gar nicht, wie gut es hier in der Villa hat!«

Emilia ließ die Bemerkung nicht auf sich sitzen. »Ida kommt aus Norddeutschland, musst du wissen. Da ist Milchreis eine Art Nationalspeise«, konterte sie fix und rollte die Augen. »Bei uns in Spanien sagt man *arroz con leche,* und wir essen ihn als Nachtisch, niemals zum Frühstück. Was soll's. Wer hungert, kennt kein hartes Brot.«

»In der Not frisst der Teufel Fliegen«, murmelte Toni, die sofort Emilias Anspielung verstanden hatte. Ein paar andere am Tisch kicherten und ernteten prompt einen strafenden Blick von Ida.

»Du kannst ja woanders dein Glück versuchen, wenn es dir hier nicht schmeckt, liebe Emilia! Du wirst in diesen Zeiten nirgends etwas Nahrhafteres finden …«, erwiderte Ida.

Toni hielt den Atem an, doch Emilia schien das Interesse an einer Auseinandersetzung mit Ida verloren zu haben. Stattdessen reichte sie Toni mit einem Zwinkern die eingelegten Zwetschgen. Die verstand sofort, dass diese eine Entschädigung dafür waren, dass das Gericht mehr aus Wasser denn aus Milch bestand, kaum mit Zucker und Zimt gesüßt. Bei allem Wohlergehen musste man offensichtlich auch in der Villa mit Lebensmitteln haushalten. Aber das gemeinsame Frühstück machte Toni jetzt schon Freude, es war ganz anders als zu Hause in den Bergen.

Mit jedem Löffel Milchreis fühlte Toni zum wiederholten Male an diesem Morgen, welch Glück sie mit allem gehabt hatte. Frohgemut erzählte sie den anderen, dass endlich ein langer Traum in Erfüllung gegangen sei und wie sehr sie sich auf ihr Studium freue. Deswegen hatte Tante Cilli Toni einen Privatlehrer auf die Alm geschickt, damit sie mit dem Abitur in der Tasche einen der begehrten Studienplätze für Frauen an der Universität bekäme. Toni sollte später frei von einem Mann entscheiden können, einen Beruf wählen und unabhängig sein. Wie konnte Cilli ahnen, wie unfrei Toni durch ihr Versprechen an ihre verstorbene Mutter war! Sie würde als Ärztin wieder zurück in die Berge gehen müssen, so viel stand jetzt schon fest. Und dort wäre dann alles so wie immer. Mit dem Unterschied, dass Toni eine eigene Praxis hätte – und Frauen und Kinder heilen konnte.

»Und, was willst du studieren? Warte, lass mich raten … Kunsthandwerk? Du bist bestimmt eine Künstlerin!« Ilse musterte neugierig Tonis Aufzug in dem wollenen Rock und der schlichten blauen Bluse dazu, die blonden Haare zu einem Dutt hochgezwirbelt, wie sie ihn immer trug. Sie deutete auf die filigrane Brosche, die an ihrem weißen Kragen steckte. Ein Vermächtnis der Mutter, ein Geschenk von Tante Cilli. Das einzige Schmuckstück, das Toni besaß.

»Mit diesen derben Händen? Das reicht höchstens für die Schlachterei. Halt, warte, ich hab's: Lehrerin will sie werden und damit die Kinder ausschimpfen.« Gerda lachte und deutete auf Tonis Finger, die den Löffel umklammerten.

»Jetzt lasst doch das arme Mädel in Rua«, sprang Emilia ihr zur Seite. Es klang lustig, wie sie mit ihrem spanischen Akzent zwischendurch immer wieder bayrische Worte ins Hochdeutsch mischte.

»Schon gut«, beeilte sich Toni zu sagen und legte das Besteck beiseite, der Milchreis wärmte ihren Bauch. Gefüllt mit Dankbarkeit und Vorfreude prallten die Lästereien einfach an ihr ab.

»Ich will Medizin studieren«, antwortete sie so selbstbewusst wie möglich. »Und dann gehe ich zurück auf meinen Berghof.« Die wahren Hintergründe und dass sie sich für den Schwerpunkt Frauenheilkunde interessierte, verschwieg sie für den Moment. Mussten ja nicht alle wissen, auch wenn man in der Villa Libertas augenscheinlich einen sehr offenen Umgang mit Frauenthemen pflegte. Emilias Fehlgeburt schien auch niemand weiter zu interessieren, keine Fragen, keine Vorwürfe. Für Toni war es neu, sie musste sich erst daran gewöhnen. Zu Hause hätte man eine wie sie aus dem Dorf gejagt. Ein gefallenes, unehrenhaftes Mädchen.

»Hab ich's gewusst!« Emilia griff nach Tonis Hand und drückte sie überschwänglich. »Du wirst bestimmt die beste Ärztin, die München, ach was: die Welt! je gesehen hat.«

»Das wird ein langer Weg!«, meinte Gerda weniger euphorisch. »Frauen in den Hörsälen sehen die Herren Professoren bekanntlich nicht so gerne, schon gar nicht in der Medizin. Ist ja auch sehr unweiblich.«

»Wieso denn das? Bei uns sind es immer die Frauen, zu denen die Menschen kommen, wenn sie Hilfe brauchen«, wunderte sich Toni und ging gar nicht weiter auf Gerdas Bemerkung ein. »Und was studiert ihr?«

»Wir studieren nicht«, erklärte Ilse wichtig, und Toni bemerkte, wie Maria die Stirn runzelte, denn offensichtlich handelte es sich bei den beiden um eine Ausnahme. Die anderen Frauen – Irmi und Anni, wie Toni lernte – am Tisch wollten Lehrerinnen werden, Berta war an der Hochschule für Bildende Künste eingeschrieben.

»Wir arbeiten beim Obermüller, Gerda im Verkauf und ich im Büro als Sekretärin.«

»… damit sie eines Tages einer der feschen Brüder heiratet«, neckte Emilia, und prompt lief Ilse rot an.

»Wie bitte?«, kam es missbilligend von Ida. »Wer will hier heiraten? Wieso denn das? Und sag jetzt bitte nicht aus Liebe!«

»Wir!« Das kam von Gerda, die aufgestanden war. »Das kannst du uns nicht verbieten, Ida! Immer diese Schufterei! Von wegen selbstbestimmt! Ich will dir was sagen, ich habe diese ganze Emanzipation so satt! Ich will endlich eine anständige Frau sein, mit Mann und Kind und einem Heim. Und nicht jeden Tag von früh bis spät für andere Kleiderbügel sortieren oder auf die Leiter steigen. Meinst du, mir macht es Spaß, mir unter den Rock gucken zu lassen? Dann geh ich lieber mit dem Loisel tanzen! Der ist ein ehrenwerter Kerl.«

» Und erzähl mir nicht, eigenes Geldverdienen macht uns unabhängig!«, machte Ilse weiter. »Von den paar Reichsmark kann ich mir nichts leisten. Außerdem haben wir selbst als Sekretärin keine Sozialversicherung oder andere Rechte, hast du uns selbst erklärt. Die behandeln uns wie Sklaven, wenn wir nicht aufpassen. Der junge Obermüller ist da anders, er weiß meine Arbeit zu schätzen. Ihm zuliebe mache ich gerne ein paar Überstunden und koche Kaffee …«

»Wenn ihr das so seht.«

Toni blickte erschrocken hoch. Was hatte Ida nur? Mit zusammengekniffenem Mund begann diese jetzt, die Teller zusammenzuräumen. Dann stand sie langsam auf, hob den Blick und sagte mit klarer Stimme: »Ich gebe euch eine Stunde. Dann sind eure Zimmer geräumt. Tante Cillis Wunsch war es ausdrücklich, dass unter diesem Dach keine Frau sich jemals wieder in die Abhängigkeit eines Mannes begibt.« Ida machte eine Pause und straffte würdevoll die Schultern, bevor sie fortfuhr: »Wollt ihr wirklich heiraten? Wenn das so ist: Es steht euch frei zu gehen! Also bitte: Packt eure Sachen und verlasst mein Haus.« Sprach's und lief mit dem Geschirr in die Küche, wo man sie alsbald mit Maria lautstark diskutieren hörte. Ilse und Gerda wechselten einen erschrockenen Blick, blieben aber wortlos sitzen.

Mit offenem Mund hatte Toni zugehört. Idas radikale Haltung in Sachen Frauenemanzipation verunsicherte sie. Schließlich wollte sie selbst eines Tages Franzl heiraten und mit ihm Kinder kriegen.

»Komm!« Emilia zog Toni mit sich vom Tisch, nicht ohne Ilse und Gerda Lebewohl zu sagen. Die anderen Frauen hatten längst ihren Platz verlassen.

»Die müssen dir nicht leidtun«, meinte Emilia, als sie sich draußen auf der Veranda eine Zigarette anzündete. »Auch eine? Mädchen, Mädchen, du musst noch viel lernen, wenn du eine von uns emanzipierten Frauen sein willst«, fügte sie hinzu, als Toni dankend ablehnte.

Diese nickte abwesend, sie hatte etwas entdeckt. Fasziniert schaute sie in den parkähnlichen Garten, der sich hinter der Villa erstreckte. Die ersten Forsythien blühten, der Winterjasmin ebenfalls, hier und da streckten sich Tulpen, und am Fuße des Walnussbaumes zeigte sich neben der Bank ein Meer an Winterlingen. Noch wirkten Beete und Rabatten wie tot, bald würden sich hier die ersten Triebe zeigen und ihre volle Pracht entfalten, das spürte Toni ganz genau. Nicht mehr lange, dann würde in diesem Garten alles vor Farbe und Lebenslust explodieren. Wie zu Hause in dem Weiler. Endlich Frühling. Die Vorfreude zauberte ein Lächeln in Tonis Augen, sie konnte sich nicht sattsehen an der knospenden Natur.

»Mach dir nichts aus Ida, sonst ist sie nicht so«, meinte Emilia und pustete den Rauch in die Luft.

»Ida wirkt … einsam. Und verbittert.« Toni zuckte mit den Schultern. Sie verspürte wenig Lust, sich darüber Gedanken zu machen. Auf dem Berghof war es nicht wichtig, Fragen zu stellen. Ob man sich mochte, war auch egal. Man lebte, um der Gemeinschaft zu dienen, half und unterstützte sich gegenseitig, ohne Fragen zu stellen. Der Zusammenhalt der Dörfler war wichtiger als das Ansinnen eines Einzelnen, denn der Berg war mächtig und gefährlich, da hatte ein Einziger alleine keine Chance. Da hatten Animositäten keinen Platz.

»Ich weiß auch nicht, was mit ihr ist«, sagte Emilia und drückte ihre Zigarette aus. »Manchmal höre ich sie nachts weinen. Und dann wieder ist sie so froh und stark, organisiert unser Zusammenleben. Hat im Turm dieses als Grünen Salon getarnte Krankenzimmer eingerichtet. Lädt zu Frauenabenden ein, Lesungen, Diskussionen, Konzerte. Gemeinsam mit Maria verteidigt sie Cillis Erbe bis aufs Blut, als ob sie die Frauenrechte selbst erfunden hätte. Du hast es ja gerade selbst erlebt ...« Sprach's und umarmte dann Toni liebevoll. »Ich freue mich so, dass du hier bist, liebe Toni. Warte ab, dir wird es hier gefallen, da bin ich mir sicher. Du und ich, das wird famos.«

»Bestimmt«, antwortete Toni und wusste nicht, warum sie ausgerechnet in diesen Moment an Georg Bender dachte.

Geliebte Tochter,

mich plagt das schlechte Gewissen, ich hätte die beiden Mädchen nicht rauswerfen dürfen. Außerdem habe ich sie angelogen. Cilli hat nie so eine Klausel verfügt, warum auch, im Leben hat sie nicht damit gerechnet, dass eine Frau freiwillig ihre Rechte aufgibt, nur weil sie unbedingt Ehefrau sein will. Schließlich hat sie selbst am eigenen Leib gespürt, was es bedeutet, nicht mehr verheiratet zu sein. Als junge Witwe konnte sie als Lehrerin gerade so überleben, und hätte sie nicht Maria kennengelernt, dann gäbe es heute die Villa Libertas nicht.

Aber ich konnte nicht anders. Sie wollen heiraten, die dummen Dinger, und wissen nicht, was sie sich damit antun. Was ist, wenn die Liebe – Liebe! – nicht hält, ihr Mann sie schlecht behandelt, betrügt, sein Versprechen nicht einhält? Was dann? Ausliefern tun sie sich, mit Hab und Gut, ihren Körper, ihre Seele. Was ist das nur für eine Gesellschaft, die Frauen diese Rolle aufdrückt? Ehrbar, rechtschaffen, tugendhaft und schön ... vor der Hochzeit, nach der Hochzeit. Wegsperren wollen sie uns, einschränken, ins Heim an den Herd, zu Küche und Kindern. Angeblich um die Arbeitsplätze für die Kriegsheimkehrer frei zu machen. In Wahrheit haben sie Angst, dass wir Frauen ihnen zu mächtig werden.

Denn der Krieg hat uns allen gezeigt, was Frauen können! Wir Frauen sind so viel mehr als Ehefrauen, nämlich auch Kriegerfrauen, Witwen, Schaffnerinnen, Land- und Industriearbeiterinnen, alleinerziehende Mütter und Menschen mit körperlichen Bedürfnissen nach Zärtlichkeit und Erfüllung, vor allem Letzteres. Und jetzt drängen sie uns wieder zurück in die traditionelle Rolle als Ehefrau und Mutter, keusch sollen wir leben, nur für sie. Wie soll das gehen, frage ich mich. Das ist wie ein Vogel, der gelernt hat zu fliegen. Den kannst du nie wieder einsperren.

Offensichtlich denken nicht alle Frauen so progressiv. Mir ist es schon längst aufgefallen, es werden immer weniger, die jeden Dienstag zu unseren Treffen in die Villa kommen. Nur die alten, kampferprobten Frauen sind noch da und ein paar Studentinnen. Cilli hat es vorhergesagt, ich will nicht glauben, dass sie recht behält. Oder sind sie etwa des Kampfes müde? Das kann und will ich nicht akzeptieren.

Verzeih mir, Liebes, wenn mein Brief heute eher wie der redaktionelle Beitrag für das Tagblatt klingt. Du sollst wissen, dass deine Mutter sich viele Gedanken macht. Um deine Zukunft. Um ihre Zukunft.

Mein Herzenskind, ich grüße dich.

3

Ein Versprechen wird zum Ziel

Willst du das Große groß vollbringen,
mußt du der eignen Kraft vertrau'n.
Mußt du im kühnen Weiterringen,
nie seitwärts, immer vorwärts schau'n!

Louise Otto-Peters (1819–1895)

Das Katerchen lag auf dem Fenstersims und ließ sich die Morgensonne auf den Bauch scheinen, während Toni sich frisierte und ihr bestes Kleid anzog. Immer wieder blinzelte er zu ihr herüber.

»Ich weiß schon, für die Stadt ist das sicher nicht modisch genug. Warte mal ab. Wenn ich erst mal den weißen Kittel trage, ist es egal, wie es untendrunter aussieht! Außerdem kommt es doch auf die inneren Werte an, oder?« Unsicher lächelte sie ihr Spiegelbild an. Noch mal die Haare zurechtgezupft ... Ungewohnt sah das aus mit dem Hut statt Kopftuch, wie sie es bei der täglichen Stallarbeit umgebunden hatte, die Haare trug sie wie immer hochgesteckt.

»Wünsch mir Glück!« Toni griff nach ihrer Mappe, drückte der Katze einen Kuss ins Fell und lief eilig die Treppe hinunter, um sich endlich auf den Weg zur Universität zu machen.

»Ich komme mit und zeige dir alles!« Emilia hatte auf sie gewartet und fasste sie nun wie selbstverständlich an der Hand. Sie zog Toni mit sich aus der Tür. »Keine Widerrede! Schließlich bin ich dir noch einen Gefallen schuldig!«, fügte sie hinzu, als sie deren skeptische Miene bemerkte.

Toni war es nicht gewöhnt, dass man auf sie aufpasste, geschweige denn an die Hand nahm. Schon immer hatte sie für sich selbst sorgen müssen, zusehen, wo sie blieb, fordern, was sie wollte, ihre Bedürfnisse formulieren. Oder schweigen.

»München ist genial! Die Stadt wird dir gefallen. Wo, sagtest du, kommst du her?«, plauderte Emilia einfach drauflos.

»Aus einem kleinen Dorf am Fuße der Alpen. Ist … ist das hier immer so?« Toni sprang erschrocken zur Seite, als ein Auto dicht neben ihr vorbeiknatterte.

»Du kommst wirklich vom Land?« Emilia lächelte amüsiert. »Das hier ist München, querida mía, hier lebt mehr als eine halbe Million Menschen! Pass nur auf, dass du nicht unter die Räder kommst. Der Verkehr ist nicht das Schlimmste.«

Sie zog Toni mit sich an Autos und Pferdefuhrwerken vorbei, dazwischen Fahrräder und Fußgänger. Ein heilloses Durcheinander, und Toni ertappte sich dabei, wie sie dankbar Emilias Hand festhielt, um ja nicht in dem Gewimmel verloren zu gehen. Jetzt war sie froh, nicht wieder alleine in der fremden Stadt unterwegs zu sein. Der Lärm rauschte in ihren Ohren, es hupte und klingelte wild durcheinander, und für den Moment sehnte sich Toni zurück in die Abgeschiedenheit ihrer Alm. Emilia zog sie unerbittlich weiter, auf dem Fußweg war es auch nicht ruhiger. Hier standen die Menschen vor den Lebensmittelgeschäften Schlange, zerlumpte Gestalten bettelten in den Häusereingängen. Beinahe wäre Toni über eine herumliegende Krücke gestolpert.

»Wie furchtbar«, rutschte es Toni heraus, als sie all die Kriegsversehrten bemerkte, Verstümmelte, Entstellte. Dazwischen

Kinder, viel zu große Köpfe auf abgemagerten Körpern, die dreckigen Gesichter aufgekratzt. Schnell kramte sie in ihrem Portemonnaie nach einer Münze.

»Vergiss es, es sind zu viele«, meinte Emilia mit einem raschen Seitenblick. »Da wirst du selbst arm.«

»Du bist herzlos«, antwortete Toni und steckte einem Jungen das Geldstück zu.

»Ich bin realistisch! Wenn es dich beruhigt: Wir kochen regelmäßig für die Kinder im Waisenhaus, nähen Kleider und bringen ihnen Bücher. Es ist Ida ein großes Anliegen, für sie zu sorgen.« Emilia drückte Tonis Hand, ihre Stimme klang jetzt bedrückt. »Du hast recht. Es *ist* furchtbar! Dieser ganze Krieg hat so viel Leid und Elend über uns gebracht, so viele Tote überall. Und jetzt ... Nur langsam schöpfen die Menschen Hoffnung, nur langsam blühen sie auf. Ich bin jeden Tag aufs Neue dankbar, dass ich mich hier nicht anstellen muss.«

Das bekannte Gefühl der Machtlosigkeit kroch Tonis Kehle hoch, schnürte ihr den Hals zu, bis es ihr den Boden unter den Füßen wegzog. Sie spürte es am ganzen Körper, wie gerne hätte sie geholfen, und doch konnte sie nichts tun. Emilia hatte recht: Es waren zu viele. Resigniert steckte sie ihre Geldbörse zurück.

»Wir alle tun, was wir können, jede auf ihre Weise. Du so, ich so«, murmelte Emilia, als ob sie Tonis Gedanken lesen könnte.

Noch bevor Toni sich darüber wundern konnte, woher eine junge Frau wie Emilia über solche Lebensweisheiten verfügte und was wohl ihre *Weise* war, wurden sie von einer Gruppe junger Männer überholt und johlend zur Seite gedrängt.

»Grüß Gott, die Herren«, rief Emilia ihnen halb verärgert, halb belustigt hinterher. »Mehr Respekt vor den Damen, wenn ich bitten darf.«

Da drehte sich einer der jungen Burschen um, lupfte den Hut und grinste frech zurück. »Seid ihr nun emanzipiert, oder nicht?«

Dann rannte er mit den anderen weiter, mitten durch die Gruppe Menschen, die sich um einen Fischhändler gedrängt hatte.

»Haha. Daran wirst du dich ebenfalls gewöhnen müssen. Die Herren Studenten Casper, Otto und Quirin bilden sich ein, etwas Besseres zu sein. Sie behandeln Frauen wie ihr Eigentum, wenn's sein muss, mit Gewalt. Siehst du ihre Mützen? Das sind die aus den Verbindungen, die sind die Schlimmsten! Ich kann dich nur warnen …«

Empört blickte Toni den Männern hinterher. Sie wusste jetzt schon, dass sie sich nicht daran gewöhnen wollte. Zum Glück liefen sie nun durch eine Seitenstraße, fernab des lärmenden Verkehrs. Hier war es ruhiger, dafür umso trostloser. Hinter jedem Mauerstein warteten das Elend und vielleicht auch Männer, die sich einfach nahmen, was ihnen ihrer Meinung nach zustand. Wie die Studenten von gerade eben. Wie ihr Vater.

Bedrückt senkte Toni den Blick zu Boden, sofort war die Erinnerung da. Es war lange her, dass sie alle am Esstisch saßen, die Brüder noch halbe Jungs und die Mutter robust und fröhlich, die kleine Ani gerade ein Jahr alt und das Reserl zwei. Ein junger Zuchtbulle stand im Stall, die Käsewirtschaft florierte, und der sonst als Grantler bekannte Vater war bester Laune. Er hatte an diesem Tag zwei Kälber verkauft und zur Feier des Tages vom Selbstgebrannten getrunken. Nie würde Toni die funkelnden Blicke vergessen, die er der Mutter an diesem Abend zuwarf. Erst später hatte sie verstanden, was sie bedeuteten und warum die Mutter ihm an diesem Abend nur zögernd in die Kammer gefolgt war. Monate später lag die Mutter in den Wehen und verlor den Kampf um ihr Leben. Um das ihres Babys auch.

»Was ist? Du bist so blass, geht es dir nicht gut?« Emilia musterte sie besorgt von der Seite.

»Schon gut. Ich bin nur … etwas durcheinander.« Rasch schüttelte Toni die Erinnerungen ab.

Stumm liefen sie weiter durch die Stadt, die nun ihre verschiedensten Gesichter zeigte. Verwahrloste Straßenabschnitte wechselten sich mit prunkvollen Bauten ab, dazwischen Armenviertel und immer wieder Plätze, die idyllischer nicht sein konnten. Mit jedem Schritt, den sie der Universität näher kam, spürte Toni ihr Herz vor Freude schneller schlagen. Mit angehaltenem Atem lief sie über den Platz mit dem Springbrunnen, imposante Fontänen sprudelten in die Höhe. Dann stand sie vor dem mächtigen Portal und umklammerte ihre Unterlagen. Emilias Hand hatte sie längst losgelassen. Gleich. Gleich wäre sie eine ordentlich immatrikulierte Studentin an der Ludwig-Maximilians-Universität zu München.

»Ich werde mein Bestes geben, versprochen, liebe Mutter!«, murmelte sie und legte für einen Moment den Kopf in den Nacken, um in den blauen Himmel über ihr zu schauen. Die vorüberziehenden Wolken schienen ihr zuzulächeln und Glück zu wünschen. Toni huschte ein frohes Lächeln über die Lippen. Sie hatte es geschafft. Sie war hier. Nur noch wenige Schritte, dann war sie eine Studentin. Dann gehörte sie zu den wenigen Frauen im Reich, denen das Glück vergönnt war, eine Universität zu besuchen.

»Viel Glück mit der Moser, sie ist ein harter Brocken. Wenn du Pech hast, schickt sie dich zum Rektor, damit er dir einen Erlaubnisschein ausstellt, obwohl das gar nicht mehr nötig ist«, rief ihr Emilia nach. »Hasta luego!«

»Ja, ja«, antwortete Toni abwesend, sie hatte überhaupt nicht richtig hingehört. Vielmehr war sie mit der Frage beschäftigt, ob sie den linken oder den rechten Treppenaufgang nehmen sollte. Was gab es da zu überlegen! Links natürlich. Das Katerchen hatte ihr gestern auch Glück gebracht.

Dann lief sie Schritt für Schritt, wie um den Moment auszukosten, die Stufen empor, folgte den Hinweisschildern zum

Sekretariat und klopfte zaghaft an die Tür. Drinnen wurde sie von einem mürrisch dreinblickenden Fräulein Moser empfangen, kaum älter als sie.

»Bitte, grüß Gott, bitte, ich möchte mich für das Medizinstudium einschreiben, bitte.« So gut es ging, versuchte Toni, ihren Dorfdialekt zu verbergen, wie sie sich das in den letzten Jahren angeeignet hatte. Sie reichte die Unterlagen weiter und hoffte inständig, nichts vergessen zu haben: das Abiturzeugnis, die Empfehlung des Privatlehrers und das der Tante. Geld natürlich, damit sie die Studiengebühren begleichen konnte. Das nahm Fräulein Moser sogleich an sich, bevor sie Seite für Seite, Blatt für Blatt ausgiebig prüfte. Mit angehaltenem Atem verfolgte Toni ihre Bewegungen und stieß insgeheim einen Seufzer der Erleichterung aus, als schließlich ein Stempel nach dem nächsten auf die Papiere knallte.

»Bitte schön!« Fräulein Moser lächelte immer noch nicht.

»Und jetzt? Wo ist die Vorlesung, wo muss ich hin?« Toni nahm die Unterlagen wieder an sich. Das Flattern in ihrem Bauch fühlte sich an wie ein eingesperrter Kolibri. Kaum auszuhalten.

Da endlich huschte ein Grinsen über Fräulein Mosers Gesicht, wenn auch kein freundliches. Sie musterte Toni von oben bis unten. »Medizinische Fakultät? Den Flur entlang, dann rechts hinüber in den großen Hörsaal, Professor Hartenstein hält gerade Vorlesung. Ich wünsche viel Erfolg.«

Toni sputete sich, jetzt würde sie ausgerechnet am ersten Tag zu spät kommen! In der Eile lief sie zuerst nach links, bemerkte sogleich ihren Irrtum und stand dann völlig außer Atem vor einer imposanten Holztür. Noch mal tief Luft geholt und dreimal ausgeatmet, dann drückte sie die Klinke, die Toni das Tor zu einer neuen Welt öffnen sollte.

Sogleich richteten sich Hunderte Augenpaare auf sie. Ein völlig eingeschüchtertes Bild musste sie abgeben, wie sie da so im Türrahmen stand, Papiere und Mappe unter den Arm geklemmt, den ungewohnten Hut verrutscht in den Haaren und den hochgesteckten Zopf darunter beinahe gelöst. Was würde Toni darum geben, jetzt eine Mistgabel in der Hand zu halten! Im Stall war sie in ihrem Element, da hatte sie selbst vor dem Zuchtbullen keine Angst. Aber hier? Unwillkürlich straffte sie die Schultern.

»Treten Sie näher! Auf Damen wie Sie haben wir gewartet! Hier vorne ist noch Platz!« Vom Pult dröhnte eine tiefe Stimme zu ihr herauf, sie gehörte zu einer ehrwürdigen Erscheinung im weißen Doktorkittel. Das musste Professor Hartenstein sein, der sich jetzt in dem Gelächter seiner Studenten sonnte, Toni erkannte Quirin, Casper und Otto in der ersten Reihe.

Hilfesuchend blickte sie sich um. Nirgends war ein weiterer Hut, ein weibliches Gesicht zu entdecken. Offensichtlich war sie die einzige Frau in seiner Vorlesung.

»Grüß Gott, gerne!«, beeilte sich Toni zu sagen und lief mit betont geraden Schultern die Stufen hinunter in die erste Reihe, wo der Professor sie mit einer einladenden Geste auf einen freien Sitz aufmerksam gemacht hatte. Die Blicke und das Raunen in ihrem Rücken ließen sie unbehaglich erschaudern, als sie Platz nahm und die Mappe vor sich ablegte.

»Na, dann wollen wir mal sehen, ob Ihre Anlagen dazu ausreichen, dem komplexen Stoff meiner wissenschaftlichen Ausführungen zu folgen. Soweit ich weiß, ist die kleinere Gehirnmasse des weiblichen Geschlechts nicht in der Lage dazu. Wenn ich also jetzt um Ihre geschätzte Aufmerksamkeit bitten dürfte, nachdem das Auditorium um diese wertvolle Studie bereichert wurde ... Darf ich um Ruhe bitten!«, unterbrach er das aufkeimende Gelächter und musste sich selbst ein Lächeln verkneifen. »Meine Herren, so etwas bekommen Sie so schnell nicht wieder geboten!«

Der Professor wandte sich seinem Assistenten zu, der ein wurstähnliches Präparat in einem Glas präsentierte. Toni riss die Augen auf. Auch ohne Anatomievorlesung wusste sie auf den ersten Blick, dass es sich hierbei um ein erigiertes männliches Geschlechtsteil handelte. Offensichtlich das eines Menschen. Oft genug hatte sie Pferde und Kühe auf der heimischen Weide beobachtet, das Paarungsverhalten von Hühnern, Ziegen, Kaninchen war ihr nicht fremd, alle gleich, so war die Natur, und wenn es Frühling wurde, war es eben so.

Bei Menschen war es anders, genauer gesagt: bei Männern, wie der Professor nun stolz erklärte, die waren nicht von den Jahreszeiten abhängig. Er dozierte nun über Funktion und Erektion, hob die Bedeutung männlicher Potenz und das Zeugen von Söhnen hervor und dass es in der Natur des Mannes liege, sich die Frau untertan zu machen, schließlich sei er, der Mensch, die Krone der Schöpfung, und damit könnten unmöglich die Frauen mitgemeint sein.

Ringsum war es still geworden, die Studenten lauschten ergriffen seinen Worten und studierten aufmerksam den Inhalt des ihnen dargebotenen Glases, der eine oder andere wohl mit errötetem Gesicht. An Toni wollte der Assistent jedoch einfach vorübergehen.

»Bitte …« Sie hielt ihn am Ärmel fest und musste dreimal tief durchatmen, als sie genau hinschaute. Der Professor war jetzt in seinem Element, lief vor dem Auditorium auf und ab und schien Tonis Anwesenheit vergessen zu haben. Ausführlich legte er dar, dass Frauen über einen schmächtigen Körperbau, mangelnde Muskelmasse und zudem über ein kleineres Gehirn verfügten.

»Frauen fehlt ein entscheidendes Körperteil, merken Sie sich das. Ihre Körper sind unvollständig.« Professor Hartenstein war stehen geblieben und dozierte mit erhobenem Zeigefinger.

»Stattdessen haben sie ein Loch! Kein Wunder, dass es ihnen an allem mangelt, oder, meine Herren? So ist die Anatomie. Das ist Biologie! Das ist die Erklärung!«

Toni blieb die Spucke weg, wie konnte er solch eine unsinnige Gleichung aufstellen. Ausführlich musterte sie den dargebotenen Phallus. In diesem Moment verstand sie die Welt. Ihr, Toni Gruber, dem Bauernmädchen von der Alm, die das Wort Patriarchat erst vor Kurzem gelernt hatte, wurde beim Anblick dieses konservierten Stücks Fleisch bewusst, was er wirklich bedeutete.

Es gab Männern das Recht.

Es verlieh Männern die Macht.

Wegen ihm besaßen Männer diese Ansprüche, bevormundeten Frauen als minderwertige Wesen, sprachen ihnen Wissen und Intelligenz ab, hielten sie von Politik und Wirtschaft fern.

Und taten ihnen Gewalt an.

»So eine sind Sie also.«

Toni ignorierte den anzüglichen Blick des Assistenten. Sie war viel zu sehr damit beschäftigt, die Worte des Professors zu verarbeiten.

Der gab sich keine Mühe, Unmut und Abneigung zu verbergen.

»Nun. Sie wissen, worauf Sie sich einlassen?«, brach es aus ihm hervor. Offensichtlich störte ihn Tonis Interesse am männlichen Geschlechtsteil ungemein. »Und sagen Sie hinterher nicht, ich hätte Sie nicht gewarnt. Eine Frau darf nur über die Anatomie der eigenen weiblichen Geschlechtsteile orientiert sein. Wenn sie über den Geschlechtsakt sprechen kann, ist sie für Männer uninteressant! Erst recht, wenn sie dabei nicht errötet. Noch ist es nicht zu spät! Gehen Sie, junge Frau, tun Sie das, was Ihre Aufgabe ist. Und versperren Sie Ihren männlichen Kommilitonen nicht die Sicht auf die wichtigen Dinge des Lebens mit Ihrem dämlichen Hut.«

Still war es im Hörsaal geworden, nur das Surren einer Fliege am Fenster war zu hören.

Statt aufzustehen, blieb Toni sitzen. Das war es also, wovor Emilia sie gewarnt hatte. Welch unglaubliche Unverschämtheit. Was fiel dem Professor ein! Keine Ahnung, woher sie die Chuzpe nahm, diesem widerlichen Kerl so ruhig entgegenzutreten. Doch noch nie in ihrem Leben hatten die Dinge so klar vor ihr gelegen wie in jenem Moment. Professor Hartensteins Ausführungen zur Anatomie des Mannes hatten etwas in ihr bewirkt. Sie hatte endlich in dem so stolz präsentierten Phallus eine Erklärung für Machtanspruch und Triebhaftigkeit der Männer erhalten, unter der Frauen so zu leiden hatten. Wie erbärmlich, sich auf eine Stufe mit den primitiven Tieren zu stellen, die nicht anders konnten, als ständig zu begatten. War der Mensch nicht genau deshalb den Tieren überlegen, weil er über einen Verstand verfügte und denken konnte? Der Professor hatte es clever gedreht: Genau daraus leitete er den Machtanspruch des Mannes ab. Natürlich auch, weil er zudem den kräftigeren Körperbau und das größere Gehirn besitze. Welch kühne Behauptung! Toni würde alles dafür tun, um das Gegenteil zu beweisen. Und wenn sie Tag und Nacht dafür lernen musste.

Das war sie ihrer Mutter schuldig.

Das war sie allen Frauen schuldig.

Noch mal tief durchatmen und hoffen, dass die Stimme nicht zitterte. Dann sprach Toni in die anhaltende Stille des Hörsaals hinein: »Haben Sie vielmals Dank für diese Lektion, verehrter Herr Professor Hartenstein. Ich habe gerade etwas sehr Wichtiges gelernt.«

Liebe Tochter,

weißt du, wie furchtbar das ist, Kinder sterben zu sehen? Immer, wenn ich so ein kleines Würmchen sehe, muss ich an dich denken und stelle mir vor, wie du über die Wiese zu deiner Schaukel rennst. Unsere Schaukel, auf der wir immer gemeinsam so hoch hinaus sind, dass der Wind unsere Haarbänder gelöst hat. Die Kinder hier in den Armenvierteln haben niemanden, der ihnen die Haare kämmt, sie haben noch nicht einmal ausreichend Wasser und Seife. Niemanden, der sich um sie kümmert, ihnen das Knie verpflastert oder sie in den Schlaf singt, wenn sie traurige Gedanken haben. Und die haben hier gerade so viele Menschen. Voller Sorgen sind sie, weil sie nicht wissen, wie es weitergeht. Ihre Häuser haben sie im Krieg verloren, ihr Hab und Gut, dazu oft auch noch liebe Familienangehörige, Männer ihre Frauen, Frauen ihre Männer, Kinder ihre Eltern. Das wenige, was ich tun kann, ist, mich für den Moment um diese Kinder zu kümmern. Ihnen Suppe zu kochen, vorzusingen, mit ihnen zu spielen. Dank Georg ist es uns gelungen, sie gesund durch den Winter zu bringen. Obwohl er noch kein richtiger Arzt ist, behandelt er die Kinder, dabei studiert er Frauenheilkunde, aber sie haben die Fächer zusammengelegt. Weil alles, was mit Frauen zu tun hat, gleichzeitig die Kinder betrifft. Dafür lachen sie ihn aus, behaupten, er wäre kein richtiger Mann, dabei ist er so umsichtig, fürsorglich und respektvoll. Zum Glück gibt es inzwischen so viele Männer, die sich für Frauenrechte einsetzen. Ohne sie könnten wir unseren Verein nicht führen, sie unterstützen uns, wo sie können, und ihnen ist es auch egal, ob ein Mädchen oder ein Junge geboren wird. Gleiches Recht für alle.

Und jetzt hat Emilia ihr Kind verloren. Es steht mir nicht zu, darüber zu urteilen, dass sie schwanger geworden ist, ohne Ehefrau zu sein. Wir alle wissen, wie es geht. Dass sie so tut, als wäre da nichts gewesen, wundert mich schon. Ich habe dich vom ersten Moment an gespürt, wie viel Leichtigkeit hast du in mein Leben gebracht! Und wie sehr bereue ich, dass ich mich habe hinreißen lassen, ein unbedachter Moment, ich war schwach, hungrig nach Berührung, Zärtlichkeit und Aufmerksamkeit. Es hatte nichts zu bedeuten, keine Liebe im Spiel, ich glaube nicht mehr an die Liebe. Deswegen verstehe ich Emilia, sie sucht ihr Glück in fremden Betten, lebt für den Moment der Ekstase, wer könnte ihr das verdenken.

Ich bin eine alte Frau, mein Körper verwelkt. Der angehende Herr Doktor findet mich bestimmt nicht attraktiv. Wie höflich er mich behandelt, wie artig er mit mir Champagner trinkt, mir die Hand küsst, um dann doch vor Mitternacht die Droschke zu rufen. Das ist vernichtend zu spüren, gerade mit all den erblühenden jungen Frauen um mich herum, allen voran Toni mit ihrer pumperlgesunden Art. Ich will nicht ungerecht sein, das Leben meint es gut mit mir, mein Herzenskind, denn ich habe hier in München ein neues Zuhause gefunden. Doch dieser Gedanke nagt an mir.

4

In letzter Sekunde

Suche Mängel auf der anderen Seite
durch ein Mehr auf der eigenen Seite auszugleichen.

MINNA CAUER (1841–1922)

»Oh, was machen Sie denn für ein Gesicht?«

Immer noch in grüblerische Gedanken versunken, war Toni mitten auf dem Campus gegen jemanden gestoßen und hatte vor Schreck die Bücher fallen lassen. Niemand anderes als Georg Bender musterte sie aufmerksam, während er sich ebenfalls bückte und ihr beim Aufsammeln der Unterlagen half. Verlegen griff Toni nach dem Stück Papier, auf dem sie vorhin eine beschriftete Skizze des Phallus angefertigt hatte. Wenn Georg es gesehen hatte, blickte er geflissentlich darüber hinweg. Wie peinlich! Aber nicht nur deswegen schummerte es in ihrem Kopf. Die unvorhergesehene Begegnung brachte sie gehörig durcheinander.

»Was ist passiert? Nein, lassen Sie mich raten: Sie waren bei Professor Hartenstein in der Vorlesung, weil diese Schlange von Fräulein Moser Sie zu ihm geschickt hat?! Er ist noch von der alten Schule, müssen Sie wissen, er geht hoffentlich bald in den Ruhestand. Leider sind seine Anatomiestunden die besten, die man derzeit hören kann, da lohnt es sich durchzuhalten.« Er lächelte Toni aufmunternd zu, wie er das so sagte, und schon wieder fiel ihr sein Grübchen dabei auf. »Die anderen Professoren dagegen fördern weibliche Studenten sehr, weil sie alle so fleißig und talentiert sind. Du darfst dich glücklich schätzen, liebe Toni – ich darf doch Du sagen, oder? – hier in München können intelligente Frauen wie du es zu etwas bringen. Oder willst du etwa schon aufgeben?« Georg schaute sie fragend an. Wieder dieser Blick, der ihr so durch und durch ging.

»Aufgeben? Da kennst du mich schlecht!« Toni schenkte ihm ein verwundertes Lächeln.

»Stimmt! Das würde ich gerne ändern, wo wir uns doch immer wieder begegnen. Schließlich sind wir Kollegen! Und wer weiß, ob wir in Zukunft nicht besser zusammenarbeiten wie gestern. Danke für deine umsichtige Hilfe!«, erwiderte er sanft und griff nach Tonis Hand, sein Lächeln strahlte direkt in ihr Herz. Irritiert ließ sie zu, dass seine Augen in ihre tauchten. Schon einmal hatte jemand sie so angesehen, und sie hatte versprochen, dass es für immer sein sollte.

Sie senkte den Blick, wusste für den Moment nicht, wie sie reagieren sollte. Zu viel für diesen einen Morgen.

»Verstehe.« Georg ließ langsam ihre Hand los, er nickte. »Dann lass mich bitte dein Freund sein, ich denke, so jemand kannst du hier gebrauchen. Erst recht, wenn du mit dem Hartenstein den Kampf aufnehmen willst!«

»Er ist widerlich. Wer gibt ihm nur das Recht, so abfällig über Frauen zu urteilen?« Toni hatte sich wieder im Griff und lief nun neben Georg durch den langen Flur hinüber in die Bibliothek.

Unterwegs kam ihnen Casper, Otto und Quirin entgegen, diesmal machten sie Platz und zogen ihre Mützen. Ihr Gruß galt Georg, natürlich.

»Lass dich nicht beirren, es gibt zum Glück auch Männer, die anders denken«, meinte er und blieb stehen. »Grüß Gott!« Jetzt lupfte Georg seinen Hut vor einer Dame, die ihnen entgegengeeilt kam, und wenn Toni sich nicht täuschte, war er gerade rot angelaufen.

»Das war Adele Hartmann«, raunte er ihr ins Ohr, und seine Stimme kitzelte an ihrem Hals. »Sie ist die erste Frau Professor im Deutschen Reich. Ich meine, eine, die mit ihrem eigenen Wissen habilitieren durfte und nicht, weil ihr Mann den Titel trägt.«

Mit offenem Mund staunte Toni ihr hinterher. In ihrem grauen Kleid hätte man sie eher für eine Nonne halten können, nicht für eine Privatdozentin. Wie ich, dachte Toni, mich Bauernkind würde auch niemand für eine Medizinstudentin halten! Der Gedanke erfüllte sie in diesem Augenblick mit feierlichem Stolz. Ja, sie würde alles für dieses Studium geben, schwor sie sich. Dass sie wissbegierig und ehrgeizig war, hatte sie in den letzten Jahren eindeutig bewiesen. Sonst hätte sie den Privatunterricht, den Tante Cilli ihr finanziert hatte, neben der täglichen Arbeit auf der Alm nicht bewältigt. Von den Lateinvokabeln, die sie während des Käsens gepaukt hatte, ganz zu schweigen.

»Sie ist toll! Wenn du dich anstrengst, kannst du ihre Assistentin werden, ich selbst habe leider nicht das Vergnügen, ich gehöre zu einer anderen Fakultät!« Unbemerkt war Emilia an ihrer Seite aufgetaucht. Amüsiert folgte sie Tonis Blicken. »Keine Sorge! Eines Tages wird das möglich sein, davon bin ich überzeugt! Komm, genug fürs erste Mal, lass uns spazieren gehen!« Sagte es, hakte Toni unter und zog sie mit sich. Georg ließen sie mit einem freundlichen Kopfnicken einfach stehen.

»Ich dachte, Georg ist Arzt. Was macht er hier?« Toni konnte sich die Frage nicht verkneifen. Ebensowenig, dass sie sich noch einmal zu ihm umdrehte. Ihm haftete etwas Verlorenes an, wie er dastand, trotz seiner Größe, er wirkte alleine, ohne einsam zu sein. Viel zu ernst für sein Alter, sicher war auch er im Krieg gewesen. Georg berührte sie, ob sie das wollte oder nicht. Als sie ihm leise zuwinkte, lächelte er zurück.

Emilia lief unbeirrt weiter, hinaus aus den ehrwürdigen Gemäuern der Universität auf die Straße, mitten ins Leben. Für einen Moment schloss Toni die Augen und horchte auf die Geräusche um sie herum. Fuhrwerke klapperten, Droschken hupten, und durch das Stimmengewirr klingelte eine Tram an ihnen vorbei. Kein Vergleich zu der abgeschiedenen Ruhe ihres Bergdorfes. Toni gefiel es. Alles an München gefiel ihr. Und Georg Bender mit seiner charmanten Art.

»Ida sagt, er sei Assistenzarzt, kurz vor der Promotion, und wird bald seine eigene Praxis eröffnen. Es gibt da wohl Räumlichkeiten von einem Onkel … oder war es eine Tante?«, hörte sie Emilia sagen. Mittlerweile standen sie auf dem Marienplatz vor dem Fischbrunnen. Nur zu gerne hätte Toni ihre Hände hineingetaucht, sie konnte der Versuchung nur knapp widerstehen.

»Lust auf Kuchen? Im Café Rathaus gibt es die beste Prinzregententorte der Stadt!« Emilia zeigte auf ein Schild schräg gegenüber.

Toni grinste. Torte unter der Woche klang verlockend und auch ein bisschen verboten. Kurz darauf saßen sie an einem kleinen Tischchen und schauten durch die Fensterscheiben auf das geschäftige Treiben der Stadt. Das Rufen der Zeitungsjungen und Rasseln der Fuhrwerke war von hier drinnen nur als leises Gemurmel zu hören. Dafür klapperten die Ober mit dem Geschirr, auch wenn sie mit diskreten Gesten ihre Gäste bedienten. Das Stück Torte, das Emilia für sie beide bestellte, schmeckte göttlich.

»Du bist ein Geschenk des Himmels, Glückskindchen«, meinte Emilia. »Ohne dich …« Ihre Miene verfinsterte sich.

»Schon gut, das war selbstverständlich.« Toni tupfte sich mit der Serviette die Schokoladensahne aus den Mundwinkeln. Offensichtlich war die Fehlgeburt doch nicht spurlos an Emilia vorübergegangen.

»Las mujeres lo pasan mal. Das ist das Los der Frauen«, murmelte Emilia und rührte in ihrer Kaffeetasse. »Da passt du einmal nicht auf, und schwups bist du schwanger. Aber es war schön.« Sie lächelte versonnen.

»Wie bitte?« Toni senkte beschämt den Kopf. Wie kam Emilia dazu, so unverblümt offen mit ihr über etwas zu sprechen, was nur verheiratete Paare anging.

»Schon gut. Entschuldige, ich habe vergessen … Erzähl mir von dir: Gibt es da jemanden? Wartet jemand auf dich?«

»Nein. Ja. Vielleicht.« Verlegen räusperte Toni ein paar Kuchenkrümel in die Serviette. Über Franzl und das, was an ihrem letzten Abend vor seinem Einzug geschehen war, hatte sie noch mit niemandem gesprochen.

»Er gilt als vermisst«, presste sie mühsam hervor, ihr Hals war ganz eng. »Ich bin mir sicher, er lebt und es geht ihm gut, nur aus irgendwelchen Gründen …«

»Oh, entschuldige, wie unbedacht von mir. Das tut mir leid«, beeilte sich Emilia zu sagen und verhaspelte sich in den folgenden Sätzen. »So viel Unglück … Da nützt es dir auch nichts, eine Frau zu sein, die nicht in den Krieg ziehen musste, oder? Ich meine, wir müssen das alles aushalten, all diese Verluste, diese Schmerzen. Jemand zu vermissen, den man von Herzen liebt, ist schlimmer, als selbst zu sterben. Man lebt und ist doch tot. So ist es doch, das ist die Wahrheit, verdad?« Ihre dunklen Augen wirkten noch dunkler als sonst. Was musste Emilia Schreckliches erlebt haben. Auch sie.

»So ist es.« Toni schob den Teller von sich, die Prinzregententorte lag ihr mit einem Mal schwer im Magen. Nein, so schnell würde sie Kummer und Not nicht vergessen, wie konnte sie. Es war an der Zeit, ins Licht zu kommen, jeden Tag in München würde sie dazu nutzen. Sie hatte ein Ziel. Und ein Versprechen einzulösen.

Gespannt wartete sie darauf, dass Emilia weitersprechen würde. Ihre Geschichte erzählen. Warum sie nach Deutschland gekommen war, und wieso sie ausgerechnet bei Ida Petersen in der »Damenpension« lebte.

Emilia schüttelte den Kopf. Hätte Toni mehr von sich selbst preisgegeben, vielleicht hätte sich Emilia dann geöffnet und erzählt. So saßen an diesem Nachmittag eine Blonde und eine Dunkelhaarige still über die Kaffeetassen gebeugt. Dabei hätten sie allen Grund zum Jubeln gehabt. Denn die beiden gehörten zu den wenigen Frauen im Reich, denen es vergönnt war, überhaupt dort zu sitzen.

Wenig später war Toni auf dem Weg zurück zur Villa, mit noch mehr Büchern unter dem Arm, die der freundliche Bibliothekar ihr zusammengestellt hatte. »Fürs Erste sollte das reichen«, hatte er augenzwinkernd gesagt, und Toni hatte sich gefragt, wie auf diese Geste angemessen zu reagieren sei. Gar nicht, hatte sie beschlossen, und auf Emilias Empfehlung hin einen Umweg gewählt, auch wenn ihre Arme jetzt schon schmerzten. »Wenn du ein Stück Freiheit atmen willst, musst du durch den Englischen Garten laufen, hinunter zur Isar. Sicher vermisst du dein Zuhause, deine Berge sehr!«, hatte Emilia ihr nahegelegt und ihr den Weg erklärt.

Sie selbst hatte noch Verpflichtungen, wie sie sich ausdrückte, und Toni ertappte sich zum wiederholten Male dabei, wie sie aus der neuen Freundin nicht schlau wurde. In einem Moment tief betrübt, konnte sie von jetzt auf gleich loslachen, dass es von den Wänden widerhallte und sich die Köpfe aller Anwesenden nach ihnen umdrehten. Irgendwann würde sie ihr Geheimnis erfahren, dessen war sich Toni ganz sicher. Sie mochte Emilia und war froh, in ihr eine Freundin gefunden zu haben. Ein Gefühl, das sie bisher nicht gekannt hatte. Zu Hause auf der Alm gab es das nicht, einfach hinsetzen und plaudern, schon gar nicht bei Kaffee und Kuchen. Die Arbeit, die Sorge um Hof und Geschwister. Und die wenige Zeit, die blieb, hatte Toni mit Büchern und Lernerei beim Privatlehrer verbracht. Dies wiederum bescherte ihr keine Freundschaften, denn alsbald hielt man sie im Dorf für hochnasert, weil sie so oft wie möglich Hochdeutsch und kein Bayrisch sprach. Zudem galt Toni im Dorf vielen als Drudhex, eine Außenseiterin, die man bei Tag mied und nicht grüßte. Was die Frauen nicht davon abhielt, mitten in der Nacht an ihre Tür zu klopfen, um nach heilkundlerischem Rat zu fragen, wenn sie ein abtreibendes Kraut brauchten. Tratschweiber waren es, allesamt, sie würden sich umgucken, wenn Toni erst einen Arztkittel trug und eine eigene Praxis hatte! Toni straffte die Schultern, wechselte die Straßenseite – und stand mitten in der Natur!

Wie recht die neue Freundin hatte! Dankbar schaute sie sich um, drehte sich im Kreis. Vor ihr lag eine weite grüne Wiese, umzäunt von einem Laubwald, nur spärlich zeigte sich das erste Grün. Ohne weiter darüber nachzudenken, ließ sie die Bücher fallen, streifte sich Schuhe und Strümpfe von den Füßen und rannte los. Jetzt, am späten Nachmittag, waren einige Spaziergänger unterwegs, vornehme Damen und Herren flanierten, Kinder mit Rollern und Mütter mit Kinderwagen, die ihr verwundert hinterherblickten. Egal! Toni spürte das kalte feuchte Gras unter ihren Füßen, breitete die Arme aus, glücklich in diesem Moment. Sie lief und lief und lief, bald war sie alleine inmitten von Büschen und Bäumen und noch immer nicht außer Atem. Kam von dort hinten nicht ein wildes Rauschen? Tatsächlich schlängelte sich dort ein Fluss, von Lieblichkeit keine

Spur. Die Strömung riss Äste und Blätter mit, gefährlicher als ein Gebirgsbach. Und das mitten in München! Staunend beugte sie sich über die Brücke und sah den Wirbelströmen zu, nie im Leben würde Toni hier ihren großen Zeh hineintauchen.

Sie wollte gerade den Rückweg antreten – aus welcher Richtung war sie nur gekommen? –, da vernahm sie ein leises Schluchzen. Suchend blicke sie sich um, konnte niemanden entdecken. Es musste von unten kommen.

»Hallo? Ist da jemand?« Toni lehnte sich über das Geländer, spähte in alle Richtungen, jetzt lief sie hinab zur Böschung, rutschte beinahe ab und konnte sich gerade noch festhalten.

»Vorsicht!« Eine glockenhelle Stimme ließ sie erschrocken innehalten. Sie gehörte zu einer blondhaarigen jungen Frau, die am Ufer kauerte. Die Arme um die Knie geschlungen, schien sie gerade so in einer Kuhle Halt gefunden zu haben. Der Saum ihres Kleides trieb wie ein Segelboot im Wasser.

»Was machst du hier?«, fragte Toni, dabei war es offensichtlich. »Komm, gib mir deine Hand, ich zieh dich nach oben!«

»Das … das geht nicht. Wenn ich loslasse, rutsche ich ab!« Auch wenn die Angst deutlich zu hören war, klang die Stimme wie Vogelgesang.

»Keine Sorge, ich halte dich.« Toni streckte ihr ihre Hand entgegen, mit der anderen klammerte sie sich an einem Baumstamm fest. Es war nicht das erste Mal, dass Toni jemanden aus dem Wasser zog, sie wusste, was zu tun war. Also angelte sie mit der freien Hand nach dem Mädchen, das sich mehr als dämlich anstellte und immer wieder abrutschte.

»Du musst quer zur Böschung gehen«, rief Toni ihr zu, »los, gib dir Mühe, greif meine Hand. Du schaffst das.«

Endlich hatte sie sie zu sich auf die Wiese gezogen, erschöpft lagen beide nebeneinander im Gras, die Hände immer noch ineinandergeklammert.

»Was hattest du da unten zu suchen?« Fragend drehte Toni den Kopf zur Seite. Sie schaute direkt in ein paar blaue Augen, klar wie ein Bergsee und funkelnd wie Sterne bei Nacht. Sommersprossen zierten das blasse Gesicht, sie hatte es mit einer zarten Person zu tun, keine Frage.

»Wonach sieht's denn aus?« Und einer widerspenstigen noch dazu.

»Du wolltest dich umbringen?« Toni runzelte die Stirn. »Lass mich raten, das Wasser war zu kalt?!«

»Du hast es erfasst.«

Da mussten beide wie auf Kommando lachen, obwohl es überhaupt nichts zu lachen gab, wenn eine so verzweifelt war, dass sie sich umbringen wollte.

»Constanze!«

»Toni!«

»Und jetzt?«

Eine Weile lagen sie schweigend nebeneinander auf der Wiese, Toni spürte, wie die Feuchtigkeit in ihre Kleidung kroch. Gleichzeitig erfasste sie ein warmer Gefühlsstrudel, als sie den Kopf drehte und in Constanzes liebes Gesicht schaute, hindurch bis auf ihre Seele. Wie eine Freundin. Sie drückte ihre Hand.

»Jetzt weiß ich nicht, wohin. Aber ich gehe nicht mehr zurück.« Die glockenhelle Stimme klang entschlossen.

»Was ist passiert?«

»Verheiraten wollen sie mich! Einen Bierbrauer, stell dir vor! Allerdings … Er ist dreißig Jahre älter als ich und … er riecht komisch. Aber ich geh nicht zurück!« Constanze zupfte ihr ramponiertes Kleid zurecht.

»Er riecht komisch?«

»Nach Zigarre und Bier. Kein Wunder, ihm gehört die Brauerei Aichinger, in der dritten Generation. Und ich soll die Tradition fortführen. Als *Frau Aichinger*. Dabei mag ich gar kein Bier ...« Constanze kicherte. »Außerdem geht es gar nicht um mich. Mein Vater und meine Brüder wollen nur Geschäfte machen. Sie sind Glasfabrikanten, musst du wissen, und wollen Bierkrüge produzieren. Als Ältester stünde eigentlich mir das Erbe zu, aber sie sind sich einig: Ich tauge nicht dafür. Also haben sie über meinen Kopf hinweg beschlossen, mich zu verheiraten. Mit einer ›guten Partie‹, die mir endlich die Flausen austreiben soll. Da haben sie sich getäuscht. Ohne mich. Morgen soll die Hochzeit sein!«

»Jetzt sag nicht, du bist abgehauen!«

»Doch, und ich kann nicht mehr zurück!« Constanze schlug die Hände vor ihr Gesicht. »Es ist alles ... so kompliziert! Den Michl haben sie mir vergrault.«

»Michl?«

»Er war ihnen nicht gut genug. Dabei ist er der liebste Kerl unter der Sonne! Er ist ein kleiner Kaufmann, nicht standesgemäß. Aber er liebt mich.«

»Und warum heiratet ihr dann nicht?«

»Weil es nicht geht, verstehst du! Und jetzt habe ich nichts mehr! Ich kann nicht mehr zurück.«

Toni hatte von Geschäften keine Ahnung, von Heiraten sowieso nicht. Es klang nachvollziehbar, was Constanzes Familie sich für ihren Lebensweg ausgedacht hatte. Dass Constanze nicht nachgeben würde, lag klar auf der Hand. »Was hast du jetzt vor?«

»Keine Ahnung. Michl ist plötzlich wie vom Erdboden verschwunden.«

»Ich dachte, er liebt dich, da kann er nicht einfach ohne dich München verlassen.«

»Da siehst du mal, wohin die Liebe führt!« Constanze sprang auf und rannte los.

»Hey, warte! Wo willst du hin?« Keuchend rannte Toni ihr hinterher. Constanze lief schnell, viel zu schnell, welch Kraft in der zierlichen Person steckte.

»Weg, einfach nur weg!«

»Du bist verrückt.«

»Und wenn? Alles ist besser als zurück zu meinem Vater und meinen Brüdern. Oder zu Herrn Aichinger!« Constanze rannte einfach weiter.

Irgendwann hatte Toni sie eingeholt. »Also gut!« Sie hielt sich die stechende Seite. »Vielleicht habe ich da eine Idee!«

Geliebte Tochter,

es ist einsam, wenn man anders ist als die anderen Frauen. Wenn du dich für naturwissenschaftliche Texte und Romane interessierst statt für Stickereien und Kochrezepte. Wenn du nicht mitreden kannst oder willst, wenn sie sich über die richtige Nutzung von Waschbrett und Lauge unterhalten oder wie man die passende Wäschefrau findet. Oder du nicht wissen willst, wie man den perfekten Rosinenstuten backt, einen Strauß in der Vase arrangiert oder adrett den Tisch für den Herrn Gemahl deckt. Ich hoffe von Herzen, dass dir die Haushaltungsschule erspart bleibt, denn solche Dinge lernst du auch so. Wenn du willst.

Wahrscheinlich bringen sie dir bei, dich lieb und ordentlich zu verhalten und mit gesenktem Kopf zu antworten, wenn du gefragt wirst. Deine eigene Meinung vornehm zu verbergen, wohlwollend deinem Gegenüber ein Lächeln zu schenken, auch wenn du etwas Gegensätzliches denkst. Bloß keinen Eigensinn zeigen, bloß nicht auffallen, bloß keinen Anlass zur Kritik geben, sonst wirst du deines Lebens nicht mehr froh, weil sie ständig etwas an dir auszusetzen haben.

Ich konnte es meinen Eltern nie recht machen! Als Wildfang haben sie mich bezeichnet, als halben Jungen (wie sieht der bitte aus?), eine, der man die Flausen aus treiben muss. Zu ihrem Unmut habe ich mich von ihren Worten nicht beeindrucken lassen, von klein auf gemacht, was ich wollte. Löcher in die Strumpfhosen geschnitten, weil sie so kratzig waren. Mit meinen Brüdern Fußball gespielt und mit dem Fahrrad auf eigene Faust Ausflüge gemacht. Das Schönste war, wenn ich auf Hauke ausgeritten bin … Stundenlang war ich mit ihm unterwegs, durch die Dünen hinunter zum Strand, ich bin ja an der Nordsee aufgewachsen. Wie sehr ich die frische Meeresluft vermisse! Ganz schlimm ist es hier in München, wenn der Föhn Kopfschmerzen macht. Dann träume ich mich zurück in den Sattel, in jene unbeschwerten Zeiten, in denen ich auf Hauke durch die Wellen galoppierte, lachend vor Glück und die Haare flatternd im Wind.

Später hat mir dein Vater das Reiten verboten, ich durfte mein Pferd nicht mehr sehen. Zu unweiblich, hat er behauptet.

Wahrscheinlich widerfährt dir die gleiche Erziehung wie mir, deren Mutter plötzlich verstorben ist. Für dich muss es ja auch so sein, als wäre ich tot. Dein Vater heiratet wieder, und die neue Frau schickt dich in ein Mädchenpensionat, wo man dir die Flausen austreiben soll. Adieu, liebster Hauke, adieu, liebste Schaukel, von nun an heißt es lernen und artig sein, gehorchen und gefallen. Du lernst Englisch, Französisch und Mathematik, interessierst dich für Geschichte und das Weltgeschehen, strebst sogar eine Ausbildung als Lehrerin an, nur um dann verheiratet zu werden und deinen Beruf aufzugeben. Alles umsonst gelernt, höchstens dazu gut, um es eloquent bei Plaudereien einzubringen. So du denn um deine Meinung gefragt wirst. Dann haben sie eine »gute Partie« in Form eines wohlhabenden Mannes für dich, gesellschaftlich wird es dein Ansehen steigern. Und du fügst dich, was bleibt dir auch anderes übrig, willst du das Ansehen der Familie nicht ruinieren. Du bist abhängig, egal ob als Tochter oder als Ehefrau, und wirst es immer sein. Es sei denn, du schaffst es, dich aus diesen Fesseln zu befreien, die sie uns Frauen auferlegen. Dann gehört die Zukunft dir, mein Herzenskind!

5

Die Wahrheit kommt mit dem Donnerschlag

Nicht das Lippenbekenntnis,
nur das Leben und Handeln adelt und erhebt.

CLARA ZETKIN (1857–1933)

Je näher sie der Villa kamen, desto schneller pochte Tonis Herz. Es war kühn von ihr, Constanze einfach mitzubringen. Wenn sie Pech hatte, würde ihr Ida einfach die Tür vor der Nase zuschlagen und sie hätte erst recht ein Problem. Zu ihrer Erleichterung war das Gegenteil der Fall. Ida wirkte zunächst nicht begeistert, als sie hörte, dass sie eine flüchtige Fabrikantentochter beherbergen sollte, sie witterte Probleme mit dem Herrn Papa. Dann besann sie sich.

»Es wäre ganz und gar in Tante Cillis Sinn! Dich armes Ding gegen deinen Willen zu verheiraten, du bist noch so jung … Natürlich bleibst du bei uns, es ist gerade ein Zimmer frei geworden! Herzlich willkommen in der Villa Libertas!« Und mit diesen Worten schloss sie Constanze nicht nur in ihre Arme, sondern auch in ihr Herz.

Was kein Wunder war, das zierliche Mädchen war der Liebreiz in Person und packte mit an, wo sie nur konnte, nähte, stopfte und erledigte die Wäsche, bevor die anderen Frauen überhaupt dazu kamen. Irmi, Berta und Anni freuten sich, und Ida ließ sie einfach gewähren.

Wahrscheinlich erinnerte Constanze sie an ihre Tochter, mutmaßte Toni. Denn jede andere hätte sie daran erinnert, dass sie kein Dienstmädchen war und Frauen emanzipierte Geschöpfe, die nicht für andere den Ofen kehren oder stundenlang Weißwäsche schrubben mussten. Dafür quälte Constanze die Sehnsucht nach ihrem Michl. Ganz München hatte sie nach ihm abgesucht, doch der junge Mann schien wie vom Erdboden verschluckt, er schien jegliches Interesse an ihr verloren zu haben. Was Constanze wiederum in tiefe Verzweiflung stürzte.

»Er wollte mich heiraten! Wir wollten gemeinsam durchbrennen«, schniefte sie in ihr Taschentuch. »Ihm zuliebe habe ich alles aufgegeben. Was soll ich jetzt nur machen? Es ist furchtbar!«

»Wie kann er dich einfach so aufgeben! So einer ist deiner Liebe nicht wert«, versuchte Toni sie zu trösten. Nie im Leben würde sie aufhören, daran zu glauben, dass Franzl noch lebte! Besorgt verfolgte sie Constanzes Verhalten. Sie fühlte sich verantwortlich für das junge Mädchen, schließlich hatte sie ihr das Leben gerettet.

Doch Toni blieb keine Zeit zum Grübeln, denn das Studium forderte ihre volle Aufmerksamkeit. Mit Feuereifer besuchte sie die Anatomievorlesungen, büffelte Muskelgruppen und versuchte, sich den Unterschied zwischen Corpus luteum und Corpus albicans zu merken. Außer ihr hatten sich noch ein paar weitere Frauen zum Medizinstudium eingeschrieben, was den Hartenstein selbstredend nicht begeisterte. Doch während ihre Kommilitoninnen zum Zeitvertreib ins Schwimmbad an den Flaucher gingen oder sich im Café Rathaus ein Stück Prinzregententorte gönnten, nutzte Toni jede freie Minute für ihr Studium. Tanzen gehen, wie es Irmi, Berta und Anni zu tun pflegten, kam für Toni erst recht nicht infrage.

»Du bist wirklich eine geborene Ärztin. Erst rettest du mich, dann Constanze. Mal sehen, wer als Nächstes kommt!«, lachte Emilia, als Toni ihr eines Abends wegen der dunklen Augenringe Eisenmangel diagnostizierte und ihr das Rauchen verbieten wollte. »Mach dir keine Sorgen! Mir fehlt nur Schlaf, sonst nichts!«

Sie waren gerade nach dem gemeinsamen Mahl damit beschäftigt, die Küche aufzuräumen. Während Toni den Abwasch erledigte, hatte sich Constanze in den Kopf gesetzt, das Tafelsilber auf Hochglanz zu polieren. Emilia stand vor der Anrichte und blies demonstrativ Rauch in Tonis Richtung, was diese mit einem lässigen Schulterzucken ignorierte.

Längst war Toni aufgefallen, dass Emilia selten zu Hause war, geschweige denn im Bett nebenan schlief. Meistens kehrte sie erst im Morgengrauen in die Villa zurück, um nach dem Frühstück für ein paar Stunden an die Universität zu gehen. Danach schlief sie für gewöhnlich drei Stunden, kleidete sich neu, um dann für den Rest des Tages nicht mehr gesehen zu werden. Niemand nahm Anstoß an Emilias freizügigem Verhalten, und sie wiederum machte keinen Hehl daraus, dass es nicht immer das gleiche fremde Bett war, in dem sie die Nacht verbrachte.

Wie Toni von Maria erfahren hatte, stand Emilia einigen Künstlern im Atelier von Maxl Donnerhuber Modell, um sich ein paar Reichsmark zu verdienen. Sie war stolz auf diese Arbeit, die sie finanziell unabhängig machte, und hatte Toni mehrfach vorgeschlagen, mitzukommen.

»Du hast wunderschöne, kräftige Haare, die dir über die Schulter fallen, wenn du deinen Zopf löst … Und so ausdrucksvolle Augen. Ganz bestimmt würde Maxl deinen Körper wundervoll zeichnen!«, hatte sie gemeint. Toni hatte dankend abgelehnt. Erstens hatte sie keine Zeit, sie wollte so schnell wie möglich das Studium hinter sich bringen. Und zweitens sperrte sich alles in ihr, sich als Objekt von irgendwelchen Männern zeichnen zu lassen.

»Lasst uns tanzen gehen, heute Abend! Die anderen gehen auch«, schlug Emilia vor und half jetzt doch, die Teller in den Küchenschrank zu räumen. »Du, Constanze und ich, das wird grandios! Es wird höchste Zeit, dass ihr auf andere Gedanken kommt! Immer nur lernen macht auf Dauer krank. Dann brauchst *du* einen Arzt! Los kommt, worauf wartet ihr, wenn wir uns beeilen, schaffen wir es noch trockenen Fußes vor dem Gewitter.«

»Das geht leider nicht, später tagt der Frauenverein in der Bibliothek, und ich möchte gerne wieder dabei sein.« Toni schüttelte den Kopf. Schließlich war es Cilli und ihren Frauen zu verdanken, dass sie überhaupt in München war und studieren durfte. Außerdem hatte Toni beim letzten Mal so viel Spaß gehabt und so viel Neues gelernt, dass sie das nächste Treffen kaum erwarten konnte. Ida hatte Toast bereitet und von irgendwoher Weißwein und Bier organisiert. Dann hatten sich die Damen gegenseitig aus der Zeitung vorgelesen und die Köpfe heiß diskutiert. Begierig hatte Toni jedes ihrer Worte aufgesogen. Sie hatte nicht gewusst, dass nach dem Krieg so viel auf dem Spiel stand und womöglich die Demokratie in Gefahr war. Nicht auszudenken, wenn mit der Wiederherstellung des Kaiserreichs die erkämpften Frauenrechte verloren gingen, wie es die konservativen Kräfte im Reich forderten. Heute wollten die Damen Plakate und Flugblätter entwerfen, wobei sie beim letzten Mal schon eifrig diskutiert hatten, welches Thema zuerst: Abschaffung des Paragrafen 218, Recht der Frau auf Empfängnisverhütung, Mutterschutz und Verbesserung der rechtlichen und sozialen Lage von ledigen Frauen … Die Liste war lang.

»Wir müssen gegen die Bevorzugung von Männern demonstrieren«, meinte Toni zu Emilia. Gerade heute hatte sie sich wieder über Professor Hartenstein ärgern müssen, der sie vor versammelter Mannschaft komplizierte anatomische Fachbegriffe abgefragt hatte, die die bartlosen Jünglinge ganz bestimmt nicht gewusst hätten. Als Frau musste sich Toni immer doppelt so sehr anstrengen – und das zermürbte, auch wenn sie jedes Mal mit Bravour bestand.

»Von echter Gleichberechtigung sind wir noch weit entfernt!«, seufzte Maria, die gemeinsam mit Ida in die Küche gekommen war. »Gerade streiten sie über die Formulierungen, wie es denn in der Verfassung heißen könnte: ›Gleichberechtigung von Männern und Frauen‹, was eine grundsätzliche Neuordnung der Weltanschauung wäre. Das wäre eine Revolution! Dann hätten wir etwas erreicht! Stell dir das mal vor. Frauen und Männer sind gleich-be-rech-tigt!« Sie reckte kämpferisch die Faust in die Höhe.

»Ich würde gerne daran glauben.« Emilia nahm einen tiefen Zug ihrer Zigarette. »Wahrscheinlich bleibt es bei: ›Männer und Frauen haben grundsätzlich die gleichen Rechte und Pflichten.‹ Wohin das führt, sehen wir ja gerade bei Ida … In Wahrheit wollen die Männer ihre Macht erhalten. Wehe, wir kommen ihnen dabei in die Quere! Toni will letzlich auch lieber wieder zurück in ihr traditionelles Dorf, anstatt etwas zu verändern, oder?« Sie pustete den Rauch direkt in Tonis Gesicht.

»Lass das!« Verärgert schob Toni Emilia von sich. »Du täuschst dich. Ich will überhaupt nicht, dass alles so wie früher bleibt!«

»Seid's deppert, jetzt streitet euch nicht«, ging Maria dazwischen. »Dafür ist unser Anliegen viel zu ernst. Es geht um alles oder nichts. Wenn sie uns Frauen in die Regierungs- und Verwaltungsstellen berufen, könnten wir so viele wertvolle Dienste leisten und an ein paar Stellschrauben drehen. Bildung, Erziehung, Wohlfahrt, Gesundheit, Sittlichkeit, all das sind Frauenthemen …«

»Du vergisst die Zulassung von Frauen zu juristischen Berufen!«, wurde Maria von Emilia unterbrochen. »Sie wehren sich mit Händen und Füßen dagegen, dass ich mein Staatsexamen ablege, weil sie der Meinung sind, dass es ›gefährlich‹ ist, wenn ich als Frau Zugang zu maßgeblichen Ämtern hätte! Angeblich, weil wir Frauen aufgrund unserer natürlichen Veranlagung nicht zum praktischen juristischen Beruf geeignet seien. Dabei wäre es für alle Beteiligten kein Schaden für das Richteramt, wenn wir Herz, Liebe und Gemüt mitbringen!«

»Lass mich raten, sie bezeichnen dich als Mannweib, oder?« Toni winkte ab. Mit ernster Miene hatte sie nach einem der Flugblätter gegriffen, die auf dem Tisch lagen. »Das kenne ich aus meiner Fakultät. Was meinst du, was ich mir alles anhören muss! Es sei wider die weibliche Natur, mein Gehirn wäre zu klein, überhaupt würde sich von mir als Ärztin kein Mann behandeln lassen …«

»Was ist mit den anderen Studentinnen? Wie man hört, werden es immer mehr, gerade an der medizinischen Fakultät«, fragte Ida, die die ganze Zeit über die Diskussion interessiert verfolgt hatte.

»Ja! Das ist unsere Chance. Frau Professor Adele Hartmann ist für uns alle ein Vorbild!« Toni sprach ihren Namen beinahe ehrfürchtig aus.

»Wir müssen die Frauen über ihre Möglichkeiten aufklären! Sie dürfen eine Meinung haben und ihre Stimme erheben, sie dürfen wählen! Sie haben einen Kopf zum Denken, sie dürfen studieren und arbeiten! Und sie haben das Recht, über ihren eigenen Körper zu bestimmen«, rief Maria. »Das müssen wir allen Frauen sagen! Wieder und immer wieder! Bis sie endlich verstehen, dass nur sie selbst es sind, die etwas bewirken können.«

»Genau«, warf Emilia mit funkelndem Blick in die Runde ein. »Und genau deswegen müsst ihr heute Abend auf Toni verzichten! Keine Widerrede! Höchste Zeit, dass sie die Möglichkeiten des Münchner Nachtlebens kennenlernt …«

***

Toni stand ratlos vor ihrem Kleiderschrank, sie besaß nur das eine gute Sonntagskleid. Das war bestimmt nicht das, was man in München zum Tanzen trug.

»Du bist und bleibst ein Dorfkind.« Toni versuchte ein Lächeln, ihr Spiegelbild lächelte verzagt zurück. Schmal und blass war ihr Gesicht geworden, seit sie hier in München lebte. Der blonde Dutt auf dem Kopf verrutschte ständig, als ob ihm das ständige Nachdenken zu viel wäre.

Plötzlich rüttelten die Fensterläden in den Angeln. Erschrocken fuhr Toni zusammen, der Kater spitzte die Ohren. Der Tag war von jetzt auf gleich dunkel wie die Nacht geworden, und der Wind heulte immer lauter um die Mauern.

»Keine Sorge, mein Kleiner, wir sind in Sicherheit.« Beruhigend hatte sie ihn auf den Arm genommen und knipste das Licht an. Ida hatte immer noch nicht erlaubt, dass der Kater in der Villa und draußen im Garten umherspazieren durfte. Sie fürchtete um ihre Blumenzwiebeln und hatte Angst um die Vögel, die auf dem Grundstück brüteten. Ein klägliches Maunzen war die Antwort, und da wusste Toni, dass sie etwas zu klären hatte, lange genug schon hatte sie mit ihrem Anliegen gewartet. Es wurde höchste Zeit, dass sie sich kümmerte. Am besten sofort.

An diesem Abend kam Toni nicht dazu, mit Ida zu sprechen. Denn gerade, als sie die Bibliothek betrat, gab es einen ohrenbetäubenden Knall. Blitz und Donner hatten gleichzeitig eingeschlagen, im ganzen Haus war der Strom ausgefallen.

»Schnell, macht die Kerzen an!« Nach der ersten Schrecksekunde hatte sich Ida wieder im Griff. Sie war gerade mit Maria dabei, Bücher und Unterlagen für das Treffen vorzubereiten.

»Wo ist Emilia?«, fragte Toni aufgeregt.

»Ich bin hier! Und Constanze auch.« Arm in Arm kamen die beiden in die Bibliothek gerannt und suchten Zuflucht auf dem Sofa. Draußen wirbelte der Wind durch die Büsche, bog die Zweige zu Boden und riss den Narzissen die Köpfe ab.

»Wie furchtbar!« Constanze kauerte dicht an Emilia gedrängt, Ida hatte ihr fürsorglich eine Decke umgelegt.

»Es ist nur ein Gewitter, wir sind hier in Sicherheit! Uns kann hier drinnen nichts passieren.« Toni schaute aus dem Fenster, sie hatte schon ganz andere Unwetter erlebt. Mit Franzl, da hatten sie Zuflucht in einer Höhle gefunden. Oder ein anderes Mal, da waren sie im Zickzack über die Weide gelaufen, weil die Blitze so dicht hintereinander einschlugen und sie nicht wussten, wohin.

Franzl. Wo er jetzt wohl steckte? Bestimmt musste er eine Verletzung auskurieren oder half anderen beim Wiederaufbau, um seine Schuld gutzumachen, Franzl war so einer. Toni lehnte den Kopf an die Scheibe, das kühle Glas tat gut, das gleichmäßige Prasseln des Regens beruhigte ihr aufgewühltes Herz. Denn ob sie es zugeben mochte oder nicht, spukte dort seit ihrer ersten Begegnung ein gewisser Georg Bender öfters herum, als es sein durfte.

Constanze war völlig außer sich. »Nichts passieren? Hier ist es dunkel, der Blitz kann jederzeit in das Haus einschlagen, und dann brennt es und dann …« Der Rest ging in ein heftiges Schluchzen über.

»Es ist alles gut, Constanze ... Es ist wirklich nur ein Gewitter, und das ist weit weg ... Erst Blitz, dann Donner ... selten für diese Jahreszeit, aber auch nicht ungewöhnlich.« Toni beobachtete aufmerksam den Himmel, während Emilia Constanze hilflos in ihren Armen hielt.

»Du hast gut reden, Toni. Nicht jeder ist so beherrscht wie du.« Sagte ausgerechnet Ida, die Frau mit dem kühlen Kopf, Sachlichkeit in Person, wenn sie nicht gerade heimlich in ihr Taschentuch weinte. Sie stand ebenfalls am Fenster und blickte nach draußen.

Der nächste Donner erschütterte das ganze Haus. Constanze schrie erschrocken auf.

»Wie bitte?« Überrascht drehte sich Toni um. Ihr blieb keine Zeit, weiter über das Gesagte nachzudenken, denn Constanze drehte nun völlig durch, wand sich in Emilias Armen, die vergeblich versuchte, sie festzuhalten.

»Ich will hier raus!«

»Wir sind hier in Sicherheit.« Toni kniete sich vor sie. »Schau mich an. Schau mich bitte an! Siehst du meinen Finger? Und jetzt ruhig atmen, wir zählen gemeinsam ... Eins ... Emilia, bring bitte meine Holzkiste, sie steht in meinem Zimmer, meine Kräuterbonbons ... Zwei ...«

Constanze ließ sich nicht beschwichtigen. Bei jedem Blitz, bei jedem Donner heulte sie noch heftiger auf, es schüttelte sie durch und durch. Endlich kam Emilia mit der Dose.

»Hier. Und jetzt konzentriere dich aufs Lutschen! Von links nach rechts und von rechts nach links, Constanze! Bitte. Schau mich an!«

Vielleicht lag es am Licht, das plötzlich wieder anging. Vielleicht am Katerchen, der bei der Gelegenheit aus Tonis Zimmer ausgebüxt war und es sich nun auf Constanzes Schoß gemütlich machte. Vielleicht, weil sich das Gewitter endlich verzog. Vor allem aber war es Tonis Kräutern zu verdanken, dass Constanze geholfen wurde.

»Lass das lieber niemanden wissen, dass du einen Heulkrampf mit Bonbons kurierst …« Emilia schüttelte den Kopf. »Für hysterische Frauenzimmer wie Constanze haben die Herren ganz andere Therapien parat …«

»Sei froh, dass du bei uns bist, Kindchen!« Ida wiegte Constanze in ihren Armen. »Schscht, ist ja gut, ich passe auf dich auf … Hier tut dir niemand etwas an.«

Erschöpft ließ sich Toni in einen Sessel fallen, spürte, wie die Anspannung nachließ und sich ihr Puls langsam normalisierte.

»Heute geht wohl niemand mehr vor die Tür«, seufzte Emilia mit Blick nach draußen. Es regnete immer noch. »Dann machen wir es uns eben hier gemütlich, oder?« Sagte es und lief in die Küche. Kurz darauf kam sie mit Tee und Gebäck zurück.

»Du hast den Likör vergessen!« Maria, die die ganze Zeit über still dabeigestanden hatte, holte aus der Anrichte eine Karaffe mit Gläsern.

»Auf uns!« Toni hob ihr Glas.

»Na dann, auf unsere Damenpension!«, prostete Emilia in die Runde.

»Gib's zu, dir wäre es lieber, hier wären auch ein paar Männer dabei«, erwiderte Ida. Sie hatte ihr Glas nicht angerührt. Unwillkürlich duckte sich Toni und hielt den Atem an. Die Luft zwischen den beiden Frauen schien gefährlich aufgeladen, dabei war das Gewitter gerade vorbei.

»Kann ja nicht jede so männerfeindlich sein wie du!«, schoss Emilia zurück.

»Hier hat niemand etwas gegen Männer!« Maria schenkte sich ein zweites Mal ein. »Nur gegen solche, die ständig über uns Frauen bestimmen wollen. Prost, die Damen!«

»Und das sind nun mal alle!« Ida schüttelte den Kopf.

»Das stimmt!«, rutschte es Constanze heraus. »Mein Vater behandelt mich, als wäre ich sein Eigentum! Und meine Mutter muss tun, was er sagt.«

»Nicht alle Väter sind so.« Bei der Erinnerung an ihren Vater wurde Toni warm ums Herz. Sicher war er ein bestimmender Mensch, unnahbar und wortkarg, und nur die Pfeife war sein Freund. Doch Toni hatte er gehen lassen, obwohl er mit Lesen, Rechnen und Schreiben nichts am Hut hatte, wie er sich ausdrückte. Vielleicht war es auch, weil er sich schuldig fühlte. Hätte er die Mutter in jener Nacht nicht in die Kammer gezerrt, wäre sie sicher noch am Leben.

»Mein Vater hat mich einfach weggeschickt!« Das kam von Emilia. Sie hockte mit angezogenen Knien im Erkerfenster und schaute hinaus in die Dunkelheit, mittlerweile war es wirklich Abend geworden.

»Du kommst aus Spanien, oder?«, fragte Constanze neugierig.

»Vengo de Madrid«, erwiderte Emilia stolz. »Mein Vater ist Magistrado am Tribunal. Ich bin in München, um Rechtswissenschaften zu studieren. Eigentlich soll ich im Hause des Bürgermeisters wohnen, sie sind befreundet …«

»Emilia fühlte sich dort eingesperrt, kein Wunder!«

Täuschte sich Toni, oder lag da ausnahmsweise ein wohlwollendes Kichern in Idas Stimme?

»Ich soll nach meinem Studium zurückkehren und standesgemäß heiraten. Einen passenden Kandidaten hat er schon. Juan Torre de Castañeda. Langweiler vor dem Herrn. Da kann er lange warten, so schnell werde ich mit meinem Studium nicht fertig …« Emilia lachte auf. »Natürlich hat er mir gedroht und mir das Geld gesperrt, damit ich zurückkomme. Zum Glück bin ich bei Ida untergekommen. Und verdiene mein eigenes Geld.«

»Indem du dich für Männer nackt ausziehst«, stichelte Ida liebevoll.

»Besser, als für andere Suppe zu kochen und Wäsche zu stopfen«, gab Emilia zurück.

»Es wird Zeit, dass Frauen endlich eine richtige Ausbildung ermöglicht wird, damit sie auf eigenen Füßen stehen können«, warf Maria ein. Sie war aufgestanden und kramte in ein paar Unterlagen. »Und wenn schon Prostitution, muss sie auch rechtlich abgesichert sein. Kann nicht sein, dass ihr Mädchen von der Sittenpolizei verhaftet werdet, nur weil die Herren sich vergnügen …«

»Wenn ich meinen Spaß habe, prostituiere ich mich nicht! Außerdem stehe ich Modell! Das eine hat mit dem anderen nichts zu tun!« Emilia sprang auf.

»Es schickt sich nun mal nicht«, meinte Ida.

Toni hielt den Atem an. Gespannt schaute sie von einer zur anderen.

»Was schickt sich nicht?« Emilia funkelte Ida wütend an. »Wie scheinheilig ihr seid! Einerseits kämpft ihr hier in der Villa für die Frauenrechte, geht wählen und studieren und arbeiten. Wollt leben wie die Männer, mit Rauchen und Trinken und allem. Doch wenn es um eure sexuelle Selbstbestimmung geht, gelten wieder die alten Gesetze? Es ist euer Körper, vergesst das nicht!«

»Du siehst ja, was du davon hast!« Das kam von Ida, kaum hörbar geflüstert. Sie lehnte am Fenster und schaute in die dunkle Nacht. »Eben weil es dein Körper ist, solltest du besser auf ihn achten!«

»Du meinst, wegen meiner Fehlgeburt?« Emilia setzte sich wieder neben Constanze auf das Sofa.

»Was gäbe ich darum, wieder ein Kind zu haben.« Idas trauriges Gesicht spiegelte sich in der Fensterscheibe.

»Wieder?«, hakte Toni behutsam nach. Beinahe traute sie sich nicht, Ida diese Frage zu stellen, spürte sie doch deren Abneigung ihr gegenüber Tag für Tag. Still war es im Raum geworden, ganz still. Nicht einmal das Ticken der Uhr war zu hören, denn die war beim Donner stehen geblieben.

»Ida hat eine Tochter«, erklärte ihr Maria leise. »Sie lebt in Hamburg, bei ihrem Vater.«

»Nach der Scheidung durfte ich sie nicht mehr sehen! Sie haben sie mir weggenommen, mir jeglichen Kontakt verwehrt.« Ihre Stimme war nur noch ein Flüstern. »Was hätte ich denn machen sollen? Jeden Tag hat er mich spüren lassen, dass ich ohne ihn nichts wert bin. Jahrelang diese Erniedrigung, das hat mich ganz krank gemacht … Erst hat er sich heimlich weggeschlichen, später dann keinen Hehl mehr daraus gemacht, dass er sich woanders vergnügte. Ich war ihm nach der Geburt unserer Tochter nicht mehr gut genug.«

»So etwas darfst du nicht einmal denken!«, empörte sich Emilia, und Maria stimmte ihr zu. »Du bist wunderbar!«

»Deswegen hast du dich scheiden lassen? Weil er dich betrogen hat?« Constanze schaute Ida verständnislos an. »Das ist doch kein Grund, das machen alle …«

»Und ob das ein Grund ist!« Maria schnaubte vor Empörung. »Gleiches Recht für alle!«

»Verstehst du jetzt, warum ich gegen Emilias Bettgeschichten bin? Frauen wie ihr verdanke ich, dass ich mein Kind nicht sehen darf.«

»Frauen wie mir ist es zu verdanken, dass Männer ihren Frauen keine Gewalt antun.«

Toni horchte auf. So hatte sie das noch nie gesehen. Hatte der Vater jetzt deswegen Gitti?

»Du meinst, ich hätte bei ihm bleiben sollen? Diese Demütigung aushalten, dass er mich jede Nacht betrügt und tagsüber nicht mit mir redet? Nur auf meine Mitgift aus war? Glaube mir, ich habe jahrelang mit mir gerungen und gekämpft, aber dann … dann habe ich mich dabei beobachtet, wie ich immer weniger wurde. Traurig. Nichts mehr zu mir nehmen konnte und die dunklen Gedanken die Oberhand über meinen Alltag bekamen. Eines Tages stand ich auf der Brücke … Im letzten Moment habe ich verstanden, dass das keine Lösung ist. Was hätte meine Tochter von mir gedacht? Wenigstens Selbstachtung und Würde war ich ihr schuldig. Also habe ich die Scheidung eingereicht. Wegen Ehebetrugs. Aber das Gericht gab nicht ihm die Schuld, sondern mir. Weil ich angeblich meinen ehelichen Pflichten nicht nachgekommen bin.«

Ida atmete tief aus, es kostete sie hörbar Überwindung, darüber zu sprechen. Dann fügte sie leise hinzu: »Ich möchte nicht, dass irgendjemand meine Geschichte erfährt. Bitte versprecht mir, dass ihr das niemandem erzählt.« Zu Tonis Erstaunen ließ sie es jetzt zu, dass das Katerchen um ihre Beine strich. Sie streichelte sogar seinen Kopf, als er sich an sie schmiegte.

Constanze schaute Ida mitfühlend an. »Wie furchtbar …«, murmelte sie. »Ich wusste gar nicht, dass die Ehe so schrecklich sein kann.«

»Muss sie auch nicht«, meinte Emilia. »Solange du Spaß hast …«

»Glaube mir, mit diesem Mann war es kein Spaß!« Ida straffte die Schultern. »Und hör auf, mich als frigide darzustellen. Sieh endlich ein, dass es rücksichtslose Männer gibt, die sich mit Gewalt nehmen, was ihnen laut Gesetz zusteht.«

»Er hat dich … vergewaltigt?«

»Immer wenn er betrunken von einer anderen nach Hause kam. Er konnte nicht genug bekommen. Verstehst du jetzt, dass ich mich scheiden lassen *musste*?«

»Ja. Und es tut mir unendlich leid für dich … Verzeih mir meine unbedachten Worte.« Emilia zog Ida in ihre Arme und hielt sie lange fest. Sie schien nachzudenken, denn die folgenden Worte klangen sehr entschlossen: »Es ist nicht rechtens, dass deine Tochter bei ihm bleiben durfte. Du musst mit deiner Geschichte an die Öffentlichkeit, sonst ändert sich nie etwas! Schäm dich nicht dafür! Und wenn du willst, helfe ich dir dabei!«

Mein liebes Kind,

jetzt ist es passiert, und ich habe mich hinreißen lassen, den jungen Frauen meine Geschichte zu erzählen. Jetzt wissen alle, wie es um mich steht.

Wie sehne ich mich danach, verstanden zu werden! Die Rechtsprechung ist nicht auf der Seite der Frauen, schon gar nicht, wenn sie untreu waren, so wie ich es gewesen bin.

Ich war nicht ehrlich, ich konnte den jungen Frauen nicht die ganze Wahrheit sagen. Aus Angst, dass sie mich verachten.

Denn es ist kompliziert. Wie kann ich erklären, dass mich die Berührungen des einen ekeln und die des anderen elektrisieren? Untreue ist für beide Ehepartner verurteilenswert, doch gelten für Frau und Mann zweierlei Maß, Gesetz sowieso. Jetzt muss ich damit leben, zu meinem Fehler stehen, der allein daraus besteht, dass ich mich endlich spüre. Als Frau in all ihren Facetten, in all ihrem Begehren, mit jeder Faser ihres Körpers. Wie naiv sie alle von der Ehe träumen und daran glauben, dass Liebe ewig hält. Wer hat ihnen das nur erzählt? Ich fürchte, es waren Männer mit den romantischsten Gefühlen, die dafür sorgten, dass Frauen so denken.

Sie haben uns Frauen eingeredet, dass unser Platz im Haus ist und unser Gehirn nicht für den Verstand der Politik und Finanzen taugt, sie bezeichnen es als »biologische Tragödie«. Als ob das eine Erklärung wäre!

Sie haben uns für unmündig erklärt, von Bildung und Kultur ferngehalten, uns für dumm verkauft. Denn Wissen ist Macht. Und die möchten sie nicht abgeben. So einfach ist das, so kompliziert ist das.

Kluge Frauen haben sich als Männer verkleidet und sich ins Kloster oder an die Universität eingeschlichen, unter einem falschen Namen schlaue Texte und Reden verbreitet. Alles um den Preis der Weiblichkeit, die sie leugnen müssen, damit sie Anerkennung und Gehör finden. Denn Weiblichkeit genießt kein Ansehen, gefühlvolle Weichheit ist allein Künstlern vorbehalten, wie Emilias Maxl Donnerhuber einer ist. Sie werden geduldet, man macht mit ihren Werken Profit, und hinter vorgehaltener Hand beschimpft man sie als verzärtelt und verdummt.

Und immer der Vergleich mit den Männern, wer hat das nur erfunden? Ich fürchte, das ist ein Missverständnis unserer Zeit, dass wir Frauen uns an ihnen messen, sie als Maß der Dinge nehmen. Anstatt dass wir unsere eigenen Ideale entwickeln, unsere eigenen Ansichten von Politik, Finanzen und Kultur darstellen. Uns als etwas Eigenes definieren und nicht im Vergleich mit dem Manne, da können wir nur verlieren, denn Mann gleich Mensch ist die Norm.

Wie sehr vermisse ich Tante Cilli, wie sehr bedauere ich ihren Tod. Sie fehlt mir so. Sie hatte kluge Ansichten, musst du wissen, wusste Rat mit ihrer charmanten Art und dem fröhlichen Lachen, das alle Bedenken wegwischte. Die Spanische Grippe hat sie weggewischt, es war ein furchtbarer, ein schleichender Tod, dem Cilli nichts entgegenzusetzen hatte. Die sonst so resolute Frau lag bleich und fiebrig im Bett, der Husten quälte sie. Maria umsorgte ihre Frau rührend, die Doktoren waren hilflos. Der Lindenblütentee brachte Linderung, die Lungenentzündung siegte am neunten Tag.

Wie schwer war es für mich, sie leiden zu sehen, sie gehen zu lassen. Eine starke, stabile Frau verliert gegen ein winzigkleines Virus. Das habe ich nicht verstanden. Ich verstehe es bis heute nicht, und Gott schenkt mir keine Antwort.

Maria lässt sich nichts anmerken, dass sie die Liebe ihres Lebens an diese schreckliche Krankheit verloren hat. Sie lacht und scherzt und sorgt mit ihrem unnachahmlichen bayrischen Charme für Behaglichkeit in unserer Villa. Ich bin so froh, dass sie da ist, sie tut mir gut. Habe ich unserer geschrieben? Dabei gehört sie mir allein, ich bin Cillis Erbin, das hat sie in ihrem Testament verfügt, ebenso wie den Umstand, dass Maria zeitlebens Wohnrecht genießt und wir gemeinsam eine Damenpension führen sollen, die jungen Frauen den Einstieg ins Berufsleben ermöglicht. Um unabhängig und frei zu sein, mit ihrem selbst verdienten Geld auf eigenen Füßen stehen zu können. Nicht, um sich wie Gerda und Ilse dem erstbesten Kerl an den Hals zu werfen. Deswegen habe ich ein strenges Auge auf meine Damen. Bei Emilia mache ich mir keine Sorgen, sie hat Spaß und Vergnügen, sie wird sich so schnell nicht verlieben. Und Toni hat ihren Verlobten auf der Alm. Constanze ist es, die mir Sorgen bereitet, sie ist von anfälliger Natur. Und ich fürchte, sie wirft sich Georg an den Hals, um sich von ihrem Michl abzulenken … Wir werden sehen, wie er das findet, denn Georg ist ein moderner Mann, der eigenständige Frauen mag. Und wenn mich nicht alles täuscht, mein liebes Kind, hat er sich längst in Toni verliebt …

6

Tanz in den Mai

Menschenrechte haben kein Geschlecht.

Hedwig Dohm (1831–1919)

Nach diesem Abend war Emilia wie ausgewechselt. Mit Feuereifer nahm sie ihr vernachlässigtes Jurastudium wieder auf und schlief die nächsten Nächte in ihrem Bett.

»Was sind das nur für Gesetze, die die Rechte der Frauen dermaßen einschränken! Sie erklären uns einfach für geistig unmündig. Höchste Zeit, dass im Richteramt mehr Gemüt und Liebe walten!«, rief sie mit roten Wangen. Zu Marias und Idas Freude verbrachte sie fortan viel Zeit in der üppig bestückten Bibliothek. Innerhalb weniger Wochen hatte Emilia Tante Cillis gesammelte Schriften studiert und sogar mit etlichen Kommentaren versehen.

Toni bekam prompt ein schlechtes Gewissen, weil sie bisher kaum einen Blick in das dicke Vermächtnis der Tante geworfen hatte. Doch was halfen ihr die klugen Essays, wenn sie tagaus, tagein an der Universität frauenfeindliche Bemerkungen über sich ergehen lassen musste und sich niemand auf ihre Seite stellte? Da half es wenig, sich auf dem Campus miteinander zu verbünden. Denn eigentlich wollten die Frauen in Ruhe studieren und lernen, anstatt ständig demonstrieren und kämpfen zu müssen für das, was selbstverständlich sein sollte. Zum Glück gab es Männer wie Georg Bender, die den weiblichen Studenten liberal gegenüberstanden und sie in die Lehre miteinbezogen, wo immer sie konnten. Und Dozentinnen wie Adele Hartmann, in deren Seminaren und Diskussionsrunden ein wertschätzendes Miteinander gepflegt wurde.

Idas Schicksal und Emilias Ansichten bestärkten Toni erst recht in ihrem Weg, sich der Frauenheilkunde zu widmen. Je eher sie am Ziel sein würde, desto besser. Trotzdem fühlte sich Toni nutzlos. Sonst die harte körperliche Arbeit auf der Alm gewöhnt, bei der Käselaibe im Regal gestapelt und Brot gebacken werden musste, saß sie nun stundenlang über ihren Büchern und lernte, ohne ein Ergebnis in der Hand zu halten. Sie bimste anatomisches Wissen in sich hinein, übte saubere Schnitte und Hautnähte an Schweinefüßen. Mit jeder Vorlesung, mit jeder Lektüre wurde ihr bewusster, wie sehr die Wissenschaft allein den männlichen Körper als Menschen definierte, und das behagte ihr nicht. Egal, ob es sich um einen Schnupfen oder um Tuberkulose handelte, Beinbruch oder Hautausschlag, immer waren Männer das Maß der Dinge. Nur bei der Diagnose Hysterie waren sich die Herren Wissenschaftler einig, dass sie die Frauen betraf, Frauen mit schwachem Gemüt und einer Konstitution wie Constanze.

Toni wäre nicht Toni, wenn sie sich damit abgefunden hätte, sie wollte mehr. In den Vorlesungen bei Adele Hartmann hatte sie von den neuen Möglichkeiten erfahren, wie sich Frauen vor einer ungewollten Schwangerschaft schützen konnten. Wissbegierig hatte sie jedes Wort aufgesogen und sich genau gemerkt, wie Frauendusche, Diaphragma und Kondom anzuwenden waren. Den anderen Studentinnen schien es peinlich zu sein, sie hatten kein Interesse daran, sich mit Toni darüber auszutauschen. Doch genau das mussten Frauen wissen! Schon träumte

Toni davon, in ihrer eigenen Praxis darüber aufzuklären und die Anwendung zu zeigen.

Aber dazu musste sie erst noch gründlicher über die Anatomie des weiblichen Körpers Bescheid wissen.

Auf der Suche nach entsprechender Fachliteratur wurde Toni schließlich in der Universitätsbibliothek fündig. Weit hinten, in einer abgetrennten Sektion, standen einige Werke zur Gynäkologie. Verschämt, verstaubt, als wäre es eine Sünde, sich mit dem weiblichen Körperbau auseinanderzusetzen. Es waren genau die Bücher, die Toni suchte. Aus einer Laune heraus machte sie es sich in den folgenden Wochen zur Angewohnheit, in unbeobachteten Momenten die Bücher umzuräumen. Immer so, dass es nicht auffiel, und jedes Mal ein Stück weiter nach vorn.

Dabei hätte sie sich die Geheimniskrämerei sparen können. Viel zu oft saß sie alleine im Lesesaal, viel zu oft wunderte sich Toni darüber, warum sich ihre Kommilitoninnen nicht dafür interessierten. Da hatten Frauen endlich die Chance, und niemand ergriff sie.

Eines Tages blickte ihr eine ältere Dame von der Holzbank entgegen und fragte: »Waren Sie das?« Sie rückte ihre Brille zurecht und deutete auf die blauen Leinenbände.

»Ähm. Ja ...« Toni senkte verlegen den Blick, die Dame hatte sie in der Bibliothek noch nie gesehen. Hoffentlich gab es keinen Ärger, nicht alle Frauen setzten sich so radikal für die Emanzipation ein, wie Toni es von Cillis Verein gewöhnt war.

»Respekt!«, antwortete diese lächelnd. Dann streckte sie Toni die Hand hin: »Ich bin Frau Doktor Else Heuser, Frauenärztin. Studieren Sie hier?«

Toni nickte eifrig, beinahe vergaß sie, sich ebenfalls vorzustellen. »Ich will auch Frauenärztin werden! Mit eigener Praxis in meinem Dorf in den Alpen«, beeilte sie sich hinzuzufügen und geriet sogleich ins Fachsimpeln. »Ich studiere Heilkundlerei und Medizin, ich finde, das ist für die Frauenheilkunde eine sehr erquickliche Kombination. Wie denken Sie darüber?« Endlich konnte sie mit jemandem darüber reden, endlich interessierte sich jemand für ihre Erkenntnisse. Schon sprudelte sie weiter über ihre Forschungsergebnisse zum weiblichen Zyklus, doch mit einer Mischung aus Respekt und Belustigung wurde sie von Frau Heuser unterbrochen.

»Mein liebes Kind, was wollen *Sie* mit Ihrem Talent wieder in den Bergen? Tüchtige Frauen wie Sie können wir hier in München gut gebrauchen. Erst recht, wenn sie sich auf solche Kombinationen verstehen. Das tut den Frauen nicht gut, in der Männermedizin immer als Versuchskaninchen zu dienen … Derzeit häufen sich wieder die Fälle an Syphilis. Und ungewollte Schwangerschaften gibt es auch genug …« Frau Heuser hatte die Stimme gesenkt. »Das dürfte Ihnen ja bekannt sein. Als Studentin der Medizin können Sie sich sicherlich vor Anfragen nicht retten, oder?«

»Wie bitte?« Irritiert schaute Toni sie an. Kurz überlegte sie, ob dies eine Falle war, schließlich waren Abtreibungen verboten, wer erwischt wurde, landete im Zuchthaus. Dass Georg in der Villa Libertas »Regelstörungen« behandelte, hatte sie vom ersten Moment an verstanden und dieses Wissen diskret für sich behalten. Klar wie Marias Kraftbrühe war auch, dass Ida ihre Finger im Spiel hatte und das Behandlungszimmer im Turm eingerichtet hatte – getarnt als Grünen Salon, in dem man auch Gäste empfing. Ein paarmal hatte Toni überlegt, ob sie ihre Hilfe anbieten sollte, hatte sich bisher aber nicht getraut, Ida zu fragen. Georg auch nicht, obwohl er ihr an der Universität öfters begegnete. Da hatten sie sich bisher immer nur zaghaft zugelächelt und nur wenige Worte miteinander gewechselt.

»Lassen Sie sich nicht unterkriegen! Schon gar nicht vom Hartenstein«, ermunterte sie Frau Doktor Heuser. »Wenn Sie

Fragen haben, deren Antworten nicht in diesen Büchern hier stehen, kommen Sie zur mir in meine Praxis.« Sie reichte der überraschten Toni eine Visitenkarte. »Und wenn ich Ihnen noch ein Buch empfehlen darf …« Sie lief suchend durch die Regalreihen, griff dann zielstrebig nach einem blauen Bändchen. »… dann nehmen Sie dieses. Wenn Frauen schon von Gesetzes wegen unter Männern zu leiden haben, dann sollen sie wenigstens über ihren Körper Bescheid wissen. Seien Sie mutig, trauen Sie sich. Nur so erlangen Sie Ihre Selbstbestimmtheit zurück!«

***

So kam es, dass Toni in den nächsten Tagen noch tiefer in die Anatomie des weiblichen Körpers abtauchte. Begierig las sie über die Vorgänge vor und während der Blutung, lernte die Details von Ausfluss bis Zyklus, studierte die neuen – verbotenen! – Methoden der Verhütung bis hin zu Maßnahmen während einer Geburt und im Wochenbett. Hätte sie all diese Dinge nur vorher gewusst! Dann wäre ihre Mutter vielleicht noch am Leben und einige andere Dörflerinnen auch. Insbesondere die Sache mit den hygienischen Maßnahmen, dem Auskochen von Laken und Geräten, Hände waschen. Vor allem Hände waschen. Dann würden auch Babys nicht am Kindbettfieber sterben.

Mit einer Mischung aus Scham und Neugier begann Toni, sich selbst zu untersuchen. Spürte mit dem Finger den Eingang der Vagina nach, betastete die inneren und äußeren Schamlippen, die tatsächlich hart wurden, als sie sich streichelte und mit ihrer Klitoris spielte. Das also war das Geheimnis, dachte sie, vor Glück sprühend. So war das, wenn Mann und Frau zusammen waren, und bei dem Gedanken daran errötete Toni abermals. Unvorstellbar, dass jemand sie eines Tages so begehrte, wie sie es selbst so gerne tat. In diesem Moment jedoch verstand sie, warum Emilia wieder dazu übergegangen war, ihre Abende und Nächte an der Kunstakademie zu verbringen.

»Was meinst du, Katerchen, ganz bestimmt kommt der Franzl wieder zu mir zurück, oder?«, sagte sie und dachte dabei an Georg. Seine feinsinnige Art und aufgeschlossene Denkweise berührten sie und gingen ihr einfach nicht aus dem Sinn.

Mit dem Kater auf dem Schoß saß sie am Erkerfenster und schaute sehnsüchtig nach draußen in den Garten. Wie sehr Toni die Berge fehlten, sie konnte es manchmal gar nicht beschreiben. Eines Nachts hatte Maria sie sogar zurück ins Bett bringen müssen, weil sie im Schlaf auf den Dachboden gestiegen war. Manchmal träumte sie davon, wie sie barfuß über die Almwiese lief, und wachte auf, weil das Gras sie unter den Füßen kitzelte, was überhaupt nicht sein konnte, denn sie lag zwischen gestärkten Laken in einem richtigen Bett in einer der vornehmsten Villen Münchens.

An diesem Tag regnete es zwar nicht, dafür war drückendes Wetter, das einem die Kopfschmerzen in die Augen trieb und das sie hier in München Föhn nannten. Seit der Gewitternacht durfte der Kater überall in der Villa und im Garten frei herumspazieren. Für heute hatte er wohl beschlossen, auf die Mäusejagd zu verzichten, und es sich auf Tonis Schoß gemütlich gemacht.

Müde rieb sie sich die Augen, in den letzten Nächten hatte sie kaum geschlafen, und jetzt blitzte die Erschöpfung durch. Eifrig schrieb sie jede freie Minute an ihrer Arbeit, die sie zum Ende des Semesters abgeben wollte. Lange hatte sie darüber nachgedacht, was denn ihr Schwerpunkt sein sollte, entschied sich dann für das Naheliegende: die Möglichkeiten der Heilkunde unter der medizinisch begleiteten Geburt.

»Franzl wird staunen, wie gut ich die männlichen mit den weiblichen Elementen zusammenführen kann. Es ist ja kein Widerspruch, wie der Hartenstein in seiner Vorlesung über Wundheilung meinte«, dozierte sie dem Kater. Wie Ida hatte er sich neulich abwertend gegenüber der Heilkundlerei geäußert. Sie würde beweisen, dass sich die beiden Fachgebiete Medizin und Kräuterwissen aufs Vorzüglichste ergänzten.

»Ich brauche doch einen ganzheitlichen Ansatz, um Menschen zu heilen. Was meinst du, wird mir das gelingen?«

Toni vergrub ihr Gesicht in dem schwarzen Fell, schluckte die aufsteigenden Zweifel hinunter.

»Was siehst du denn so grüblerisch aus, Toni Gruber?« Emilia kam zur Tür hineingestürmt und sorgte prompt für ein Lächeln auf Tonis Lippen. »Oh, dieser Föhn macht mich ganz deppert! Wie könnt ihr Deutschen das nur aushalten!« Sie rieb sich die Schläfen.

»Ich habe gerade überlegt, wie ich Ida am besten davon überzeuge, hier einen Kräutergarten anzulegen. Es wäre genau die richtige Jahreszeit dazu«, antwortete Toni schnell, und das war noch nicht einmal gelogen. Längst hatte sie mit Ida darüber sprechen wollen und immer wieder die Gelegenheit dazu verpasst. Das Heilwissen mit dem medizinischen Repertoire verbinden, den weiblichen Zyklus unterstützen, Regelschmerzen behandeln, die Geburt begleiten – es gab viele Möglichkeiten, die sie so gerne erforschen und ausprobieren wollte.

»Wenn die Kräuter gut duften … Das gestattet dir Ida bestimmt«, meinte Emilia und griff nach einem von Tonis Büchern. »Kindbettfieber als Folge einer Leichengiftinfektion – wie gruselig klingt das denn? Endometrium, Myometrium, Ovar – ich frage mich, wie du dir all die lateinischen Begriffe merken kannst?«

»Sagt ausgerechnet die, die sich mit Paragrafen herumschlagen muss!« Grinsend nahm ihr Toni das Buch wieder aus der Hand. In Emilias Nähe hatte sie immer gute Laune. »Das wäre wiederum nichts für mich!«

»Mag sein.« Emilia zuckte mit den Schultern. »Würden sie den mit der Nummer 218 abschaffen, wär's einer weniger! Welche Schikane, immer mit einem Fuß im Knast zu stehen, nur weil Frauen verantwortungsbewusst ihre Mutterschaft planen. Gerade jetzt, wo keine weiß, wie ihre Kinder satt werden sollen! Ich bin zu müde, um mich schon wieder darüber aufzuregen … Venga, ich weiß etwas, was dir ganz bestimmt gefallen wird! Wir tanzen heute Abend alle gemeinsam in den Mai, was hältst du von der Idee? Es gibt da dieses Wirtshaus namens ›Deutsche Eiche‹ …«

***

Ida fühlte sich nicht gut und wollte lieber alleine zu Hause bleiben, der Katzenkater würde ihr Gesellschaft leisten und sie beschützen, wie sie scherzhaft betonte, und Maria erklärte sich kurzerhand für zu alt für Vergnügungen dieser Art, sie würde in der Bibliothek bleiben und ein paar Schriften abtippen, die sie auf der nächsten Demonstration als Flugblatt verteilen wollten. Toni blieb keine Zeit, sich über Idas Sinneswandel zu wundern, wo sie sonst keine Katzenfreundin war. Sie verstand auch so, dass Ida kein Interesse hatte, an einer studentischen Feier mit lauter jungen Menschen teilzunehmen. Zudem war sie gerade viel zu sehr damit beschäftigt, sämtliche Kleider anzuprobieren, die Emilia und Constanze für sie heraussuchten, um aus dem Landei eine Stadtschönheit zu machen, wie sie albern herumscherzten.

»Solche Haare hätte ich auch gerne«, meinte Constanze ehrfürchtig, während sie ihr Strähne für Strähne glänzend bürstete, um sie dann zu einem Dutt zusammenzustecken. Mit dem Brenneisen sorgte sie für süße Korkenzieherlocken rund um Tonis Gesicht. Die fühlte sich sichtlich unwohl und wäre am liebsten aufgesprungen und davongerannt.

»Willst du etwa kneifen?« Emilia schaute Toni fragend an. Sie selbst war vorhin mit einer Kurzhaarfrisur nach Hause gekommen, bei der selbst Maria die Luft weggeblieben war. Und die war durchaus eine moderne Erscheinung mit ihrer klassischen Garderobe in Schwarz, wie sie eigentlich nur Trauernde trugen.

»Ich würde meine Haare nie abschneiden!« Toni drehte sich in ihrem bestickten Leinenkleid vorm Spiegel und dachte an ihre Mutter, die ihr abends immer die Haare gebürstet hatte.

»Du musst sie anders stecken, dann siehst du schon viel moderner aus!« Mit ein paar Griffen und Haarnadeln verwandelte Emilia Tonis Frisur zu einem kinnlangen Kunstwerk. Dann drückte sie ihr einen Kuss auf die Wange. »Und, gefällst du dir? Georg wird sich glatt in dich verlieben, wenn er nicht gerade mit Ida Wein trinken muss …!«, ulkte sie.

»Georg?« Toni räusperte sich vor Verlegenheit. »Wie kommst du denn auf den?«

»Das fragst du mich?« Emilia blinzelte ihr verschwörerisch zu. »Ich war dabei, als ihr euch zum ersten Mal in die Augen geschaut habt, vergiss das nicht!« Sie kniff Toni übermütig in die Wangen. »Höchste Zeit, dass sich Ida einen Mann in ihrem Alter sucht!«

»Du meinst …?« Toni dachte an Idas Blicke, die sie Georg immer zuwarf. Trotzdem konnte sie nicht verhindern, dass sie bei Emilias Worten rot anlief. Sie lächelte ihrem Spiegelbild zu. Was sie sah, gefiel ihr.

Constanze richtete sich auf und strich ihr Kleid glatt, sie grinste vielsagend. »Also ich finde ihn ausgesprochen höflich und zuvorkommend. Wenn du nicht willst, nehm ich ihn!«

Wenig später standen sie in einem hell erleuchteten Wirtshaus inmitten feiernder Studenten und lauter Musik. Schon beim Eintreten zogen sie sämtliche Blicke auf sich. Kein Wunder! Emilia mit ihren dunklen Haaren und dem tiefen Ausschnitt unter dem Bolero war eine attraktive Erscheinung, daneben wirkte Constanze im Blumenkleidchen wie ein kleines Kind. Toni überspielte ihre Unsicherheit mit einem Lächeln, sie fühlte sich unwohl. Erst recht mit »kurzen« Haaren und diesem engen, blauen Kleid, das Emilia ihr geliehen hatte. Unmerklich schaute sie sich nach bekannten Gesichtern um. Hier und da grüßte höflich ein Kommilitone, Georg konnte sie nirgends entdecken.

»Venga, kommt, hier entlang!« Emilia zog die beiden mit sich an einen Tisch, an dem bereits Casper, Otto und Quirin saßen. Toni runzelte die Stirn, ausgerechnet diese drei, rutschte trotzdem zu ihnen auf die Bank. Alsbald ging es lustig zu, Sprüche flogen hin und her, und irgendwann verschwand Emilia mit Casper auf der Tanzfläche.

»Schließlich heißt es Tanz in den Mai!«, rief sie übermütig und zog Constanze und Quirin einfach mit sich, weil Toni keine Anstalten machte mitzukommen.

Der war inmitten des Trubels unbehaglich zumute, zumal Otto jetzt dicht an sie heranrückte und den Arm um sie legte. »Jetza hoab di net so, lass uns ein bisserl busserln«, meinte er, als sie wegrückte, und sie roch seinen beduselten Atem. Mit einem Schluck Bier versuchte Toni, das aufsteigende Unwohlsein zu unterdrücken, davon wurde die Übelkeit noch schlimmer.

Damals auf dem Dorffest hatten sie auch getanzt, Franzl und sie, so übermütig und für immer jung, als könne ihnen nie etwas geschehen. Der Krieg war weit weg, tobte in der Welt, nicht bei ihnen auf der Alm. Das war am Abend gewesen, bevor Franzl seinen Marschbefehl erhielt. Ein kleiner Kuss, ganz leicht und schüchtern und doch ein Versprechen für immer, an das sie sich gebunden fühlte. Auch jetzt inmitten des tönenden Trubels und Ottos Gebusserl auf ihrer Hand erinnerte sie sich daran. Sie würde warten, auf ihn, ihren besten Freund, der eines Tages ihr Mann und der Vater ihrer Kinder sein würde.

Immer lauter ging es nun zu, noch mehr Bier wurde in die Gläser gefüllt, und, ohne es zu merken, hatte Toni ihre Maß bereits zum zweiten Mal geleert, das Bier in ihrem Kopf kreiselte. Diesmal folgte sie Otto auf die Tanzfläche und wehrte auch seine Hand auf ihrem Po nicht ab, als sie sich nun zur Polka drehten. Leicht und froh war ihr zumute, warum nicht, warum am Tisch sitzen und Trübsal blasen und sich an die Vergangenheit klammern, wenn um sie herum das Leben tobte. Toni scherzte lauthals lachend, wechselte von Otto zu Casper zu Quirin, drehte sich ausgelassen um Emilia und Constanze, um sich dann wieder von Otto herumwirbeln zu lassen. Vor Bier und Freude taumelnd, folgte sie ihm schließlich nach draußen in den Hof. Hier waren kleine Nischen, Pärchen hatten sich auf die Bänke verzogen, und Toni lachte ihr helles, glucksendes Lachen, als Otto sie in die Seite zwickte. Wie lange hatte sie sich nicht mehr so wohl und unbeschwert gefühlt, er durfte ihr nur nicht noch näher kommen. Kichernd wich sie ihm aus, sie mochte seinen Atem nicht, und auch die Art und Weise, wie er sie jetzt ansah, war ihr zuwider. Da spürte sie seine Hand in ihrem Rücken, die tastend erforschte, ob sie wohl einen Büstenhalter trug.

»Lass das«, wehrte sie ihn lachend ab, »lass uns lieber nach den Sternen gucken.« Zu Hause hatten sie das immer gemacht, in den nachtschwarzen Himmel über ihnen geschaut, den Sternen ganz nah. Otto schien nicht recht zu verstehen, er nahm ihre Hand und drückte Küsse bis zur Schulter hinauf. Toni kümmerte das nicht, sie lief einfach weiter in den Park. Und dann ging alles ganz schnell.

Mit den Worten »Du bist mir eine! Dich so zu zieren, machen das die Madeln bei euch dahoam a so?« riss er sie zu Boden und wollte seinen heftig atmenden Leib auf sie pressen. Toni war schneller. Eine, die in den Bergen stets auf der Hut sein musste, reagierte selbst mit zwei Maß Bier im Blut sekundenschnell.

»Du elendes Weibsstück, du! Was fällt dir ein!« Aufjaulend hielt sich Otto die Nase.

»Was fällt *dir* ein?« Aufgebracht stand Toni vor ihm, die Fäuste immer noch geballt. Plötzlich war sie stocknüchtern. »Ich komme vielleicht vom Dorf, aber ich bin nicht blöd!«

»Was ist, brauchst du Hilfe?« Emilia und Constanze kamen erschrocken angelaufen.

»Ich komme schon klar!« Toni stand da, als ob sie gerade einen Wolf erlegt hätte, dabei war es nur Otto, der schimpfend und stöhnend davonkroch. Großartige Glücksgefühle tanzten durch ihren Kopf, vielleicht lag es auch am Bier.

»Toni!« Georg stand wie aus dem Nichts plötzlich vor ihr. »Komm, ich bringe dich nach Hause!«

»Spielverderber! Wo kommst du denn her? Hat dich Ida geschickt, oder wer?«, raunte Toni nur und spürte selbst, wie schwerfällig die Worte über ihre Lippen kamen, jetzt, wo die Anspannung langsam aus ihrem Körper wich. Sie ließ ihn einfach stehen und lief zurück zur Tanzfläche, wo man sie alsbald fröhlich herumkreiseln sah. Emilia und Constanze stupsten sich in die Seite, weil Georg ihr jetzt auf dem Fuß folgte.

»Das glaubst du aber!«, rief er ihr übermütig zu. Leise sagte er in ihr Ohr, und trotz der dröhnenden Blasmusik verstand sie ihn sehr gut: »Vielleicht mache ich mir Sorgen um dich?« Er hatte sie an sich gezogen, und Toni musste die Augen zusammenkneifen, weil alles so verschwommen war. Für einen Moment lehnte sie ihren Kopf an seine Schulter, atmete seine Wärme und wollte am liebsten eintauchen in dieses überbordende Gefühl, das sie durchströmte.

»Ich kann auf mich selbst aufpassen, hast du ja gerade gesehen«, murmelte Toni und schaute selbstbewusst zu ihm hoch. Dabei versuchte sie, die Glücksstrudel, die gerade durch ihr Herz wirbelten, zu ignorieren. Er sollte aufhören, sie so anzusehen, sie fühlte sich viel zu wohl mit ihm, das durfte nicht sein. Schnell ließ sie sich abklatschen und tanzte mit einem der Studenten aus ihrem Medizinkolloquium, der ihr wegen ihrer Schlagkraft Komplimente machte. Georg ließ sich nicht so schnell abwimmeln. Immer wieder suchte er Tonis Nähe, tanzte mit ihr ausgelassen über die Tische und hielt sie lachend im Arm. Sie ließ es zu, was machte es auch, es würde schon nichts passieren. Es war bereits passiert.

»Ich hatte noch nie so viel Spaß wie heute Abend«, sagte Toni, längst wieder nüchtern von den Ereignissen, in den letzten Stunden hatte sie nur Wasser getrunken. Gemeinsam liefen sie durchs nachtdunkle München, Georg und sie nebeneinander ein Stück hinter Emilia und Constanze.

»Ich auch! Es ist lange her …« Vor dem Eisentor der Villa Libertas war Georg stehen geblieben, zögernd griff er nach Tonis Hand. Als hätte er ihr etwas Wichtiges zu sagen, im Schein der Laterne wirkten seine Augen noch ernsthafter als sonst, dabei hatten sie gerade eben noch gelacht und gescherzt. Zu gerne hätte Toni ergründet, was ihn so bewegte, warum er überhaupt erst so spät auf die Maifeier gekommen war. Als sie sein tiefes Schweigen nicht länger ertrug, drückte sie ihm einen Kuss auf die Wange und ließ ihn mit einem »Gute Nacht, lieber Georg!« einfach stehen, bevor sie hinter Constanze und Emilia im Haus verschwand. Dass ihr Kuss auf seine Lippen verrutscht war, fiel ihr erst später auf.

Liebe Tochter,

die Mädchen hatten Spaß. Ich auch. Und wie! Alle Wunden können heilen, die Liebe heilt, Berührungen heilen. Was zaubern seine Blicke für Gefühle in mir, sie machen mich schön und bringen mich zum Strahlen, ich fühle mich jung und begehrenswert. Dabei ist er längst nicht mehr der Jüngste, ein gestandenes Mannsbild, wie sie hier sagen, erfolgreich lenkt er die Geschicke unserer Stadt. Sein verantwortungsvolles Amt lässt ihn kaum schlafen, er hetzt von einer Besprechung in die nächste, die ständigen Unruhen tun ihr Übriges. Wie schlecht es gerade um die Politik steht, das kannst du dir gar nicht vorstellen. Da waren wir gerade so weit und hatten eine Räterepublik, und dann ermorden sie Kurt Eisner! Hier, mitten in München, mitten am helllichten Tag. Kein Wunder, dass es Tumulte und Aufstände gibt, jahrzehntelang wurde das deutsche Volk von *einem* Kaiser regiert, jetzt sollen wir plötzlich mehrere Vertreter wählen. Uns für eine Partei entscheiden, die unsere Interessen vertritt. Ich kenne mich nicht aus, mir hat man das nicht beigebracht, mich für Politik zu interessieren. Doch seit ich in München bin, lerne ich von Tag zu Tag dazu. Auch von den Damen aus dem Frauenverein kann ich so viel lernen, sie sind aufs Allerbeste informiert, und ich ziehe meinen Hut vor so viel Klugheit.

Es ist wichtig, informiert zu sein! Nur so kannst du wissen, was in der Welt geschieht und dir eine eigene Meinung bilden. Nur so bleibst du selbstbestimmt. Und sage nicht, es ist anstrengend, denn das ist es!

Bis wir wirklich mündige Staatsbürgerinnen sind, ist es noch ein weiter Weg. Nur weil wir die gleichen staatsbürgerlichen Pflichten haben, sind wir noch lange nicht gleichberechtigt. »Wo bleibt das Recht der Frau?«, fragen alle.

Denk allein nur an den Paragrafen 218! Immer noch steht Zuchthaus auf eine Abtreibung, es gibt weder eine medizinische noch eine eugenische Indikation. Und was, wenn das Kind nicht ernährt werden kann! Gerade jetzt, wo so viele Hunger und Not leiden, wäre es mehr als eine barmherzige Tat, eine ungewollte Schwangerschaft zu verhindern. Statt Sexualaufklärung zu fördern, verbieten sie sie. Alle reden mit, alle bestimmen über den Frauenkörper.

Ich schweife ab ... Er nicht. Er ist anders. Zärtlich. Aufmerksam. Respektvoll. Er gehört zu den Männern, die die Frauenrechte befürworten und unsere Initiative unterstützen. Es ist so bereichernd, mit ihm darüber zu diskutieren, denn er weiß so viel. In seiner Nähe fühle ich mich, zum ersten Mal in meinem Leben. Mein Herzenskind, ich wünsche dir eines Tages auch solch einen aufmerksamen Menschen an deiner Seite. Jemanden, der dich aufrichtig liebt und dein Herz versteht.

7

Vom Gestern ins Übermorgen

Ohne Frauen geht es nicht.
Das hat sogar Gott einsehen müssen.

ELEONORA DUSE (1858–1924)

»Wie ich höre, haben die Damen ausgiebig gefeiert und über den Durst getrunken! Du offensichtlich auch!«, begrüßte sie Ida am nächsten Morgen, als Toni mit blassbleicher Miene am Frühstückstisch erschien. Emilia und Constanze blinzelten sich verschwörerisch zu, im Gegensatz zu Toni schien der nächtliche Ausflug bei ihnen keine Spuren hinterlassen zu haben.

»Danke, wir hatten Spaß!« Toni biss sich auf die Lippen, sie fühlte sich furchtbar. Sollte Ida denken, was sie wollte, in Wahrheit plagte Toni das schlechte Gewissen. Wie hatte sie sich nur dazu hinreißen lassen können, Georg zu küssen! Mitten auf den Mund! Die ganze Nacht hatte sie darüber gegrübelt und nun die grässlichsten Kopfschmerzen, selbst das Pfefferminzöl an den Schläfen brachte keine Erleichterung. Es war wie an jenem Abend mit Franzl gewesen, so nah und vertraut und leicht hatte es sich angefühlt mit ihm. Tanzen. Lachen. Sein. Alles. Da war es wie von selbst geschehen. Ein winziger Kuss, der alles bedeutete. Oder auch nichts.

Ida stand wohl nicht der Sinn nach einer Standpauke, im Gegenteil. Geflissentlich ging sie über Tonis bleiche Miene hinweg und plauderte gut gelaunt über die bevorstehende Vorstandswahl im Frauenverein, erzählte von Wahlplakaten, Demonstrationen und Flugblättern und schmiedete Pläne für einen gemeinsamen Ausflug an den Starnberger See. Das Münchener Frühlingswetter zeigte sich von seiner besten Seite, und die Aussicht auf Abwechslung zauberte ein Lächeln in Tonis grüblerisches Gesicht.

»Ist euch aufgefallen, welch gute Laune Ida heute morgen versprüht? Ganz bestimmt hat sich Ida gestern Abend auch vergnügt!«, meinte Emilia später beim Abwasch.

»Du meinst, Georg ist ihretwegen erst so spät gekommen?« Vor Schreck fiel Toni beinahe der Teller aus den Händen, Constanze fing ihn in letzter Sekunde auf.

»Vielleicht.« Emilias dunkle Augen schauten sie wissend an. »Du magst ihn wirklich sehr, oder?«

»Und wenn?« Toni hielt ihrem Blick stand.

»Ich habe keine Ahnung, was zwischen Ida und Georg läuft ... aber ich habe Augen im Kopf und spüre, dass er dich auch sehr mag.« Emilia senkte die Stimme, sie rückten die Köpfe dichter zusammen. »Oft sind die beiden stundenlang im Salon verschwunden, nachdem sie oben im Turm die Frauen behandelt haben. Später hört man sie streiten, und dann wieder sieht man sie gemeinsam Schriften studieren. Eins weiß ich, auch wenn mein Deutsch nicht immer das beste ist ...«

»Dein Deutsch ist wundervoll! Du kokettierst«, unterbrach sie Constanze. »Aber an deinem Bayrisch könnst no feilen«, fügte sie kichernd hinzu.

»Ich meine es ernst!« Emilia ging gar nicht weiter auf ihre Bemerkung ein. »Du solltest lieber deine Hände von Georg lassen, wenn du es dir mit Ida nicht verscherzen willst.«

»Verstehe. Von irgendjemandem ist man immer abhängig, oder?« Toni schluckte. Es stimmte, was Emilia sagte. Ida pflegte mit Georg einen auffallend herzlichen, bisweilen liebevollen Umgang, der manch einem peinlich sein konnte. Sie umsorgte ihn mit allerhand Naschereien und wirkte in seiner Gegenwart wie ausgewechselt. Gleichzeitig mochte sie sich nicht vorstellen, dass die beiden ein Paar waren, immerhin war Ida gut fünfzehn Jahre älter.

»Ich sehe, was du denkst! Für die Liebe ist man nie zu alt. El amor es para siempre!« Jetzt lachte Emilia schallend auf, sie zupfte ihre kurzen Locken zurecht. »Gewöhn dich lieber daran. Auch wenn München nicht Berlin ist, so findest du hier doch alle möglichen und unmöglichen Paarungen! Frauen lieben Frauen lieben Männer lieben Männer, einzeln, zu zweit, zu dritt … Höchste Zeit, dass du dich darauf einlässt und dich vergnügst! Du musst unbedingt mit zu Maxl kommen.«

»Au fein! Ich komme auch mit! Du hast selbst gesagt, ich soll meinen Michl endlich vergessen.« Constanze spitzte interessiert die Ohren.

»Bestimmt nicht, querida mía, das kann ich nicht verantworten!«, wehrte Emilia ab. Sie räumte jetzt die Schüsseln zurück in den Schrank.

»Warum das denn nicht?«

»Das fragst du noch! Schau dich an, du liebe kleine Unschuld vom Lande in deinem bezaubernden weißen Kleidchen! Wie nennen sie dich hier liebevoll? Backfischchen! Selbst Toni versteht mehr von Männern als du. Hast du gesehen, wie sie diesen widerlichen Otto zu Boden geworfen hat? Ich wette, du hättest dir seine Grapschereien gefallen lassen!«

»Das denkst auch nur du!«, schnaubte Constanze empört.

Toni hatte den Spüllappen aus der Hand gelegt. »Ich *verstehe* überhaupt nichts von Männern!«, beeilte sie sich zu sagen. »Ich weiß nur, dass ich nicht gegen meinen Willen angefasst werden will.«

»Das will ich auch nicht!«, kam es wütend von Constanze, und ihre Stimme klang mit jedem Wort lauter, als schraubte sie sich in ihre Sätze hinein. »Warum wohl, denkt ihr, bin ich weggelaufen? So alt! So dick! Stell mich nicht dümmer dar, als ich bin. Nur weil ich nicht studiere wie ihr!«

»Das hat damit nichts zu tun … Emilia will dich nur beschützen. Hast doch selbst gesehen, wie unberechenbar Männer sind.« Toni wollte ihr beruhigend die Hand auf die Schulter legen. Sie spürte genau, wie sehr Emilias Worte Constanze in Rage gebracht hatten, und befürchtete einen Gefühlsausbruch. Zu spät.

»Ich bin nicht das kleine dumme Mädchen, für das ihr mich alle haltet!«, schrie Constanze weiter, es war nicht zu übersehen, wie sehr sie sich in ihre Wut hineinsteigerte. Ihr Atem ging heftig, die Augen weit aufgerissen, das Gesicht rot angelaufen. Mit dem Holzlöffel klopfte sie auf den Tisch, wieder und immer wieder. Ein ohrenbetäubender Lärm. Unwillkürlich musste Toni an die Abbildungen der hysterischen Frauenzimmer in ihren Lehrbüchern denken. Mit dem Unterschied, dass man die übergeschnappte Stimme von viel zu dünnen Frauen nicht illustrieren konnte. Genau wegen solcher ausbruchartigen Anfälle hatten Vater und Brüder Constanze also in medizinische Behandlung geschickt. Zu Männern, die die Symptome als weiblichen Schwachsinn abtaten und sich nicht für die Ursache dahinter interessierten.

Toni versuchte, ihr den Löffel aus der Hand zu nehmen. Vergeblich.

»Vale, einverstanden«, lenkte Emilia beschwichtigend ein. »Ich nehme dich mit zu meinem Maxl. Aber nur, wenn du mir versprichst, ein braves Mädchen zu sein und auf dich achtzugeben.«

Zu Tonis Überraschung hielt Constanze inne.

»Wirklich?«

»Te lo juro.« Emilia kreuzte die Finger und streichelte ihr wie einem Kind über die Haare. »Du brauchst dich nicht immer so aufzuregen, wir können normal miteinander sprechen. Wenn eine weiß, wie du dich fühlst, dann ich. Ich fühle mich auch manchmal so ...«

»Machtlos? Als ob deine Gefühle über dich bestimmen?« Constanze nickte wissend, dabei hatte Emilia sicherlich etwas anderes gemeint. Dankbar schmiegte sie ihren Kopf an die Freundin.

Toni, die die Gelegenheit genutzt hatte, ihr den Löffel aus der Hand zu nehmen, horchte auf. Diese Stimmungsschwankungen bei Constanze waren ihr schon öfters aufgefallen. Im Lehrbuch bezeichnete man sie als »weibliche Hysterie«, angeblich der biologischen Unterlegenheit der Frau geschuldet, weil sie ihre Gefühle nicht im Griff hatte und ihren Verstand nicht einsetzte. Toni seufzte, wer hatte schon seine Gefühle unter Kontrolle? Wenn sie da an sich selbst dachte, fühlte sie ein einziges Durcheinander, weil sie ständig an Georg denken musste. Der Kuss war wie von selbst geschehen, vielleicht gehörte sie auch eingesperrt. Das war nämlich das, was passierte, wenn sich zu der nervösen Unruhe auch noch wildes Um-sich-Schlagen und Halluzinationen gesellten. Zahlreiche Frauen wurden in Nervenheilanstalten wegen »physiologischem Schwachsinn« eingewiesen, man könnte auch sagen: Ihr Wille zur Freiheit und Selbstbestimmung wurde eingesperrt. Und ihre Gefühle auch.

Bei Constanze jedoch schienen Toni ernsthafte, psychische Gründe die Ursache für die übersteigerten Reaktionen zu sein. Welche, darüber konnte sie nur spekulieren. Sie nahm sich vor, in Zukunft besser auf Constanze zu achten, zumal die Freundin auch in Sachen Nahrungsaufnahme ein auffälliges Verhalten an den Tag legte.

Nachdenklich lief Toni hinaus in den Garten, der sich heute Morgen in frühlingshafter Pracht zeigte. Toni lernte gerade all die Sträucher und Stauden namentlich kennen, die in der Knospe standen, Stadtgewächse allesamt. Bisher kannte sie nur Pflanzen und wilde Kräuter, die in dem rauen Klima der Berge wuchsen und aus denen man Tannensalbe gegen Kopfweh, Meisterwurzwein gegen Fieber oder Hirschzungenelixier gegen Lungenleiden gewann. In München herrschte ein anderes Klima, und Edelweiß wuchs hier ganz bestimmt nicht.

»Na, wie war die Mäusejagd heute Nacht?«, begrüßte Toni das Katerchen, das neugierig heranlief, als er Toni bemerkte. Längst war er der Liebling aller Bewohnerinnen der Villa Libertas, was sie nur allzu gut verstand. Der Kater war intelligent und gewitzt, charmant obendrein und wusste sich zu benehmen. Inzwischen suchte er öfters Idas Nähe und ließ sich von ihr liebkosen, was beide sichtlich genossen. Statt sich jetzt von Toni streicheln zu lassen, lief er mit wichtiger Miene vor ihr ein Stück den Weg entlang.

»Du willst mir etwas zeigen?« Amüsiert folgte Toni dem kleinen Kerl quer durch den Park.

»Hier?«, fragte sie erstaunt, als er sich in einer Sandkuhle zu schaffen machte, mit den Pfoten scharrte und buddelte und sich genussvoll darin wälzte, die Sonne schien ihm dabei auf den Bauch. »Du willst mir nicht etwa deinen Abort zeigen?«

Der Kater hatte nicht vor, sich zu erleichtern. Stattdessen lief er ein paar Meter weiter zu einem Strauch, schnupperte an winzigen Blättchen und umkreiste einen Busch, bis Toni sich schließlich bückte und es ihm gleichtat. Wie würzig und anregend das duftete! Sie erkannte den Geruch sofort. Die mit den Fingern zerriebenen Blätter verströmten ein unglaubliches Aroma. Es war Ysop, reinigte die Leber und leitete Fehlsäfte aus, war zudem schweißhemmend und verdauungsfördernd.

»Du meinst, ich soll hier einen Kräutergarten anlegen? Ich glaube, das ist eine wundervolle Idee!« Toni hatte den Kater auf den Arm genommen, kraulte seinen Bart, was der Kleine schnurrend mit geschlossenen Augen genoss, vielleicht zwinkerte er ihr zwischendurch auch zu. Mit ein paar Schritten maß sie die Beete ab, hier musste früher bereits ein Gärtchen angelegt worden sein, wie sie zu ihrer Freude bemerkte. Mittlerweile war alles zugewuchert, Unkraut von Kräutern kaum zu unterscheiden. Wenn sie nicht alles täuschte, wuchsen hier bereits Melisse, Kamille, Salbei, Rosmarin und Pfefferminze, das eine musste Franzliskraut sein und dort an der verwitterten Stange Hopfen. Fehlten Hirtentäschl und Beifuß, Frauenmantel und Küchenschelle, ging sie in Gedanken ihre Kräuterliste durch.

»Das bedeutet Umgraben und Ackern! Der Gärtnerin ins Handwerk pfuschen ... Ob Ida damit einverstanden ist? Ich hätte meine Freude daran! Was meinst du, wie sehr ich die Arbeit mit meinen Händen vermisse!« Glücklich drückte Toni den Kater an sich. Sie hatte es sich ja nicht eingestehen wollen, wie sehr ihr die körperliche Arbeit auf der Alm fehlte, vom stundenlangen Sitzen und Lernen war sie schon ganz krumm geworden.

»Nutze deine Hände lieber für etwas Sinnvolles!«

Überrascht drehte sich Toni zu Georg um, sie fühlte sich ertappt. Schnell ließ sie den Kater frei, nicht ohne ihn noch einmal an sich gedrückt zu haben. »Was machst du hier so früh am Morgen?«

»Ida hat mich gerufen ... Die junge Frau von gestern, sie hatte Schmerzen.«

»Verstehe.« Deswegen war er gestern erst so spät auf das Fest gekommen. Es hatte einen medizinischen Notfall gegeben, den er gemeinsam mit Ida behandeln musste. »Geht es ihr besser?«

»Jetzt ja.« Georg rieb sich die Schläfen. Dann deutete er auf die Kräuter. »Ich kann das nicht ernst nehmen, Toni! Willst du diese Kräuterhexerei wirklich fortführen? Die Wirkung steht nirgends bewiesen! Es gibt keine wissenschaftlichen Studien. Wir brauchen Medikamente, die Bakterien töten, Geschlechtskrankheiten heilen. Medizinische Eingriffe, wenn es nötig ist. Nur so können wir den Menschen helfen. Beschwörungsformeln, Teetrinken oder Umschläge, das ist unseriös. Oder wie, meinst du, konnte ich der jungen Frau helfen?«

»Es ist eine jahrhundertealte Tradition!« Toni stellte sich ihm entgegen. Ob er den Kuss vergessen hatte? Keine Spur der Vertrautheit mehr in seinem Blick. Als ob es gestern nicht gegeben hätte. »Bei uns in den Bergen …«

»Bei euch in den Bergen!«, schnaubte Georg. Er war in die Hocke gegangen, um den Kater zu streicheln. Der wollte nichts von ihm wissen und drehte ihm den Rücken zu. Toni grinste in sich hinein. Am liebsten hätte sie es dem Kater gleichgetan.

»Wir sind hier in der Stadt! Ich dachte, du willst Ärztin werden und meinst es ernst mit dem Studium. Stattdessen benimmst du dich wie ein altes Kräuterweib!« Georg richtete sich wieder auf.

»Bitte wie?« Was fiel ihm ein. Als sie seinerzeit Emilia mit dem Kräuterbonbon geholfen hatte, interessierte er sich für ihr Wissen, hatte ihr sogar Beifall geklatscht. Und letzte Nacht, so fröhlich, nah und unbeschwert hatten sie miteinander getanzt und gelacht. Jetzt knallte er ihr diese ungeheuerlichen Beleidigungen an den Kopf. Als ob Toni nicht um die Grenzen der Heilkunst wüsste! Wer, wenn nicht sie!

»Es geht nicht immer nur um Vernunft und Verstand, wenn du das meinst«, fügte sie leise hinzu. »Wir sind Menschen und keine Maschinen. Ich kann nicht immer alles kontrollieren, ich muss auch vertrauen können. Spüren, dass es richtig ist, wie ich handele. Das ist wichtiger, als alles zu wissen.«

Georg verzog missbilligend die Stirn. »Ich bitte dich, Toni, was soll diese Gefühlsduselei? Damit erforschst du keine Erreger, damit verdienst du kein Geld, damit verhinderst du keinen Krieg. Unterm Mikroskop liegt die Wahrheit, nicht in Blütenblättern. Ich habe dich für intelligenter gehalten. Genauer gesagt für eine Frau, die die Chance ihres Lebens nutzt.«

»Und ich dich für einen Mann, der sich nicht für einen Gott in Weiß hält! Du weißt genau, dass diese ungeheuerliche Behauptung nicht stimmt!« Sprachlos schaute Toni ihn an. Er war nicht anders als die anderen Männer, die sich über die Frauen stellten und sich für die besseren Menschen hielten. Zudem ohne Gefühle, sachlich und kalt. Wie hatte sie nur einen Moment von ihm träumen können. Toni schämte sich zutiefst. Nicht wegen des Kusses, sondern weil sie sich so sehr in ihm getäuscht hatte. Nie war sie so klar wie in jenem Moment. Nie war sie entschlossener, es ihm, ach was: der Welt! zu zeigen. Sie drehte sich auf dem Absatz um und lief zurück ins Haus, der Kater war ihr längst vorausgerannt.

»Was gibt es? Ist etwas passiert?« Erschrocken schaute Ida von ihrer Stickarbeit auf, als Toni in den Salon stürmte. Ein Kragen für das blaue Leinenkleid von Constanze, das hatte sie ihr beim Frühstück versprochen.

»Ich … ich habe eine Bitte!«, stieß Toni atemlos hervor. Jetzt erst recht! Sie musste es wagen. Dreimal tief durchatmen, dann brachte sie ihr Anliegen vor. »Ich würde gerne zu Studienzwecken einige Heilkräuter anpflanzen … Hinten im Park habe ich eine geeignete Stelle gefunden, dort würden sie gut wachsen und gedeihen. Außerdem muss es dort früher schon mal ein Kräuterbeet gegeben haben.« Gespannt beobachtete sie Idas Reaktion.

»Und warum sollte ich dir das erlauben?«

»Damit wir Frauen gemeinsam helfen können, sich gesund zu fühlen. Mit *allen* Mitteln, die uns zur Verfügung stehen. Das ist doch auch das, was du willst. Was Cilli wollte.« Toni wagte ein Lächeln. Heute morgen schien Ida ausgesprochen gut gelaunt und sanft gestimmt zu sein. Kein Wunder, Georg war ja auch schon wieder zu Besuch gewesen. Der Gedanke pikste im Herzen.

Ida nickte. »Das stimmt. Ich bezweifle nur, dass Tees und Tinkturen dabei helfen können! Wir brauchen mehr Freiheiten und Rechte, verstehst du? Paragrafen, Privilegien. Du musst groß denken, nicht immer nur klein.« Sie hatte ihr Stickzeug zur Seite gelegt und nach Tonis Hand gegriffen. Ungewöhnlich, so nah kamen sich die beiden sonst nie. »Du bist eine intelligente, junge Frau! Und du bekommst hier in München die Chance deines Lebens. Ein Bauernkind, das Medizin studiert, davon können andere Mädchen in deinem Alter nur träumen! Also mach was draus, denke an deine Zukunft. Und halte dich nicht mit Dingen von gestern auf. Oder was meinst du, warum sich Cilli nicht mehr um die Beete gekümmert hat? Sie hatte längst auf den Fortschritt der modernen Medizin gesetzt!«

Toni schluckte. Das war in anderen Worten das, was Georg zu ihr sagte, und doch klang es anders.

»Das eine schließt das andere doch nicht aus!« Sie befreite sich unwirsch. »Abgesehen davon: Hast du jemals eines dieser von Männern verfassten Lehrwerke gelesen? Sie nehmen den männlichen Körper als Maß aller Dinge und tun so, als wüssten sie, was wir Frauen brauchen!«

»Deswegen sollst du ja Frauenheilkunde studieren. Damit sich endlich etwas ändert. Cilli war für Fortschritt und moderne Wissenschaft«, versuchte Ida sie zu beruhigen. »Ganz bestimmt wollte sie nicht, dass du deine Zeit mit Heilkundlerei verbringst. Hast du nicht selbst neulich von dieser Ärztin erzählt, wie hieß sie noch gleich? Solche Frauen sollten dein Vorbild sein!«

»Es käme mir wie ein Verrat an meinem bisherigen Leben vor, wenn ich mein Kräuterwissen verleugne«, murmelte Toni. Dann strich sie sich eine Strähne aus der Stirn und schaute Ida entschlossen an. »Verstehst du denn nicht? Ich weiß, wo die Grenzen sind. Genau deswegen bin ich hier! Ich will mein Herz nicht gegen meinen Verstand eintauschen, ich will beides in Einklang bringen. Zum Wohle der Medizin. Zum Wohle der Frauen.«

»Verstehe.« Ihre Worte hatten Ida ein Lächeln ins Gesicht gezaubert. Dann lief sie zur Anrichte und zog eine der vielen Schubladen auf.

»Also gut. Dann gehört das hier ab heute dir …« Mit diesen Worten drückte Ida Toni ein Büchlein in die Hand.

»Was ist das?« Vorsichtig strich Toni über den Einband und öffnete die ersten Seiten. Ihr stockte der Atem, als sie die Handschrift erkannte.

»Ich habe es nach ihrem Tod in der Schublade gefunden. Deine Tante war nicht nur eine große Verfasserin von frauenrechtlerischen Schriften. Sie interessierte sich auch für geheimes Wissen der Frauen. Insbesondere für die Frauenheilkunde.«

Ehrfürchtig strich Toni über die geliebten Zeilen, sie hatte die Schrift sofort erkannt. Mutter und Tante mussten einen intensiven Briefwechsel gehabt haben, es sah so aus, als hätten sie Rezepte über Heilmittel getauscht.

»Also doch. Das Kräuterbeet … Mama mit ihren Tinkturen … es hat ihr nichts genützt … sie ist unter den fürchterlichsten Schmerzen gestorben.« Toni vergrub ihr Gesicht in den Händen. Die Erinnerung an jene quälenden Stunden übermannte sie.

»Mein armes Kind.« Ida strich ihr mitfühlend über die Haare, für einen Moment schmiegte sich Toni an sie. Ganz klein sein und sich nicht kümmern müssen, weil jemand da war, der einen umsorgte.

Wie sehr vermisste sie diese liebevollen Gesten, dieses Gehaltenwerden. Kleine Berührungen im Alltag, ein Lächeln, ein Kuss. Die bedingungslose Liebe, wie es sie nur zwischen Mutter und Tochter gab.

»Ich habe es ihr versprochen. Alles zum Wohle der Frauen«, flüsterte Toni mit tränenerstickter Stimme. »Bitte hilf mir dabei.«

Mein liebes Kind,

so bin ich nun die Mutter der Nation wie einst unsere Kaiserin. Mit dem Unterschied, dass mein Reich diese wundervolle Villa ist und meine Untertanen Irmi, Anni, Berta, Toni, Emilia und Constanze sind. Von den Lehramtsstudentinnen bekomme ich wenig mit, sie lernen brav und gehen ihren Pflichten nach. Doch Toni mit ihrer unbekümmerten Art bringt alles durcheinander. Sie denkt, ich merke das nicht, aber ich habe gesehen, wie sie Georg anschaut. Das Flackern in ihrem Blick, die Röte auf ihren Wangen. Wenn sie wüsste, wie es um ihn steht und was er alles durchmachen musste! Dabei hat sie selbst solch eine tragische Geschichte erleben müssen. Wie entsetzlich muss es für eine Tochter sein, die Mutter auf diese Weise zu verlieren. Du hast mich auch verloren, doch für mich bist du lebendig, in meinem Herzen. Tag für Tag.

Hier zwischen all den jungen Frauen würde es dir gefallen.

Wie unterschiedlich sie alle sind. Eigensinnig und temperamentvoll die eine, zart und empfindsam die andere, allesamt ganz wunderbare Frauen auf dem Weg in eine selbstbestimmte Zukunft. Auf Constanze muss ich besonders aufpassen, sonst zerbricht sie mir noch. Das Kind ist ja auch so dünn und nimmt kaum Nahrung zu sich. Maria gibt sich die größte Mühe, sie herauszufüttern, kocht die leckersten Speisen und schmiert Semmln, vergeblich. Lustlos stochert sie auf dem Teller herum, und wenn sie dann doch mal einen Bissen Bohnen aufspießt und in ihren Mund schiebt, kaut sie stundenlang darauf, nur um sie wieder in die Serviette zu spucken. Als ob sie während der schrecklichen Kriegsjahre keinen Hunger hätte leiden müssen. Für mich kaum erträglich zu sehen, wie eine freiwillig hungert. Dass leere Gefühl, die nagenden Schmerzen, Schwachheit und Schwindel, ich habe es nicht vergessen.

Dünn ist auch Constanzes Nervenkostüm, bei jedem Wort, bei jeder Kleinigkeit reagiert sie empfindlich. Entweder läuft sie schluchzend davon und kehrt erst Stunden später wieder zurück. Oder sie bekommt einen Wutausbruch, in den sie sich dermaßen hineinsteigert, dass auch mal eine Vase zu Bruch gehen kann. Es ist schlimm, unerträglich, wenn sie außer sich gerät. Kein Herankommen möglich, weder liebe noch harte Worte. Da hilft nur abwarten, bis sie sich wieder beruhigt. Dann ist es, als ob ein Schalter umgelegt ist, sie ist das liebste und entzückendste Geschöpf, das du dir denken kennst. Charmant, hilfsbereit, die perfekte Haustochter, und glücklich wird der, der sie eines Tages ehelichen wird. Anders als Toni gehört sie nicht zu den Frauen, die sich für die Schriften unserer Frauenbewegung interessieren. Anders als Emilia will sie von Recht und Frauengeschichte nichts wissen, ich habe sie noch nie in der Bibliothek gesehen oder mit den anderen darüber diskutieren hören, an unseren Frauenrunden nimmt sie sowieso nicht teil.

Wenn sie sich für Psychologie interessieren würde, könnte ich sie für ein Studium begeistern. Ich könnte mir vorstellen, dass sie in der Therapiererei eine Erfüllung finden würde und sich selbst dabei heilen könnte. Auch findet sie Gefallen am Malen, an die Kunstakademie möchte sie jedoch nicht gehen. Ihre Bilder sind tiefgründig und erzählen viel über die Qualen ihrer Seele, die Wirren und Ängste, die dieses junge Menschenkind erträgt. Wenn ich es richtig interpretiere, liegt es nicht am Krieg und seiner Not, sondern an dem Druck, den sie als junge Frau fühlt, den Regeln unserer Gesellschaft und daran, ihrem Vater und der Tradition zu gehorchen. Doch jetzt ist sie in der Villa Libertas! Sie kann das lassen, sie muss weder aufbegehren noch alles dulden. Sie darf hier sein. So wie sie ist. Mein Herzenskind, wärest du hier, ich würde dich lassen.

8

Herzensbildung

Vor allen Dingen wird eine gebildete Frau,
die in ihrer Bildung die Waffen findet,
sich auf eigenen Füßen in der Welt behaupten,
nicht blindlings jede Ehe eingehen,
nur weil es ihr von anderen eingeredet wird,
sie müsse heirathen.

Anita Augspurg (1857–1943)

»Es heißt Semmelknödel und nicht Semmlnknödel«, dozierte Maria in der Küche. Sie hantierte mit Milch und Eiern, während Emilia die Petersilie klein hackte.

»Aber es heißt doch frische Semmln? Mei, warum ist Deutsch auch so schwer!«, rief sie.

»Das ist auch kein Deutsch, das ist Bayrisch«, lachte Toni, die in die Küche gekommen war, um die Vorräte an getrockneten Kräutern zu inspizieren. Wenn Tante Cilli wirklich ein Beet gehabt hatte, mussten ihre Schätze noch irgendwo sein. Seit sie Idas Segen für ihr Vorhaben bekommen hatte, verbrachte sie jede freie Minute im Garten mit umgraben und harken.

»Jetzt macht's die Hände ins Wasser eini…«

Emilia tat kichernd wie ihr geheißen und versuchte, Knödel zu formen.

»Schön rund, siehst du, so! Wer Käsnocken und Knödel formen kann, kann heiraten, sagen sie …« Maria jonglierte eine runde Kugel ins siedende Wasser. »Ida hat das auch gelernt.«

»Ida will wieder heiraten?«, prustete Emilia. Sie mühte sich vergeblich, immer wieder krümelte ihr die Masse aus den Händen. Irgendwann gab sie es auf. »Venga, versuch du mal!« Sie drückte Toni den Kloßteig in die Hand.

»Ich habe zwar nicht vor, morgen zu heiraten, aber ich kann Klöße machen«, meinte Toni, und zu Marias Freude rollte sie einen schöner als den anderen kugelrund. »Ich wusste gar nicht, dass Ida verlobt ist?«, hakte sie dann nach, begierig darauf, endlich mehr über Ida zu erfahren. War etwa Georg der Glückliche?

»Mei, das habt's jetzt nicht von mir!« Maria winkte Emilia und Toni dichter an sich heran. »Da kommt doch immer dieses fesche Mannsbild …«

»Georg.« Der Name stach in Tonis Herz. Natürlich, Georg. Sie wechselte mit Emilia einen raschen Blick. Die zuckte vielsagend mit den Schultern.

»Wenn er zu Besuch war, ist sie wie ausgewechselt, ist euch das noch nicht aufgefallen? Sie lacht, sie scherzt. Gestern war sie beim Friseur, heuer ist sie bei der Schneiderin. Ganz bestimmt will sie Eindruck machen … Ah, die sans gut.« Maria nahm jetzt die fertigen Knödel aus dem Topf und richtete sie in einer Schüssel an. »Leider haben wir kein Gulasch dazu … oder 'ne Haxn.«

Die Erinnerung an ein Stück Fleisch brachte Toni auf andere Gedanken. Lang war es her! Auch wenn es ihnen in der Villa Libertas sonst an nichts fehlte, spürte Toni die bittere Not jeden Tag. Lebensmittel waren knapp in der Stadt, Kartoffeln und

Fleisch noch mal rationiert worden. Und wie bedrückend, jeden Tag auf dem Weg zur Universität all den vielen Gestalten zu begegnen, die mit ihrem Henkelmann vor der Armenspeisung warteten. Am liebsten würde Toni jedes Mal weggucken, der Blick in die leeren Augen rührte sie. Gleichzeitig war es ein Ansporn, ihr Wissen und ihre Gabe zu nutzen. Bald würde sie helfen können und ihren Teil dazu beitragen, die Not der Menschen zu lindern. Denn allein mit Suppekochen für die Kinder im Waisenhaus war es nicht getan. Die Kinder und ihre Mütter brauchten medizinische Versorgung *und* regelmäßige Speisen. Nahrhaft und schmackhaft, wie zu Hause auf dem Berghof. Und ein paar kräftigende Kräuter dazu.

»Auf der Alm hatten wir immer genug zu essen, wir waren ja regelmäßig jagen. Gams, Hirsch, Steinbock, Schneehase …«, zählte Toni auf.

»Du kannst schießen? Jetzt erzähle mir bitte nicht, dass du Tiere tötest …« Emilia schaute sie überrascht an, auch Maria hatte die Schöpfkelle beiseitegelegt und hörte gespannt zu.

»Wer in den Bergen überleben will, muss sich auskennen. Nachdem meine Brüder im Krieg geblieben sind, blieb mir nichts anderes übrig, als auf die Jagd zu gehen«, erwiderte Toni. »Frühmorgens sind wir los …« Sie atmete tief durch. Wie sehr sie die würzige Bergluft vermisste! Dieses weite Gefühl in der Brust, wenn man oben auf dem Kamm stand und bis an den Horizont schauen konnte, kein Ende in Sicht, und über allem kreiste der Adler. Immer hatten sie innegehalten, um den Ausblick zu genießen, die Erhabenheit der Weite zu spüren. Franzl war stets an ihrer Seite gewesen, sie hatten die Jause geteilt und sich gegenseitig beim Klettern gesichert. Oder Seite an Seite in einer Höhle Schutz vor dem Blitz gesucht, der Schafe, Kühe, Pferde und Ziegen erschlagen konnte oder, noch schlimmer, in den Wäldern vernichtendes Feuer verbreitete.

»Vielleicht solltest du dich im Englischen Garten mal auf die Lauer legen«, meinte Maria leichthin. »Oder unten am Flaucher. Da läuft dir mit viel Glück ein Karnickel vor die Flinte.«

»Wenn ich denn eine hätte.«

»Das lässt sich ändern.« Emilia hatte die Stimme gesenkt und grinste Toni verschwörerisch an. »Ich weiß, wo welche sind.«

»Etwa hier im Haus?«

»Ida verwahrt sie zu ihrer Verteidigung in ihrem Zimmer, aber sie kann nicht schießen.«

»Das ist gefährlich! Schrot an der falschen Stelle hat fatale Folgen.« Toni zuckte mit den Schultern. »So eine Jagd ist kein Spaziergang. Du musst beizeiten los, bist stundenlang bei Wind und Wetter unterwegs … Und bis so ein Tier zerlegt ist, braucht es viel Zeit und Geduld.«

»Vermisst du es?«

»Ja. Sehr.« Toni lächelte. Das mochte sie an Emilia: Ein Wirbelwind, eine aufbrausende Persönlichkeit, nie konnte sie stillhalten oder länger als eine Stunde in ihren Büchern studieren, ständig war sie unterwegs, wollte immer alles wissen. Toni kannte keine feinfühligere Beobachterin als Emilia, noch nicht einmal die sensible Constanze. Es kam selten vor, dass sie über ihre Gefühle sprach.

»Und du?«, schob sie rasch hinterher. »Vermisst du deine Heimat?«

Emilia schüttelte den Kopf, nur Toni spürte, dass sie eine Sekunde zögerte. »Hier ist es zwar immer kalt, und euch Deutschen fehlt das Lachen, aber ich fühle mich so viel freier. Niemand zwängt mich in Kleider, die ich nicht tragen will. Niemand zwingt mich in die Kirche. Niemand will mich verheiraten. Ich bin sehr froh, hier zu sein.«

»Freiheit! Die leben wir hier in der Villa Libertas.« Maria wiegte den Kopf. »Nur da draußen! Doa sans wie Hyänen!

Meine gute Cilli hat sich nicht umsonst nur mit Frauen umgeben.«

»War sie eigentlich verheiratet?« Die Frage war Toni einfach über die Lippen geschlüpft. Ihre Mutter hatte nie über die viel ältere Schwester gesprochen, nur immer gepredigt, wie dankbar Toni für die Chance ihres Lebens sein sollte.

»Cilli? Nein, sie liebte keine Männer! Sie … ich … Wir lebten hier zusammen, sie war meine Frau. Wusstest du das nicht?« Maria lächelte bei der Erinnerung, dann senkte sie die Stimme. »Cilli hat sich immer Kinder gewünscht. Deswegen hat sie die Töchter ihrer Geschwister unterstützt. Ida ist eine davon. Und du natürlich, denn sie hat nie verstanden, warum deine Mutter diesen Wurzelsepp heiratete, wegen dem sie dieses entbehrungsreiche Leben führen musste. Ach, wie schade ist es, dass ihr euch nicht kennenlernen konntet, ihr hättet euch gut verstanden! Dieser depperte Virus …«

Bevor Toni dazu kam, Maria weiter über Cilli auszufragen, schwebte Constanze in die Küche.

»Um Himmels willen, was ist passiert, du bist ja ganz blass. Geht's dir nicht gut?«

»Ach, geht schon. Ich fühl mich nur nicht wohl, wenn du verstehst.«

»Besuch von der roten Dame?« Maria grinste in sich hinein, als Constanze peinlich berührt den Blick senkte, sie wirkte noch zerbrechlicher als sonst. »Na, kein Grund zum Schämen. Solange du meine Butter nicht anfasst!«

»Das ist Unsinn!«, brach es aus Toni heraus. »Wer sagt denn, dass Frauen unhygienisch sind!«

»Das war Spaß!« Maria rollte die Augen, und Toni wusste nicht, ob sie ihr glauben sollte. »Und jetzt Schluss mit dem Unsinn, wir wollen endlich Knödel essen!«

Marias »Spaß« ging Toni den restlichen Tag nicht mehr aus dem Sinn. Während sie endlich in den Tiefen des Küchenschranks allerlei Vorratsbehälter mit getrockneten Kräutern fand und in Cillis Büchlein die entsprechenden Einträge prüfte, musste sie an Constanze und ihren verschämten Blick denken.

Die Mutter hat nie Aufhebens darum gemacht. Als Toni zum ersten Mal blutete, hatte sie ihr erklärt, dass dies nun einmal im Monat stattfände, so lange sie unverheiratet sei. Gemeinsam hatten sie Leinenbinden genäht, und anders als andere Mädchen auf dem Dorf ging Toni weiter aufs Feld, molk die Kühe und half in der Käserei. Als die Schwestern in das Alter kamen, gab Toni ihr Wissen weiter und bewahrte sie vor den Mythen über das Krankhafte der Menstruation. Nie hatte eine von ihnen Beschwerden, nie gab es saure Milch oder verwelkte Blumen.

»Sie sollten in der Stadt fortschrittlicher sein als wir mit unserem Aberglauben auf dem Land, oder was meinst du? Dabei ist das Gegenteil der Fall!« Toni kraulte dem Katerchen den Kopf, er schmiegte sich vertrauensvoll an sie.

»Du kannst es kaum erwarten zurückzukehren, oder?« Constanze war in die Küche gekommen, um sich einen Tee zuzubereiten. Auf Tonis Anraten hin sollte sie sich Himbeerblätter aufgießen und von dem Sud drei Tassen täglich zu sich nehmen.

»Stimmt! Jetzt bin ich erst mal hier …« Toni versuchte ein Lächeln. Und eigentlich gefällt es mir ganz gut, fügte sie insgeheim hinzu.

»Ich bin froh, dass du so offen mit Du-weißt-schon-was umgehst.« Constanze senkte die Stimme. »Meine Mutter hat mich geschlagen, als ich zum ersten Mal …«

Empört horchte Toni auf und legte ihr Notizbuch zur Seite. Sie hatte sich in den letzten Tagen intensiv mit dem Thema der Regelblutung beschäftigt. Sie wollte endlich verstehen, was da im weiblichen Körper Monat für Monat geschah. Wie sonst konnte sie all den Mythen und Tabus begegnen?

»Warum hat sie das getan?«

»Damit ich nicht vergesse, mich zu schämen! Sie wollte mich vor Schande bewahren. Jedes Mal muss ich daran denken, wenn ich ...« Constanze verzog ihr Gesicht, sie krümmte sich vor Bauchkrämpfen. »Ich bin ja auch hysterisch, kein Wunder, dass es mir so schlecht geht.«

»Du bist wundervoll!« Toni wiegte sie in ihren Armen. »Der Tee hilft dir bestimmt und macht, dass du dich gleich besser fühlst. Außerdem kannst du nachher mit meinem Fahrrad eine Spazierfahrt in den Englischen Garten machen, was hältst du davon?«

»Ich soll radeln wie ein Mann? Darf ich das denn, ich bin doch krank?« Trotz ihrer Schmerzen versuchte Constanze ein Lächeln.

»Wer sagt, dass du krank bist? Wenn alle Frauen, die ihre Periode haben, im Bett blieben: Wer würde dann in den Fabriken arbeiten? Die Kranken pflegen? Für die Dienstherren kochen?« Toni seufzte. »Jetzt geh und nimm das Fahrrad. Ich habe hier noch genug zu tun. Cilli war eine miserable Archivarin, hier ist alles durcheinander. Außerdem will ich das Beet vom Unkraut befreien ... Und für morgen muss ich noch diesen Artikel lesen.«

»Du bist so a fleißigs Madl! Woher nimmst nur all deine Energie?« Constanze schaute sie treuherzig an. »Ich fühle mich immer so schwach ... Im Leben könnte ich mir das alles nicht merken!«

Es stimmte, was Constanze sagte. Toni war fleißig und ehrgeizig. Am liebsten hätte sie sich nur ihren Büchern gewidmet, jede Minute war kostbar. Toni wäre nicht Toni, sie hatte gelernt, sich erst um ihre Pflichten zu kümmern. Einmal Bäuerin, immer Bäuerin, schalt sie sich innerlich grinsend selbst. Als ob das Studium keine Pflicht wäre! Wenn sie in diesem Jahr noch Blüten in ihrem Kräutergarten ernten wollte, galt es, keine Zeit mehr zu verlieren, immerhin war es bereits Mai.

Während Constanze glückselig aufs Fahrrad stieg und Toni im Schuppen nach einem Spaten Ausschau hielt, dachte sie nach. Vielleicht war es an der Zeit, Frau Doktor Heuser aufzusuchen und von ihr mehr in Sachen Frauenheilkunde zu lernen. Die theoretischen Schriften der männlichen Mediziner schienen Toni nicht immer fundiert und vertrauenserweckend genug. Warum auch sollte sich ein Mann besser mit diesem Thema auskennen als eine Frau? Gerade kursierte die absonderliche »Theorie« vom Menstruationsgift, die ein gewisser Professor Schick nachgewiesen haben wollte. Und alle glaubten ihm!

»Da habe ich Glück, dass ich jetzt gerade nicht blute, wenn ich diese Pflanzen anfasse, oder was meinst du, Katerchen? Am Ende verwelken sie noch, das wäre schade um den Kräutergarten«, kicherte Toni und grub energisch den Boden um, befreite die Pflanzen von Unkraut und lockerte die Erde. Sehr zur Freude vom Kater, der sich wohlig darin wälzte und sogleich den umhersurrenden Bienen und Schmetterlingen nachjagte.

»Du hast recht, Schluss für heute, morgen ist auch noch ein Tag!«, meinte sie und hockte sich neben ihn auf die Wiese, wo er sich gerade ausruhte und die Sonne auf den Bauch scheinen ließ. Für einen kurzen Moment schloss Toni die Augen, atmete den würzigen Duft der Erde und spürte die Wärme in ihrem Gesicht. Dieses Beet war ihre neue Heimat, das fühlte sie ganz genau. Es versprach ihr, endlich Frieden und Einsicht zu bringen.

Geliebte Tochter,

ich habe es geahnt, er will sich an mir rächen.

Das lässt er mich spüren, auch aus der Ferne. Und irgendjemand – wenn ich nur wüsste, wer – hat ihm verraten, dass ich gemeinsam mit Georg Frauen in Not helfe. Nun droht er mir, ich habe täglich Sorge, dass sie uns erwischen. Natürlich wissen alle um unsere »Sprechstunden«, auch Toni, ich habe es an ihren Blicken gemerkt. Tante Cilli hat ihr einen Teil ihres Vermögens vermacht, das gute Kind weiß es nur noch nicht. Sie wird es erst nach Abschluss ihres Studiums vererbt bekommen und nur, wenn sie sich dafür entscheidet, für immer in der Stadt zu bleiben. Bis dahin kann sie frei und fröhlich in München leben, ein unbeschwertes Leben und ihre Studienzeit genießen. Doch Toni macht es sich schwer, Tag und Nacht lernt sie, und wenn sie nicht über ihren Büchern sitzt, arbeitet sie draußen im Garten. Sie hat die Absicht, den Frauen zu helfen, und ganz sicher weiß sie eine Menge über Kräuterheilkunde. Nur warum muss sie ihre wissbegierige Nase überall reinstecken in Dinge, die sie nichts angehen? Es schadet ihr nur, wenn sie zu viel weiß. Am Ende kommt sie noch auf die Idee, uns dabei zu unterstützen, zuzutrauen wäre ihr das. Dass Georg seine Zukunft aufs Spiel setzt und in ständiger Gefahr schwebt, ist ihm längst bewusst. Es ist sein Dienst an der Menschheit, wie er sich ausdrückt. Auf diese Weise kann er zurückgeben, was ihm Gutes widerfahren ist, auch wenn er damit nicht alles gutmachen kann.

Noch nicht einmal ihm habe ich davon erzählt. Als Träger eines hohen Amtes wäre er verpflichtet einzuschreiten. Besser, er weiß nichts davon. Besser, ich schweige. Mein Herzenskind, manchmal muss man die Wahrheit verschweigen, um andere zu schützen. Das ist keine Lüge.

9

Studierte Mädel

Die Frau braucht einen Beruf,
der sie unabhängig macht von jeder Bevormundung.

Emma Ihrer (1857–1911)

Das Frauenstudium war ein täglicher Kampf. Das musste Toni bitter feststellen, als sie ein paar Tage später neben den anderen Studentinnen in der hintersten Reihe bei Professor Hartenstein am Seziertisch stand. Aufgeregt hatte sie den weißen Kittel übergezogen und sich gründlich die Hände gewaschen, wie es in der Verordnung vorgegeben war. Über dem gekachelten Kellerraum schwebte ein süßlich-muffiger Geruch, der ihr das Atmen schwer machte, obwohl noch kein einziger Körper geöffnet war. Das lag wohl auch an den Ausdünstungen der aufgeregten jungen Männer um sie herum, die blass und mit Schweißtropfen im Gesicht darauf warteten, was der Herr Professor ihnen zu präsentieren hatte. Er hatte ihnen eine weibliche Leiche angekündigt, »Verwachsungen im Bauchraum, sie werden Ihre helle Freude daran haben«, und Toni wusste, dass es wegen ihr und der anderen Damen war. Sie würde dem Hartenstein nicht die Genugtuung geben, sie würde nicht ihren Mädchenstolz brechen lassen und vor ihm in Ohnmacht fallen, sie hatte sich vorbereitet. Mit Rosmarin-Kampfer-Tropfen.

Als der Assistent dann die Tote hineinschob, musste Toni dann doch dreimal schlucken. Unübersehbar der gewölbte Bauch. Pure Absicht.

»Bitte, Fräulein Gruber, erweisen Sie uns die Ehre. Wenn sich eine in diesen Angelegenheiten auskennt, dann ja wohl eine der anwesenden Damen! Wir werden nun die Leiche öffnen, und Sie erklären Ihren Studienkollegen die weibliche Anatomie.« Mit einem süffisanten Lächeln winkte der Professor sie zu sich nach vorne, das Seziermesser blitzte in seinen Händen. »Gleich, meine Herren, gleich werden Sie einer Demonstration sondergleichen beiwohnen! Schauen Sie sich dieses junge Fräulein hier vorne gut an, das eine Tante Doktor werden will! Jung und unschuldig, reizend und liebenswert. Diese gesunde Gesichtsfarbe! Dieses wunderbare Becken, gemacht, um Kindern das Leben zu schenken. Sagen Sie nicht, ich hätte Sie nicht gewarnt, Fräulein Gruber, noch können Sie auf die Haushaltungsschule gehen, wie es sich für ein anständiges Mädchen in Ihrem Alter gehört. Nach diesem Kolloquium wird nichts mehr so sein, wie es vorher war. Denn welcher Mann will schon ein kaltblütig handelndes Weib ehelichen?« Mit diesen Worten hielt ihr Professor Hartenstein das Seziermesser hin. Nur Toni sah, wie seine Augen dabei bösartig funkelten.

»Sie täuschen sich, ich bin längst verlobt mit einem Mann, der meine Kompetenz schätzt«, erwiderte Toni mit ruhiger Stimme, nahm das Skalpell aus seiner Hand entgegen, verzog nicht eine Miene. Nie war sie so klar wie in jenem Moment, in dem alle Augen auf sie gerichtet waren. Bei Schlachtungen hatte sie auch nie gezuckt, an Schweinsköpfen bereits »operiert«, eine weibliche Leiche sollte da wohl zu schaffen sein.

Toni griff die Klinge und setzte dann zu einem tiefen sauberen Schnitt an, öffnete die Bauchhöhle und legte die Gedärme frei. Nur einmal schnappte sie nach Luft, der Gestank der Eingeweide suchte seinesgleichen. Prompt fielen drei der bartlosen Jünglinge um sie herum in Ohnmacht, andere traten neugierig näher, auch die Damen aus der hinteren Reihe. Der Professor verfolgte aufmerksam Tonis Bewegungen und schien nichts daran auszusetzen zu haben.

Es waren Drillinge, die in sich verdreht im Unterleib der Frau lagen, vielleicht auch Vierlinge. Wie die Katzen zu Hause im Heu, musste Toni unwillkürlich denken, da war auch nie so recht auszumachen, wie viele es eigentlich waren, wenn sie auf einem Haufen zusammengeknäult lagen. Ein Fötus lag quer und hatte sozusagen den natürlichen Ausgang versperrt, unmöglich für die anderen in den Geburtskanal zu rutschen, geschweige denn zu überleben, welch qualvolle Wehenschmerzen, welch furchtbarer Tod der Mutter. Ihre Schreie hallten in Tonis Ohren, Fingernägel, die sich vor Schmerzen in die Haut ihrer Arme krallten, flehender Blick, Angst, nackte, unsagbare Angst und der Tod in den Augen. Tonis Körper zitterte, ihr war eiskalt. Atmen, atmen nicht vergessen, lutsch das Pfefferminzblatt in deinem Gaumen, bleib ruhig, es ist vorbei, es liegt nicht in deiner Macht. Du kannst nichts tun.

Du hast versucht, das Kind zu drehen.

Du hast versucht, das Kind herauszudrücken.

Du hast versucht, ihre Schmerzen zu lindern.

Du hast versagt.

»Warum hat man keinen Kaiserschnitt bei ihr gemacht?«, fragte Toni und versuchte, dabei so ruhig wie möglich zu klingen. Alles in ihr vibrierte. Hätte sie seinerzeit schon gewusst, wie der Schnitt zu setzen ist, sie hätte es getan, scharfe Messer gab es in der Hütte genug. Aber sie war noch ein Kind gewesen, ahnungslos, machtlos.

»Schauen Sie sich die an! Unverheiratet, ein gefallenes Mädchen, kein Geld. So einer hilft man nicht … Sie hilft der Medizin, wenn sie zu Studienzwecken auf unserem Tisch landet!«, lautete die lapidare Antwort des Professors.

Toni musterte das wachsbleiche Antlitz der Toten, die blonden Haare umrahmten das Gesicht mit einem schmerzvoll verzerrten Mund. Warum sollte sie auch lieblich schauen, ihr Todeskampf musste grausam gewesen sein. *So einer hilft man nicht …* Deswegen hatte Emilia damals nicht zum Arzt gewollt. Weil sie wusste, wo sie landen würde.

Das muss ein Ende haben, schwor sich Toni und war in diesem Augenblick unglaublich dankbar, dass Frauen selbstverständlich Hilfe im Turmzimmer der Villa fanden. Mit medizinischer Unterstützung von Georg Bender, der wie ein Mensch handelte. Nicht wie ein Mann. Ein dankbares Lächeln huschte über ihr Gesicht, dabei war die Angelegenheit so ernst. Der Gedanke an ihn beflügelte sie und erfüllte sie mit Wärme, es müsste wunderbar sein, gemeinsam mit Georg für das Wohlergehen der Menschen zu wirken. All diese Dinge gingen nun Toni durch den Kopf, während sie den Umstehenden erklärte, was es mit Uterus, Eierstöcken und Vagina auf sich hatte. Was bei einem Eisprung genau vor sich ging, hatte man erst vor Kurzem entdeckt, und zur Überraschung des Professors wusste Toni mit anschaulichen Worten das Phänomen zu erklären, um das sich seit Jahrhunderten lauter Mythen rankten. Warum die Blutung bei einer ausbleibenden Schwangerschaft einsetzte und dass dies ein biologischer Prozess war, der gleichzeitig durch einen komplexen biochemischen Ablauf im Hormonhaushalt gesteuert wurde.

»Nur deshalb können Frauen Kinder gebären«, sagte Toni sachlich, und doch klang es überlegen. Hinterher ärgerte sie sich darüber, sich auf dieses Machtspiel eingelassen zu haben, verhielt sie sich damit doch kein bisschen besser als die Männer. Aber der Stolz überwog, dass sie sich vom Hartenstein nicht hatte aus der Ruhe bringen lassen.

»Und wenn das Becken einer Frau dazu nicht in der Lage ist oder es unter der Geburt zu Komplikationen kommt, muss eben ein Kaiserschnitt gemacht werden«, dozierte sie weiter, die Studienkollegen hingen gebannt an ihren Lippen, die anderen Frauen standen jetzt in der ersten Reihe. Selbst der Hartenstein vergaß für einen Augenblick seine provozierenden Sprüche. »Dieser wird nach Pfannenstiel neuerdings horizontal ausgeführt, um Faszien und Bauchdecke zu schonen …«

»Interessante Ausführungen!« – »So können wir helfen.« – »Ich könnte trotzdem kein Mädchen mit Seziermesser lieben, geschweige denn begehren!« – So tönte es auf dem Korridor durcheinander, als die Herren Studenten den Saal verließen. Die Worte drangen direkt an Tonis Ohr und von dort in ihr Herz. Mit geröteten Wangen packte sie ihre Bücher zusammen, ließ sich von ihren Mitstudentinnen beglückwünschen und nickte dem Hartenstein noch einmal zu, bevor sie hinüber zur Bibliothek lief. Sie wollte sich noch mal intensiver mit dem Ablauf eines Kaiserschnitts beschäftigen.

Genauer gesagt interessierte sie, wie die Frauen in der Folge zu versorgen waren, schließlich handelte es sich um einen chirurgischen Eingriff, um eine Wunde in der Bauchhöhle. Dabei gab es sicher eine Reihe von zusätzlichen hygienischen Maßnahmen zu beachten. Außerdem fragte sie sich, ob die Frauen danach ebenso wie die anderen Mütter in der Lage waren, ihr Kind zu stillen. Mal ganz zu schweigen davon, ob sie in so einer Situation von einem Mann untersucht werden wollten. In Gedanken versunken, wäre sie beinahe mit Emilia zusammengestoßen, die ihr im Gang entgegeneilte.

»Felicidades, Glückwunsch, du hast es geschafft!«, begrüßte sie die Freundin, und als Toni sie verwundert ansah, fügte sie hinzu: »Du bist *das* Gesprächsthema auf dem Campus! Alle erzählen von der Frau, die so kompetent und detailliert über den Kaiserschnitt doziert hat! Da bin ich sofort losgelaufen und habe dich gesucht, weil ich wusste: Das kann nur meine Toni gewesen sein!« Emilia drückte ihr überschwänglich einen Kuss auf die Wange.

»Das glaubst du aber!« Toni grinste verlegen, innerlich platzte sie beinah vor Stolz. »Das hindert die Herren Studienkollegen nicht daran, die Zusammenarbeit mit mir zu verweigern! Kein Wunder, dass in diesem Semester kaum Frauen anzutreffen sind, sie haben sie mit allerhand Schikanen vergrault …« Sie hielt mitten in der Erzählung inne. »Kneif mich mal, ist das Georg?«

»Tatsächlich, was macht der da?«

Neugierig liefen die beiden näher. Georg debattierte lautstark mit einem der schmächtigen Kerle, die sich in Professor Hartensteins Vorlesungen immer am eifrigsten beteiligten.

»Sie ist eine Frau, sie ist nicht befähigt!«, hörten sie diesen aufgebracht rufen. »Sie nimmt uns nur den Studienplatz weg …«

»Jeder hat das Recht, jeder Mensch ist frei«, argumentierte Georg dagegen, und Toni glaubte nicht recht zu hören. Legte er sich tatsächlich wegen ihr mit seinen Kommilitonen an? Neugierig trat sie näher.

»Ich will kein Mannweib zur Frau! Hosen tragen, Fahrrad fahren, arbeiten, am Ende will sie noch Geld verdienen mit dem, was sie tut.«

»Das wäre auch nur richtig. Nicht der Glaube macht selig, sondern die Arbeit, auch die Frauen.« Georg schüttelte den Kopf.

»Jetzt, wo der Krieg vorbei ist, müssen sie uns nicht auch noch die Arbeitsplätze wegnehmen!«, beharrte der Student auf seiner Meinung, ein paar Umstehende applaudierten voller Zustimmung. »Genau, sonst kommt unsere Wirtschaft nie in Schwung! Die Weiber können mit Geld nicht umgehen, impulsiv, wie sie sind, kaufen sie nur Kleider!«

»Frauen verstehen sich ebenfalls ausgezeichnet aufs Geschäft«, setzte Georg ihm entgegen. »Und sie sind großartige Ärztinnen! Wenn nicht sogar Professorinnen wie Frau Professor Doktor Hartmann! Und Toni Gruber verfügt über eine besondere Gabe. Sie kennt sich sogar mit Heilkunde aus …« Er hatte sich vor dem anderen in seiner vollen Größe aufgebaut und schien bereit, das Frauenstudium bis aufs Blut zu verteidigen, auch wenn die Herren Studenten ihn wegen seiner Worte auslachten. Emilia applaudierte begeistert, und Toni platzte beinahe vor Stolz. Solch kämpferische Reden hätte sie Georg nie im Leben zugetraut. Und schon gar nicht, dass er sie vor allen anderen wegen ihres Kräuterwissens lobte. Da hatte er wohl seine Meinung geändert. Gut so!

»Ich muss endlich Else Heuser besuchen«, murmelte Toni zu sich selbst. Sie nickte Georg dankbar zu. Über die Köpfe der anderen hinweg trafen sich ihre Blicke, ein kurzes einvernehmliches Lächeln machte sie zu Verbündeten, für immer. Tonis Herz klopfte aufgeregt in der Gewissheit, sich in Georg doch nicht getäuscht zu haben. Mehr noch: Seine Worte bestärkten sie in ihrem Weg, sie durfte niemals aufgeben und sich von den Anfeindungen beirren lassen. Beide hatten ein Ziel, das sie längst vereinte.

»Ich muss noch in die Bibliothek, kommst du mit?«

Emilia schüttelte den Kopf. »Genug Paragrafen für heute, die Auswendiglernerei macht mich noch ganz deppert. Ich bin mit Maxl verabredet.« Und als Toni sie fragend anschaute, fügte sie hinzu: »Ich habe ihm versprochen, heute als Modell einzuspringen. Die anderen Frauen haben alle abgesagt.« Emilia kicherte, weil Toni sie entrüstet ansah. »Jetzt tu nicht so prüde! Ein bisschen mehr Offenheit täte allen gut. Dir auch!«

»Du meinst, ich sollte mich so wie du vor allen anderen nackt ausziehen?« Toni schaute sie entsetzt an.

»Ich bin nie ganz nackert, wenn du das meinst. Das findet Maxl unerotisch.«

»Ich weiß nicht ... Ich kann doch nicht einfach so mitgehen.« Alles in Toni sträubte sich. Das war typisch Emilia. Angewandte Gesetzesreform, nannte sie das. Praxis statt Theorie, gesellschaftlichen Normen freies Denken entgegensetzen.

»Ach was, Maxl freut sich bestimmt, wenn zwei Mädels da sind und miteinander spielen.«

»Am helllichten Tag?« Emilias Worte trieben Toni die Röte ins Gesicht. »Ich liebe keine Frauen ...«, flüsterte sie, weil diese sie so ansah.

»Es geht nicht um Liebe, es geht ums Vergnügen! Hay que divertirse! Ven.« Emilia drückte ihr liebevoll einen Kuss auf die Wange. Da hätte es Toni unhöflich gefunden, ihrer Einladung nicht zu folgen. Einfach so. Zum Vergnügen. Was war schon dabei?

»Also gut ...« Toni schaute sich suchend um, Georg konnte sie nicht mehr entdecken. Die Studenten standen immer noch zusammen und diskutierten sich die Köpfe heiß. Längst ging es nicht mehr allein um das Frauenstudium, die Herren waren bei der Politik angekommen.

»Du musst auch mal etwas anderes tun außer lernen! Auf dem Maitanz warst du so lustig!« Emilias Augen blitzten sie an.

»Das war eine Ausnahme! Und ich hatte getrunken.« Peinlich berührt dachte Toni an ihr ausgelassenes Verhalten an jenem Abend. Auf dem Tisch getanzt hatte sie! Und Georg geküsst ... Ohne Tonis Antwort jetzt abzuwarten, zog Emilia sie einfach mit sich fort. Weg aus dem dunklen Korridor hinaus in die strahlende Maisonne. Kurz darauf liefen sie die Ludwigstraße entlang über den Marienplatz Richtung Sendlinger Tor. Wenig später standen sie vor einer hellgelb getünchten Villa mit einem goldverzierten Portal.

»Dein Maler wohnt vornehm …« Toni staunte nicht schlecht.

»Das sieht nur so aus. Komm mit!« Schon lief Emilia durch einen endlos schmalen Gang, dann eine geschwungene Holztreppe hinab durch weiß getünchte Kellerräume, die von Fackeln spektakulär beleuchtet wurden.

»Keine Sorge, dir passiert hier nichts! Die Separees sind für die Feste … Maxl ist ein ganz Lieber, der will nur malen«, meinte Emilia, als sie Tonis Zögern bemerkte. »Er mag es, wenn Körper auf diese Weise illuminiert sind.«

Zu Tonis Erleichterung ging es nun wieder die Treppe hinauf ins Licht, und schon standen sie in einem lichtdurchfluteten Atelier mit meterhohen Decken unter einer Glaskuppel.

»Enchanté«, begrüßte er Emilia mit einem Handkuss. »Ich sehe, du hast eine Freundin mitgebracht. Fesches Madl! Komm, lass di busserln.« Ehe Toni sichs versah, hatte er ihr links und rechts zwei Begrüßungsküsschen auf die Wange gehaucht. Dabei verrutschte seine Baskenmütze, und der darunter aufgerollte Kranz aus silbergrauen Haaren fiel ihm auf die Schulter. Erschrocken wich Toni ein Stück zur Seite. Maxls nackter Oberkörper steckte in einer Lederhose, der Latz bedeckte nur spärlich seine behaarte Brust. Anis, dachte Toni, er riecht angenehm nach Anis. Dass er sie aus grüngrauen Augen charmant anlächelte, machte ihn noch sympathischer. Sofort verlor sie ihre Scheu.

»Ich hab schon alles vorbereitet!« Maxl reichte Emilia ein berüschtes Baumwollunterhemdchen und ein paar schwarze Strümpfe. Die dachte nicht daran, sich auszuziehen, sondern bediente sich an einer Flasche Champagner, die neben der Leinwand auf einem Tischchen stand.

»Wie ich sehe, hattest du heute schon Besuch?« Sie deutete auf einen halb vollendeten Frauenakt. Es klang nur ein bisschen eifersüchtig, wie Emilia das sagte. »Da muss ich mir wohl extra Mühe geben!«

»Chérie, du bist ein Naturtalent! Und was ist mit deiner Freundin?«

»Sie betreibt derweil anatomische Studien über die weibliche Brust!« Emilia reichte Toni ein Glas Champagner, die nicht wusste, wo sie hingucken sollte.

»Ich studiere Medizin«, fiel der nichts Besseres zu antworten ein, und weil Maxl jetzt schallend lachte, stürzte Toni aus Verlegenheit das Glas in einem Zug hinunter. Und das, obwohl sie sich nach der Maifeier geschworen hatte, nie wieder Alkohol zu trinken.

»Komm!« Emilia zog Toni hinter einen Paravent, wo sie sich umständlich das Kleid aufknöpfte und schließlich nackt vor Toni stand.

»Du trägst keine Unterkleider?« Überrascht schlug sich Toni die Hand vor den Mund. Emilia war atemberaubend schön.

»Gleich nicht mehr!« Grinsend angelte Emilia erst nach einer herumliegenden Baumwollunterhose und zog sich dann das Hemdchen über. »Los, mach dich auch nackert.«

»Du meinst …« Zaghaft begann Toni, das Kleid abzustreifen und ihr Leibchen aufzuknöpfen. Kaum wagte sie Emilia anzuschauen, dabei waren ihr nackte Frauenkörper ja nicht fremd. Beim Baden im Waldsee, beim Waschen der Schwestern hatten sie sich immer gegenseitig gesehen, und nie war etwas dabei gewesen.

»Du hast einen schönen Busen.« Versonnen strich Emilia über Tonis Brustwarzen, als wären es ihre eigenen.

»Du auch.« Jetzt schaute Toni doch, sie spürte Emilias Berührung bis in die Fußspitzen. Zaghaft streckte sie ihre Hand aus, um sie ebenfalls zu streicheln, staunte über die feste Haut. Kleine Schauer rollten über ihren Körper.

»Später!« Emilia hielt sie fest und drückte Küsse auf ihre Fingerkuppen. Dann zog sie Toni vor den Vorhang.

»Bitte schön, hier kommen deine Musen!« Emilia drehte sich im Kreis und bedeutete Toni, sich auf den grünen Samthocker zu setzen.

»Ihr seid's die Schönsten!«, rief Maxl begeistert und griff zu Pinsel und Farben. »Bleibt so! Erzählt euch was! Was habt ihr heute erlebt?«

Toni war nicht nach Reden zumute. Irritiert schaute sie Emilia an. Wie hatte sie das gemeint, später? Sie versuchte, die Antwort in Emilias Blicken zu lesen, deren Augen mit einem leisen Lächeln auf ihr ruhten.

»Du musst noch viel lernen, liebe Toni«, flüsterte sie. »Und jetzt guck nicht so spießig drein, sonst verpfuscht der Maxl sein Kunstwerk.«

»Ich kann das nicht!«, empörte sich Toni. Längst bereute sie, dass sie sich von Emilia hatte überreden lassen. Artig kreuzte sie die Beine und lehnte sich lasziv zurück, guckte dabei aber so griesgrämig aus der Wäsche, dass Maxl kopfschüttelnd den Pinsel fallen ließ.

»Jetzt trink noch mal!« Emilia prostete Toni zu und schenkte sofort wieder nach. Diesmal genoss Toni den Champagner Schluck für Schluck. Noch nie in ihrem Leben hatte sie so etwas Feines getrunken, die Kohlensäure prickelte herb auf dem Gaumen, ein kleines Feuerwerk im Mund, das tropfenweise die Kehle hinunterrann, sich in ihrem Bauch ausbreitete, um ihr wohliges Kitzeln zwischen den Beinen hervorzulocken. Glückselig prostete sie Emilia zu, da hatte sie drei Gläser kurz hintereinander geleert.

»Na sixt, wie's geht. Wir werden uns fei eini!« Maxl stupste Tonis Kinn mit dem Pinsel noch ein Stück höher und lächelte zufrieden, Emilia löste ihren Dutt zu einer lockeren Frisur. »Kommende Woche nehme ich dich mit zu meinem Friseur.«

»Jetzt weiß ich, warum du immer hierherkommst«, meinte Toni mit einem breiten Grinsen im Gesicht. »Und denkt bloß nicht, ich bin betrunken! Ich werde dir jetzt die anatomischen Details des Uterus aufsagen, die muss ich nämlich bis morgen können, sonst suspendiert mich der Hartenstein vom Seminar.«

Liebes Kind,

so lebe ich hier nun in München, führe eine Damenpension und tauche tiefer ein in die Bewegung der Frauenemanzipation, als ich es mir je hätte träumen lassen. So viel Verantwortung lastet nun auf mir! Gleichzeitig erfüllt es mich mit Freude, Cillis Schriften und Nachlass zu verwalten. In ihren Räumen weht dieser besondere Geist, musst du wissen, man kann gar nicht anders, als für die Rechte der Frauen zu kämpfen. Die Balance zwischen Tradition und Moderne gilt es dabei auszuloten, jeden Tag aufs Neue zu verhandeln. Fragen über Fragen, die du dir, mein Liebes, eines Tages auch stellen lassen musst: Wie kurz dürfen die Haare sein? Ziemt es sich, als Frau Fahrrad zu fahren? Mache ich die Mode mit der tief gesetzten Taille mit?

Emilia hat es bereits für sich entschieden: Sie trägt ihre Haare kurz, frisiert sie jeden Tag anders, raucht und trinkt wie ein Mann. Als ob das allein Freiheit bedeuten würde! Es scheint mir, als würde sie damit ihren Kummer betäuben, den sie in ihrem Herzen trägt. Dabei kommt sie aus einer der angesehensten Familien Spaniens und genießt alle Privilegien, die ein Mensch auf dieser Welt nur genießen kann. Doch Emilia will mehr! Sie hat sich in den Kopf gesetzt, Anwältin zu werden, und nichts und niemand wird sie daran hindern. Auch ihr Vater nicht. Er hat zwar dafür gesorgt, dass sie hier in München beim Bürgermeister und seiner Frau in sicherer Obhut ist, aber da kennt er seine Tochter schlecht. Die erstbeste Gelegenheit hat sie genutzt, sich von der väterlichen Aufsicht befreit und ist ausgerechnet bei Maxl gelandet.

Ausgelassene Lustbarkeiten, nächtelang, dazu Champagner in Strömen. Sie muss mir nichts erzählen, ich weiß, wie exzessiv es in diesen Künstlerkreisen zugeht. Wilhelm hat sich mit solchen Damen bis aufs Äußerste vergnügt. Wie erniedrigend jedes Mal der penetrante Geruch des Parfums, die Spuren der Ekstase an seinem Hemdkragen, in seiner Wäsche. Und ich habe Augen und Ohren. Höre, wenn Emilia nachts in die Villa schleicht. Sehe ihre Augenringe, wenn es wieder einmal zu wenig Schlaf für sie gab. Merke, wenn sie sich Sorgen um ihre Gesundheit macht, weil sie sich vielleicht mit einer dieser furchtbaren Geschlechtskrankheiten angesteckt haben könnte.

Zum Glück hat sie sich mit Toni angefreundet, das Mädchen tut ihr gut, bodenständiger geht es nicht. Auch wenn Toni selbst gerne mal über den Durst ins Glas schaut. Sie erzählte von Selbstgebranntem und Honigmet, den sie in den Bergen trinken. Ich frage mich, wie dein Weg eines Tages sein wird, mein Herzenskind. Lebenslustig und frei wie Emilias oder ernst und besonnen wie Tonis? Ich werde es wohl nie erfahren.

10

Sommerpartie

Wir können diese Welt nicht ändern,
bevor sich nicht die Individuen ändern.

MARIE CURIE (1867–1934)

Seit Tagen schon fieberten sie in der Damenpension dem Ausflug an den Starnberger See entgegen, heute nun sollte es endlich so weit sein. So ausgelassen und fröhlich hatte Toni Ida seit ihrer Ankunft in der Villa Libertas noch nicht erlebt. Mit leuchtenden Augen lief sie durchs Haus, suchte Kissen, Decken und Geschirr zusammen, um schließlich alles in Körbe zu packen.

»Hast du die Rundstücke eingepackt? Und die rote Grütze?«, fragte sie Maria, die mit fünf Töpfen gleichzeitig in der Küche hantierte. Hin und wieder hörte man sie fluchen wie einen Kutscher, es waren keine feinen Wörter, die sie da von sich gab.

»Des hoißt Semmln!«, räsonierte sie. »Und wie, bitte, soll die *rote Grütze* transportiert werden?«

»Hier drin!« Grinsend winkte Ida mit einem Henkelmann. Toni traute ihren Augen kaum. Die sonst so ernste Ida war zu Späßen aufgelegt wie ein kleines Mädchen. Sie selbst sah dem Ausflug mit gemischten Gefühlen entgegen, denn auf ihrem Tischchen stapelten sich Bücher und Studienunterlagen. Oft saß sie bis spät in der Nacht über ihre Notizen gebeugt und schlief darüber ein, um am nächsten Morgen mit Kopfschmerzen aufzuwachen. Mittlerweile halfen weder Mädesüß noch Pfefferminzöl. Es war eine bleierne Müdigkeit, die Toni quälte.

»Was machst du denn für ein Gesicht? Freust du dich nicht? Ich kann es kaum erwarten! Endlich raus aus München, endlich in die Berge! Deine Berge!«, sagte Constanze, die Maria dabei half, den Teig für die Brezeln zu kneten.

»Wir fahren an den See, nicht in die Berge!«, korrigierte Toni bissig. Seit Ida voller Vorfreude alles plante und organisierte, hatte sie ein seltsames Gefühl der Sehnsucht beschlichen. Am Tag ließ es sich wunderbar verdrängen, da kam sie überhaupt nicht auf trübsinnige Gedanken. Nachts, wenn sie in ihrer Kammer lag, rundum alles dunkel und nur dieses kleine Öllämpchen an, überkam sie Heimweh. Zudem fühlte sie Beklemmungen der besonderen Art, die ihr das Konzentrieren schwer machten. Sie ließen sich fast nicht abstreifen, so übermächtig hatten sie von ihr Besitz genommen. Wie eine große Alp, wie ein Bergmassiv lasteten sie auf ihrer Brust. Es waren die Zweifel, die Toni quälten. Ihr fehlte die frische Luft und der weite Blick der Heimat, und gleichzeitig spürte sie, wie gut ihr München mit all seinen Menschen und Möglichkeiten tat, welche Perspektiven ihr das Studium wirklich bot. Sie hatte versprochen zurückzukehren, doch mit jedem Tag spürte sie die Last dieses Versprechens.

»Hallo, träumst du, oder was?« Constanze hielt ihr vorwurfsvoll das Wellholz unter die Nase. »Hilf mir mal, dann geht es schneller!«

Mit geschickten Händen hatte sie längst die Brezeln in Form gebracht, gerade war sie dabei, den Strudelteig auszuziehen.

»Es por una companía? Wer soll das nur alles essen?«, fragte Emilia, die in die Küche gekommen war, um Gläser in die Körbe zu packen. Kopfschüttelnd deutete sie auf die üppig bestückte

Anrichte. Gurken, Eier, Trauben … sogar Hähnchenkeulen und Weißwürste. Wo auch immer Ida die aufgetrieben hatte.

»Es kommen alle Damen vom Frauenverein! Und die sans immer hungrig vom vielen Diskutieren, das wisst's doch!«, kommentierte Maria lachend.

»Sind die Brezeln fertig?« Beinahe hätte sich Ida verbrannt, als sie die Ofentür öffnete.

»Des hoißt Brezn!«, korrigierte sie Maria grinsend und wedelte mit den Topflappen vor ihrer Nase herum, bevor sie das Blech herausholte. »Mei, wie gut's die schnuppern.«

»Vielleicht tut es dir ganz gut, mal weg von deinen Büchern zu kommen«, meinte Emilia und legte Toni den Arm um die Schulter. Ihr war die nachdenkliche Miene der Freundin nicht entgangen. »Irgendetwas bedrückt dich außerdem. Wenn ich nur wüsste, was.«

Stirn an Stirn standen sie da, für einen kurzen Moment schloss Toni die Augen. Emilias Fürsorge tat ihr gut, doch auch diesmal schaffte sie es nicht, der Freundin ihr Herz zu öffnen. Seit ihrem Besuch im Atelier waren sie sich nicht mehr so nahe gekommen, Begegnungen zu zweit hatte Toni tunlichst vermieden, es hatte also kein »Später« gegeben, denn sie wollte das nicht. Zu irritierend das, was sich als Gefühl zwischen ihnen gezeigt hatte.

Im Frauenverein gab es unzählige Paare. So, als hätten sie sich gegen die Männer verschworen. Toni konnte sich beim besten Willen nicht vorstellen, eine Frau zu küssen, auch wenn sie sie noch so lieb hatte wie Emilia. Vielleicht war es auch das, weshalb sie so oft an die Berge dachte. Dort galt die traditionelle Ordnung, dort gab es die Ehe zwischen Mann und Frau, eine Lebensgemeinschaft zur gegenseitigen Versorgung, jeder trug seinen Teil dazu bei, und niemand stellte das infrage. Und jetzt trug sie diese Verwirrung der Gefühle in sich, Herzklopfen, wenn sie an Georg dachte, Hautkribbeln, wenn Emilia sie berührte. Und dazwischen die Erinnerung an Franzl.

»Du hast recht, ich brauche dringend eine Pause!« Mit diesen Worten löste sie sich aus Emilias Umarmung, griff nach einem der Körbe und half Ida beim Einpacken.

»Du überraschst mich immer wieder!«, rief Emilia und drückte ihr einen Kuss auf die Wange, bevor sie sich die Decken unter den Arm klemmte.

»Kinder, habt's ihr auch eure Schwimmsachen dabei?«, fragte Maria und schaute die jungen Frauen der Reihe nach an. Toni und Constanze nickten, während Emilia ein erschrockenes Gesicht machte. »Schwimmen?«, fragte sie.

»Das ist das Schönste, viel schöner als im Frauenschwimmbad! Im Starnberger See weit hinausschwimmen, so lange Kraft und Luft reichen«, rief Constanze.

»Ich … ich weiß nicht«, stammelte Emilia. »Vielleicht bleibe ich doch lieber hier.«

»Kommt gar nicht infrage! Oder bist du etwa wasserscheu?« Toni zog sie einfach mit sich. Jetzt, wo sie sich einmal dazu entschieden hatte mitzukommen, freute sie sich unbändig und konnte es kaum erwarten. Wie lange war sie nicht mehr geschwommen! Anders dagegen Emilia. Der schien die gute Laune vergangen zu sein, und so trottete sie mit finsterem Blick hinter den anderen Damen her, die fröhlich und ausgelassen die Picknickkörbe schwenkten.

Zu ihrer aller Überraschung hatte Ida den Ausflug dann doch kurzfristig abgesagt. Und das, obwohl sie so übereifrig bei den Vorbereitungen geholfen hatte. Niemand wusste, warum, und weil Ida Ida war, nahmen es alle zur Kenntnis und fragten nicht weiter nach.

Als sie dann am Bahnhof auf den Zug warteten, der sie nach Starnberg bringen sollte, erwartete sie die nächste Überraschung. Georg und einige Studienkollegen hatten offensichtlich ebenfalls vor, das schöne Sommerwetter für einen Ausflug zu nutzen. Toni lächelte zurück, als er ihr zuwinkte. Das hat nichts zu bedeuten, schalt sie sich im gleichen Moment und konnte nichts dafür, dass ihr Herz ein bisschen schneller klopfte und sie ihm beim Einsteigen in das Nachbarabteil hinterherschauen musste.

Alsbald saß Toni zwischen den Damen vom Frauenverein im Waggon und hörte mit roten Wangen zu, wie sie von früher erzählten. Von den Anfängen der Frauenbewegung und dem Kampf um das Frauenstimmrecht. Wie sich Cilli für die freie Berufswahl von Frauen einsetzte und ledige Mütter unterstützte – und wie schwer es war, nach dem Krieg dort wieder anzuknüpfen, sehnten sich doch so viele Männer und Frauen wieder nach den klaren Regeln des Kaiserreichs zurück. Vielen ging die linksliberale Einstellung zu weit, die meisten Frauen wünschten sich nur eine Verbesserung ihrer Lage, keine radikalen Einschnitte und Veränderung.

Toni fühlte sich ertappt. Hatte sie soeben nicht selbst ganz Ähnliches gedacht? Wie viel einfacher schien es, sich zu fügen und nicht ständig kämpfen zu müssen …

»Nicht mit uns!«, rief Maria, und sofort antworteten alle: »Nicht mit uns!«, und reckten die Fäuste in die Höhe.

»Als ob sie uns unsere Rechte wieder nehmen könnten!« Maria schüttelte den Kopf. »Zum Glück gibt es so viele kämpferische Frauen wie uns.«

»Zum Glück gibt es noch genug zu tun!«, warf Emilia ein, die dabei war, sich in einem Heftchen eifrig Notizen zu machen. Ihr Missmut schien sich wieder gelegt zu haben. Dafür saß Constanze mit bleicher Miene in ihrem Sitz, ihr schien übel von der Fahrt zu sein. Toni gab ihr etwas zu lutschen.

»Ich dachte, heute machen wir Pause vom Studium?«, wisperte Toni Emilia zu. »Oder schreibst du deine Memoiren?«

»Heiße ich Ida?«, meinte diese und erntete prompt einen

kritischen Blick von Maria. »Nein, ich schreibe mir die Beiträge all dieser klugen Frauen auf, damit ich sie nicht vergesse. In der Juristerei kommt es auf gute Argumente an, musst du wissen. Darum, dass dir die Männer nicht das Wort im Mund herumdrehen, weil sie denken, du als Frau seist der Sprache nicht mächtig. Du weißt schon, kleines Gehirn und so. Die Sache mit der anatomischen Unterlegenheit …«

»Du schreibst dir Vokabeln auf? Das hast du doch gar nicht mehr nötig!«

»Nein, wo denkst du hin! Was ich hier höre, bedeutet mir mehr als jede Vorlesung im Hörsaal.«

Toni nickte bewundernd, wie recht Emilia hatte. Sie selbst fühlte sich zwischen all den gestandenen Frauen klein und unbedeutend. Sie studierte Medizin und konnte den Menschen im Hier und Jetzt helfen. Mit diesem Wissen würde sie jedoch niemals in die Geschichtsbücher eingehen.

»Woher nimmst du nur all deine Energie?«, fragte Toni und schaute Emilia liebevoll an.

»Viva la vida! La pasión! El amor!«, lachte diese zurück. Dann griff sie nach Tonis Hand und schaute ihr tief in die Augen. »Du bist die liebste Freundin, die ich je hatte. Ich werde dir nie vergessen, was du für mich getan hast.«

Toni durchzuckte es warm.

»Du bist auch meine beste, beste Freundin«, erwiderte Toni, »und ich bin froh, dass ich dich kennengelernt habe!«

»Ich glaube, da musst du dich bei deinem Katerchen bedanken! Und bei Georg«, meinte Emilia und zwickte sie liebevoll in die Seite. Dann flüsterte sie ihr ins Ohr: »Also, was meinst du, in wen ist Ida verliebt? Sie trifft sich doch heimlich immer mit irgendwem …«

»Ich dachte, es ist Georg!«, flüsterte Toni zurück. »Die beiden haben ständig *irgendetwas* zu besprechen.«

»Das dachte ich auch … Aber warum ist sie dann nicht mitgefahren, wenn er auch einen Ausflug macht? Dann muss es einen anderen Mann geben, oder?« Emilia zuckte mit den Schultern.

Genau das fragte sich Toni auch, innerlich froh darüber, dass Georg offensichtlich nicht Idas heimlicher Geliebter war. Gedankenverloren lehnte sie den Kopf ans Fenster, schaute den vorbeihuschenden Bäumen und Büschen zu. Ob Georg auch immer wieder an ihren Abschiedskuss denken musste? Verlegen tastete sie nach ihren Lippen. Bei der Erinnerung an jenen Abend lächelte Toni in sich hinein. Obwohl sie getrunken hatte, kannte sie noch jedes Detail, spürte sie immer noch seine Hand auf ihrer Hüfte, als er sie bei der Polka herumwirbelte …

Von nebenan drangen nun vertraute Klänge an ihr Ohr, Quirin hatte sein Akkordeon ausgepackt, lustige Lieder und Weisen begleiteten die Fahrt bis zum Bahnhof Starnberg. Die fröhliche Truppe zog dann gemeinsam singend und musizierend zum See, wo man sich auf einer großen Wiese nebeneinander niederließ und ausbreitete. Einige der Damen runzelten die Stirn, ihnen war das Männervolk nicht genehm, sie wären lieber unter sich geblieben, schließlich waren sie ein Frauenverein. Maria, sonst die radikalste Verfechterin reiner Frauengruppen, schien heute ausnahmsweise nichts dagegen zu haben. Irmi, Anni und Berta nutzten die Gunst der Stunde und bändelten mit den Studenten an, spielten Federball und planschten im Wasser. Zu Tonis Erstaunen hatte sich Emilia zu den älteren Frauen rund um Maria auf die Decke gesetzt. Mit gezücktem Stift saß sie da und verfolgte ihre Diskussion über den Paragrafen 218, die vermehrten Abtreibungen, die vielen Todesfälle und Folgeerkrankungen bei Frauen, die sich einen sicheren Schwangerschaftsabbruch nicht leisten konnten. Auch Toni hörte interessiert zu. Eine medizinische Abtreibung für alle, ohne Gefängnis für Ärzte und Patientinnen, das wäre famos.

Noch besser wären Beratungsstellen, damit endlich Frauen wie Männer über Verhütungsmethoden informiert wären. Ehehygiene war wichtig, damit später nicht zu viele hungrige Kinder von arbeitssuchenden Eltern abhängig waren. Der Gedanke, kühn wie sinnvoll, schlummerte längst in Toni. Sie wusste nur noch nicht, wie sie das mit ihrer frauenärztlichen Tätigkeit vereinbaren würde.

»Was ist, Toni, kommst du mit? Wir wollen uns ein Boot mieten!« Constanze riss sie aus ihren Gedanken, wartete aber gar nicht erst Tonis Antwort ab. Schon lief sie voran zum Steg. Kurz darauf ließ sie sich von Quirin, Casper und Otto über den See rudern, ihr glockenhelles Lachen schallte bis zur Wiese herüber. Sie schien Michl endlich vergessen zu haben.

Toni war am Ufer sitzen geblieben. Liebend gerne wäre sie kopfüber in den See gesprungen, doch das Studium ließ ihr keine Ruhe, und so hatte sie ein Lehrbuch hervorgeholt … Über die Lektüre musste sie eingeschlafen sein. Sie wurde wach, als sich jemand neben sie setzte und ihr vorsichtig das Buch vom Gesicht fischte. »Du verschläfst den schönsten Sonnenschein!« Eine warme Stimme drang an ihr Ohr, blaugraue Augen schauten sie freundlich an.

»Wie spät ist es?« Toni blinzelte irritiert. Dass ausgerechnet Georg sie weckte.

»Wir haben gleich Mittagszeit … Bevor du einen Sonnenstich bekommst, solltest du lieber den Schatten aufsuchen.« Besorgt strich er ihr eine Strähne aus der Stirn.

»Schatten?«, murmelte Toni und richtete sich auf, bestimmt war sie knallrot im Gesicht. Und das nicht, weil Georg sie unvermutet angesprochen hatte. Sie brauchte nur eine Sekunde, dann blitzte die alte Abenteuerlust in ihr auf. Ohne weiter darüber nachzudenken, rief sie: »Ich habe eine viel bessere Idee! Komm mit!« Schon war sie aufgesprungen, entledigte sich ihrer

Kleidung und rannte übermütig ins Wasser, Kopfsprung voran. Nach ein paar kräftigen Zügen tauchte sie prustend wieder auf und schaute sich suchend nach Georg um. Der stand am Ufer, tauchte zögernd den großen Zeh ins Wasser.

»Na los, trau dich!« Übermütig spritzte sie ihn nass. »Bist du etwa wasserscheu?«

Langsam kam Bewegung in Georg. Der sonst so selbstsichere Mann wirkte angesichts des Wassers alles andere als selbstbewusst.

»Jetzt sag mir nicht, du kannst nicht schwimmen!«, rief Toni und wollte ihn mit sich ziehen. Doch Georg sträubte sich wie eine Katze.

»Lass. Ich kann's nicht. Wirklich.« Leise sagte er es. Ganz ernst war er geworden, keine Spur mehr vom entschlossenen Arzt in spe, der genau wusste, was er als Nächstes zu tun hatte. Hier stand ein Mann in all seiner Verletzlichkeit, nackt bis auf die Badehose. Der zugab, dass er nicht so stark war, wie er sonst vorgab zu sein. Ganz ehrlich. Und ganz ohne Scheu. Als sei es das Normalste der Welt, einfach nur er selbst zu sein. Das war der Moment, in dem sich Toni in ihn verliebte. Für immer. Auch wenn ihr das erst sehr viel später bewusst werden sollte.

»Komm, hab keine Angst«, sagte sie sanft und fasste ihn an die Hand wie eine Schwester, die ihrem Bruder das Schwimmen beibrachte. Es war Franzl, den Toni jetzt vorsichtig ins Wasser begleitete, der Waldsee lag ruhig, kein Lüftchen wehte. Nur das Plätschern der kleinen Wellen am Ufer war zu hören, weil ihre Füße den Schlick aufwirbelten. Als Kind wäre Franzl beinahe im Weiher ertrunken, seitdem hatte er keinen Fuß mehr ins Wasser gesetzt, nur unterm Wasserfall konnte er das kühle Nass genießen. Zu Toni hatte er Vertrauen, sie hatte bereits ihren Schwestern und Brüdern das Schwimmen beigebracht, warum also nicht auch ihrem treuen Freund.

»Vertraue mir!« Aufmunternd schaute sie ihn an.

Zu Tonis Erstaunen gab sich Georg ihrer Führung hin, obwohl Quirin und die anderen das Geschehen lautstark aus der Ferne kommentierten. Georg ließ sich nicht beirren, er hielt Tonis Hand fest, wie er nur konnte, und nahm den Blick nicht von ihr, folgte ihr Schritt für Schritt in den See. Erst die Füße, Knöchel, Wade, alsbald stand ihm das Wasser bis zur Hüfte, bis zur Brust. Die ganze Zeit über waren ihre Blicke miteinander verschränkt, jegliche Außengeräusche längst ausgeblendet, nur Toni und Georg, alleine, zu zweit im Wasser und die Welt außen rum, in weiter Ferne.

»Was machst du mit mir?«, flüsterte Georg, dabei brauchte er überhaupt nicht zu flüstern, niemand konnte sie hören.

»Was machst du mit mir?«, flüsterte Toni zurück, und bevor er sie noch länger so anschauen konnte, dass sie selbst das Gefühl hatte zu schwimmen, bedeutete sie ihm, sich flach ins Wasser zu legen und sich von ihr führen zu lassen. Flüchtig bemerkte Toni vernarbte Striemen auf seinem Rücken, erahnte eine Geschichte, die sie lieber nicht hören wollte. Und doch glaubte sie, dass sie der Schlüssel zu seiner Vergangenheit waren. Später.

»Vertraue mir. Vertraue dir. Das Wasser trägt dich …«, sagte Toni und zog ihn einfach mit sich, hinein in ihre Gefühle und hoffte, er würde ihr einfach folgen, ohne lange nachzudenken, ohne an Ida zu denken. Wie lange sie ihn an ihren Händen durchs Wasser zog, ihm die Beinbewegungen vormachte und die mit den Armen, bis er es endlich selbst versuchte, vermochte sie im Nachhinein nicht mehr zu sagen. Als sie nach einer gefühlten Ewigkeit endlich aus dem Wasser stiegen und sich zu den anderen auf die Picknickdecke setzten, war alles anders, und Toni wusste nicht, warum. Georg hatte in ihren Armen schwimmen gelernt, wie ein kleines Kind hatte er sich zaghaft und dann immer selbstsicherer von ihr gelöst, um dann zum Schluss wie nebenbei ihre Hüfte zu berühren, ihren Nacken zu kitzeln. Immer wieder huschten Tonis fragende Blicke zu Georg, der ebenfalls seltsam in sich gekehrt ihr gegenübersaß, nur flüchtig in ein Handtuch gewickelt, Wasser tropfte aus seinen Haaren. Waren sie sich soeben beim Schwimmen noch nah gewesen, wich er ihr jetzt aus.

Maria verteilte jetzt die rote Grütze unter den Anwesenden und freute sich über das Lob für ihren Rosinenstuten, den sie nach Idas Rezept gebacken hatte. Längst waren die Studenten noch näher an die Damen herangerutscht, nur Emilia saß immer noch mit ihrem Notizbuch unter dem Baum und schrieb und schrieb. Dafür scherzte und lachte Constanze umso lauter, jetzt ließ sie sich sogar von Otto mit Trauben füttern.

»Komm, iss was, du hast ganz blaue Lippen!« Ehe sie sichs versah, drückte Maria Toni eine Brezel in die Hand. Genussvoll kaute sie, spürte erst jetzt, wie hungrig sie war. Verlegen wich sie den fragenden Blicken der Älteren aus: Wie sollte sie erklären, was soeben zwischen ihr und Georg im See geschehen war? Sie hätte nicht zulassen dürfen, nicht in seine Augen tauchen, nicht in Versuchung geraten sollen, dass er diese ungeahnte Sehnsucht in ihr auslöste, sie sich in jedem Moment nach ihm verzehrte. Je länger sie darüber nachdachte, desto klarer wurde ihr, dass es ein Fehler gewesen war, wie der Kuss an jenem Abend. Wieder einmal hatte sie sich von ihren Gefühlen hinreißen lassen. So saß sie in Gedanken versunken da.

»Hier, du kannst etwas Warmes gebrauchen. Oder lieber etwas, damit du einen kühlen Kopf bewahrst?« Aus dem Nichts reichte Constanze ihr einen Becher Kaffee und nickte vielsagend in Georgs Richtung.

»Danke, nein, nicht nötig!« Mit einer unwirschen Bewegung wischte Toni die Tasse weg. Dann sprang sie zur Überraschung aller auf, zog sich an und lief zurück zum Bahnhof, wo sie in den nächsten Zug nach München stieg. Erst abends im Bett fiel ihr auf, dass Emilia an diesem Tag kein einziges Mal mit einem der Studenten geflirtet hatte.

Mein liebes Kind,

meine Gedanken sind Irrwege, Abwege, ich bin nicht mehr Herrin meiner Sinne, und doch könnte ich jubeln vor Glück! Was macht dieser Mann mit mir, dass ich ihn nicht vergessen kann? Mit welchem Recht nimmt er von mir und meinen Gedanken Besitz? Ganz zu schweigen von meinem Körper, der in tausend Flammen steht, sobald er seine Nähe spürt.

Ich weiß, es ist verboten, es schickt sich nicht, und Tante Cilli wäre entsetzt, weil ich ihre Ideale verrate. Doch sind wir Frauen nicht auch nur Menschen aus Fleisch und Blut? Mit einem ganz eigenen Begehren. Niemand kann mir meine Gefühle verbieten, und ich habe Sehnsucht, Sehnsucht nach seinen Berührungen, seinen Küssen, die mir so viel Lust versprechen, die mich endlich zu der Frau machen, die ich bin.

Den ganzen Tag über musste ich an ihn denken, eine Mischung aus Eifersucht und Verbundenheit. Wissend, dass er mich nicht vergisst, wenn er mit der anderen zusammen ist, wünschend, ich wäre an ihrer Stelle. Wie schwer ist es geworden, ihn heimlich zu treffen. Die Mädchen in meiner Damenpension sind häuslicher als erwartet, einzig Emilia mit ihren wilden Vorlieben ist ständig unterwegs. Toni dagegen ist so ehrgeizig, nur selten geht sie aus. Irmi, Anni und Berta sind ebenfalls sehr fleißig und tugendhaft. Und Maria … Nun, Maria wacht mit Argusaugen über mich, als hätte sie Cilli versprochen, dass niemand das Anliegen des Frauenvereins verrät.

Stell dir vor, ich habe sie ausgetrickst! Zum See habe ich sie geschickt, wir hatten einen herrlichen Tag ganz für uns alleine.

Ich schwebe im siebten Himmel, ich bin glücklich und so froh, so froh, so froh.

Er ist ein Mann, wie er in diesen Zeiten seinesgleichen sucht, offen, verständnisvoll, liberal und der Demokratie zugewandt. Ich wünschte, ich wäre ihm früher begegnet, dann müssten wir uns nicht heimlich treffen. Denn er ist verheiratet, hat zwei Töchter, ist ein angesehener Politiker. Der Bürgermeister von München liebt mich, stell dir vor! Mich, Ida Petersen. Zwar darf er sich die eine oder andere Heimlichkeit erlauben, aber nie im Leben würde er sich wegen mir scheiden lassen. So habe ich wieder das Unglück auf meiner Seite und fühle nur Glück, wenn ich in seinen Armen liege.

Darf eine Mutter ihrer Tochter erzählen, wen sie heimlich liebt, wen sie begehrt? O ja, sie darf. Denn du sollst es einmal besser haben, du sollst deinen Körper kennen, wissen, was dir Lust bereitet, und Nein sagen, wenn dir etwas nicht gefällt, dich jemand gegen deinen Willen anfasst, berührt, dir Gewalt antut. Nie darfst du den ehelichen Beischlaf über dich ergehen lassen und so tun, als wärest du damit einverstanden. Nie, hörst du? Nur ein Mann, der dich achtet und ehrt, der ist deines Respekts und deiner Liebe wert. Zum Glück gibt es immer mehr Männer, die das neue Frauenbild fördern und unterstützen, wo sie nur können. Ohne sie könnten wir uns nicht entwickeln und verwirklichen. Denn noch sind unsere Stimmen zu leise, werden wir nicht gehört, wollen sie uns zurück an Küche und Herd drängen. Das lassen wir nicht zu, hörst du, mein Herzenskind, niemals!

11

Reise in die Vergangenheit

Nächstenliebe lebt mit tausend Seelen,
Egoismus mit einer einzigen – und die ist erbärmlich.
Marie von Ebner-Eschenbach (1830–1916)

In den nächsten Tagen nach dem Ausflug gelang es Toni nicht, sich auf ihr Studium zu konzentrieren. Immer wieder schweiften ihre Gedanken ab, meinte sie, Georgs Nähe zu spüren, seine Hände in ihren. Wie gerne würde sie wieder Seite an Seite mit ihm durch den Starnberger See schwimmen, rücklings im Wasser liegend in den sonnenblauen Himmel über ihnen schauen – und träumen. Träumen von einer unbeschwerten Zeit ohne politische Krawalle und Hungersnot, ohne Diskussionen und Vorwürfe. Nur sie beide, Georg und Toni, gleichberechtigt Hand in Hand und ein Versprechen, dass sie gemeinsam ihre Zukunft gestalten würden, egal was passierte, egal, wie sie aussehen würde, egal, was die anderen darüber sagen würden.

Doch Georg ließ sich in den darauffolgenden Wochen weder an der Universität noch in der Villa blicken. Von jetzt auf gleich schien er wie vom Erdboden verschluckt, was die Sache für Toni nicht besser machte. Einerseits wünschte sie sich mit jeder Faser ihres Herzens ein Wiedersehen, sehnte sich nach der

Wärme seiner Haut und verzehrte sich nach seiner Nähe, andererseits plagten sie Gewissensbisse, dass es nicht zum Aushalten war. Natürlich fragte sie sich, ob sein Verschwinden etwas mit ihr zu tun hatte. Die anderen taten ihr zum Glück den Gefallen und hielten sich mit Anspielungen zurück, selbst Constanze schwieg, und Irmi, Anni und Berta interessierten sich sowieso nicht für diese Angelegenheiten. War Ida im Bilde über das, was zwischen Toni und Georg am Starnberger See vorgefallen war, so ließ sie es sich zum Glück nicht anmerken. Und Emilia hatte ihre ganz eigenen Sorgen, wie sich herausstellte, als Toni ihr an diesem Morgen noch vor dem Frühstück im Flur begegnete.

»Was machst denn du für ein Gesicht? Geht es dir nicht gut?« Besorgt musterte Toni Emilia, die mit blassbleicher Miene am Treppengeländer lehnte. Bei Emilia wusste man nie: War es zu viel Champagner, zu viel Essen, oder, das wagte sie nicht zu denken, war sie womöglich wieder schwanger? Ihre Antwort überraschte Toni.

»Meine Schwester heiratet, sie hat mich zu ihrer Hochzeit eingeladen! Sie würde es mir nie verzeihen …« Emilia ließ das Telegramm in ihren Händen sinken und schüttelte den Kopf, als könne sie es immer noch nicht fassen. »Dabei haben wir uns geschworen, das nie zu tun. Mach einer was gegen die Liebe!«

»Das ist wundervoll, ich verstehe gar nicht, was du hast.«

»Natürlich nicht, du kommst ja auch aus dem Dorf. Heiraten und aus die Maus.« Es klang spitzfindiger, als es wohl gemeint war, denn Emilia zog Toni sofort versöhnlich in ihre Arme. »Ich meine, in den Bauernfamilien arbeiten Mann und Frau gleich viel, jeder hat seine Aufgabe, und das Gemeinwohl der Dorfgemeinschaft steht an erster Stelle. Bei den Bürgerlichen hat die Ehe eine andere Bedeutung, da …«

»… ich weiß schon«, winkte Toni lachend ab. »Wenn es eine Liebesheirat ist, ist doch nichts dagegen einzuwenden …«

»Vor der Heirat brennst du Locken, nach der Heirat stopfst du Socken«, trällerte Constanze, die ihre letzten Worte mit angehört hatte. Sie wirkte in ihrem hellen Kleid wie ein Gespenst, das mit dem Wischmopp durchs Haus tanzte. Zur Freude von Maria, Toni und Emilia, zum Ärger von Ida, die die Hausarbeit in ihrer Damenpension gleichberechtigt aufgeteilt wissen wollte. Auch der Kater ging Constanze tunlichst aus dem Weg, ihm waren die hektischen Bewegungen der jungen Frau nicht geheuer.

»Also, ich hätte nichts dagegen ... Was ihr nur immer mit eurer Studiererei so habt!« Sie polierte an einer Messingvase herum.

»Sagt sie, die den Herren Studenten im Ruderboot schöne Augen gemacht hat!«, ulkte Emilia. »Gleich drei Herzen hat sie gebrochen! Maria hat sie alle verjagen müssen!«

»Na und? Wozu muss ich studieren, wenn ich heirate? Danach darf ich sowieso nicht mehr arbeiten.«

»Kluges Kind! Manchmal hat dieses Mädel helle Momente!« Emilia grinste. »Jetzt guck nicht so erschrocken, Toni! Nicht jede kennt so einen modernen Mann ...« Wohl eine Anspielung auf Georg.

»So weit käme es noch, dass ich mir einfach das Arbeiten verbieten lasse.« Toni schüttelte den Kopf und musste jetzt an Franzl denken. Wie der das wohl finden würde, wenn seine Frau ihr eigenes Geld verdiente?

»Würdest du mal Rechtswissenschaften studieren, wüsstest du, dass es so einfach geht ... Was denkst du, warum ich mich mit Paragrafen plage!« Emilia seufzte und knetete das Telegramm in ihren Händen. »Im Moment habe ich ganz andere Sorgen. Ich will nicht nach Spanien reisen. Nur: Wie erkläre ich das meiner Schwester?«

Toni ging gar nicht weiter darauf ein. »Ich bin ja auch nicht nach München gekommen, um mir einen Ehemann zu suchen.

Sobald ich mein Studium beendet habe, gehe ich als Ärztin zurück auf den Berghof.«

»Welch verschenktes Talent. München wird weinen!«, spottete Emilia. »Denk nur an all die vielen Frauen, denen du hier helfen kannst.«

»Und dann heiratest du gar nicht?«, fragte Constanze neugierig, die mittlerweile ihren Wischmopp zur Seite gestellt hatte. »Und was ist mit deinem Franzl?«, bohrte sie weiter. Sie zog ihre Freundinnen in der Bibliothek auf das Sofa.

»Mei, was ist mit dem Franzl?« Emilia schaute Toni feixend an, ganz bestimmt war ihre Frage anders gemeint.

»Franzl ...« Sie zuckte mit den Schultern. In ihrem Herzen war längst Georg eingezogen und hatte die Gefühle für Franzl verdrängt, ob sie es zugeben mochte oder nicht. Jeden Tag, jede Stunde schlug es für ihn, erinnerte im Detail an jenen Nachmittag im See, als sie sich so nahe waren und nur das Wasser zwischen ihnen.

Wie konnte Toni ihren Freundinnen erzählen, dass ihr Verlobter nicht immer mit ihrer Lernerei einverstanden gewesen war. Wegen des Privatunterrichts hatte er ihr sogar Hochnäsigkeit vorgeworfen, sie würde ihre Arbeit als Sennerin vernachlässigen. Doch jetzt hörte sie sich sagen: »Ich bin mir sicher, dass Franzl stolz sein wird auf seine tüchtige Frau. Schließlich haben wir uns das gegenseitig versprochen.«

»Na also!« Constanze nickte zufrieden. Sie zog Tonis Hand an ihr Herz. »Das klingt so romantisch! Bestimmt denkt er die ganze Zeit an dich und kann es kaum erwarten, dich zu seiner Frau zu nehmen.«

»Du bist einfach unverbesserlich!«, lachte Emilia sie aus. »Ich dachte, die Sache mit Michl hätte dich gelehrt, dass Romantik nur eine Erfindung ist. Toni sollte auch lieber ihrer Berufung folgen, anstatt sich auf irgendein Versprechen zu verlassen.

Estás loca, du spinnst, das alles hier einfach aufzugeben!« Emilia schüttelte den Kopf, sie griff nach Tonis anderer Hand. »Mal ehrlich, wer weiß denn, wie dein Franzl ist, wenn er überhaupt zurückkommt. Der Krieg hat die Männer verändert ...«

»Das sagst du nur, weil du nicht an die Liebe glaubst!« Constanze wirkte beleidigt.

»Ich glaube nicht an die Liebe? Wenn du dich da mal nicht täuschst.«

»Und es geht nicht nur um Franzl«, beeilte sich Toni als Erklärung hinzuzufügen.

Doch Emilia hörte gar nicht mehr richtig zu. Zu sehr war diese jetzt damit beschäftigt, Constanze ihre Ansichten über Liebe im Allgemeinen und im Besonderen darzulegen.

»Ich komme aus einer der traditionsreichsten Familien Spaniens, bereits am Hofe der Reyes Católicos haben wir die Minister gestellt. Die Männer, natürlich, wir Frauen pflegten das zu tun, was Frauen der adeligen Gesellschaft eben so machen. Das ist furchtbar langweilig! Gespräche über Moden, Frisuren, Diäten ...«, meinte sie. »Schon als Kind konnte ich mich nicht einfügen, ich habe immer gemacht, was ich wollte.«

»Deswegen bist du hier!« Toni nickte ihr verschwörerisch zu. »Und deswegen willst du nicht mehr zurück!«

»Was genau ist eigentlich vorgefallen?«, wollte Constanze wissen und rückte noch ein Stückchen näher an Emilia heran.

»Ich sollte Juan Torre de Castañeda heiraten, angeblich, weil er die edelsten und vornehmsten Manieren hat. In Wahrheit geht es um Politik. Gemeinsam hätten unsere Familien mehr Macht als die königliche Familie, weil die Männer dann sämtliche Posten im Ministerium besetzen. Meine Schwester heiratet einen García-Sánchez, ein altes Adelsgeschlecht ...«

»Und da sagst du, die Frauen hätten keine Macht?« Constanze verzog spöttisch ihr Gesicht. »Ihr dürft euch vielleicht nicht selbst die Männer aussuchen, die ihr heiratet, aber dafür habt ihr dann alle Möglichkeiten mitzubestimmen! Ich stelle mir das traumhaft vor, in so einem Palast zu wohnen. Viel schöner und größer als die Villa Libertas …«

»Mag sein. Nirgends stehen so schöne Palacios y Residencias wie in Madrid. Und die Patios mit ihren *azulejos y fuentes* … die eleganten Salons. Und die üppigen Oleander und Bougainvilleen erst.« Emilia geriet ins Schwärmen.

»Trotzdem lebst du lieber in München …« Toni schaute sie zweifelnd an. Sie konnte den Gedankensprüngen ihrer Freundin nicht so recht folgen.

»So ist es … Ich kann nicht mehr zurück.« Emilia seufzte tief.

»Aber warum?«

»Kannst du dir das nicht denken? Du musst mich doch am besten verstehen.«

»Du meinst, deine Familie gönnt dir deine Freiheit nicht?« Toni nickte. So ähnlich war es bei ihr und ihren Schwestern. Und Gitti hatte auch immer nur gestichelt.

»Es geht tiefer. Du kannst Spanien und die Spanier nicht ohne ihre Religion denken. Sie leben in diesem strengen Glauben, der alles einengt, von früh bis spät deinen Tagesablauf bestimmt, vor allem die Rolle von Mann und Frau. Deswegen.«

Toni schwieg betroffen, mit einem Mal hatte sie wieder die Enge der Berghütte vor Augen, spürte den strengen Blick ihres Vaters. Er war das Oberhaupt. Seinen Worten hatte jeder zu folgen, und ob Badezuber oder Mittagsspeise, immer galt ihm der Vortritt. Und als Emilia flüsternd hinzufügte »Ich liebe mein Land, aber das hier ist mein Zuhause«, musste sie ihr aus vollem Herzen zustimmen. So sehr Toni ihre Berge vermisste, so wenig fehlten ihr die traditionellen Ansichten und einengenden Regeln der Bergbewohner. Gerührt drückte sie Emilias Hand, Heimweh fühlte sich furchtbar traurig an. Dagegen half nur eins: Ablenkung.

»Was haltet ihr davon, wenn wir morgen einen Ausflug in die Berge machen? So richtig mit wandern und Gipfelglück?« Erwartungsvoll schaute Toni in die Runde, sie konnte selbst kaum glauben, was sie da gerade vorschlug: eine freiwillige Lernpause vom Studium.

»Du bist genial! Das ist die beste Idee seit Langem.« Emilia drückte Toni einen herzhaften Kuss auf die Wange. »Wir nehmen den Zug nach Garmisch, und dann kraxeln wir den Berg hinauf ganz bis nach oben, bis uns die Puste ausgeht …«

»… und atmen die Freiheit! Nur wir drei. Und niemand sagt uns, was wir tun und lassen sollen.« Toni gluckste vor lauter Vorfreude, schon sah sie sich den schmalen Pfad entlangwandern, den Blick auf den Horizont gerichtet, und die Berge leuchteten in der Sonne.

»O ja, das wäre famos!« Constanze sprang begeistert auf. »Ich lauf schnell und suche meine Wanderschuhe! Und dann packe ich uns eine Brotzeit ein.« Schon war sie aus der Bibliothek verschwunden.

»Mach das, querida mía!« Emilia blickte ihr amüsiert hinterher, während Toni die Stirn runzelte. »Sie ist wie ein Kind, oder? Manchmal wünschte ich, sie wäre vernünftiger, so nimmt sie niemand ernst.«

»Wer sagt denn, dass wir immer vernünftig handeln müssen?« Toni stupste Emilia kichernd in die Seite. »Morgen einfach so die Vorlesung zu schwänzen, ist alles andere als vernünftig. Und wenn du nicht zur Hochzeit deiner Schwester erscheinst, kann das weitreichende Folgen für dich haben. Was ist, wenn sie dich wirklich verstoßen?«

»Scheint, als hätten wir die Rollen getauscht, was?«, erwiderte Emilia grinsend, bevor sie hinzufügte: »Keine Sorge, ich verdiene mein Geld vorerst bei Maxl im Atelier.«

»Mag sein.« Toni ging gar nicht weiter auf ihre launige Bemerkung ein. »Mir macht bei Constanze etwas ganz anderes Sorgen: Ist dir aufgefallen, wie dünn sie geworden ist? Ganz blass und hohlwangig sieht sie aus, im Frauenschwimmbad neulich habe ich jede einzelne Rippe gesehen.«

»Du meinst, sie ist krank? Hat sie die Schwindsucht? Dann musst du sie einmal gründlich untersuchen.«

»Ich weiß nicht, ob ihre Appetitlosigkeit eine Krankheit ist. Ich glaube, es ist … Absicht. Oft behauptet sie, sie hätte bereits gegessen. Oder sie nimmt ihren Teller mit auf ihr Zimmer. Neulich habe ich sie dabei beobachtet, wie sie ihr Gemüse in die Serviette gepackt hat.« Nachdenklich stand Toni auf, Constanzes Verhalten passte genau zu dem, was in ihren Lehrbüchern als Anorexia nervosa stand. Zu behandeln mit Mastkuren oder Milchdiäten, aber sie war sich nicht sicher, ob dies die richtige Therapie war. Vielmehr schien es ihr Ausdruck einer Verweigerung zu sein, dass Männer über ihr Leben bestimmten. Dabei bestand der Widerspruch darin, dass Constanze sich nichts anderes wünschte, als einen Ehemann zu haben und ein bürgerliches Leben zu führen. Ihre Augen hatten einen matten Glanz bekommen, der Toni nicht gefiel.

»Dann wird ihr die würzige Bergluft sicher guttun! Und hinterher wird sie ordentlich Hunger haben, warte nur ab«, meinte Emilia gerade, da hörten sie Constanze die Treppe hinunterpoltern, gefolgt von einem Jammern und Weinen. Erschrocken liefen sie in den Flur und halfen der Verletzten auf. Der Kater war im Weg gewesen, genauer gesagt, hatte Constanze ihn übersehen, als sie die Treppe hinaufwollte.

»Autsch, mein Knöchel«, jammerte Constanze und hielt sich gleichzeitig den Kopf.

»Glück im Unglück, würde ich sagen«, kommentierte Emilia lapidar. »Dios mío, so eine Beule habe ich ja noch nie gesehen. Sicher, dass du keine Gehirnerschütterung hast?«

In der Tat zeigte sich auf Constanzes Stirn ein exponiertes Exemplar, bald würde es in allen Farben leuchten. Constanze wimmerte und stöhnte, ihr war schlecht.

»Es ist nur eine kleine Gehirnerschütterung, da helfen Ruhe und Arnikatinktur«, versuchte Toni die aufgelöste Ida zu beschwichtigen, die erschrocken angelaufen kam, und half, die Verletzte auf ihr Zimmer zu bringen.

Doch Ida wollte davon nichts wissen, ebenso wenig, wie sie einsehen wollte, dass Constanze für ihre Körpergröße viel zu schwach war und sich womöglich deswegen verletzt hatte, als Toni sie sanft darauf hinwies. Erst als der herbeigerufene Arzt Tonis Diagnose bestätigte und kühlende Umschläge verordnete, wurde Ida nachdenklich und wich die ganze Nacht nicht von Constanzes Bett.

***

Weil an Schlaf nicht zu denken war, machten es sich Toni und Emilia auf dem Sofa im Wintergarten bequem. Auf der Anrichte funkelte eine Karaffe mit Wein. Toni holte rasch zwei Gläser, es schien ihr nur angemessen, sich nach dem Schreck reichlich einzuschenken.

»Komm, erzähl es mir! Warum willst du in deine Berge zurück, wo doch jeder sieht, dass du nach München gehörst?« Emilia prostete ihr erwartungsvoll zu.

»Ich dir? Ich glaube, du bist *mir deine* Geschichte schuldig!«, meinte Toni und rückte ein Stück näher an Emilia ran, so dicht, dass die dunklen Haare sie in der Nase kitzelten. Doch die Freundin machte keine Anstalten zu erzählen, sie hatte sich das Kissen in den Nacken geschoben.

»Was bedrückt dich, Emilia? Warum bist du wirklich nach Deutschland gekommen?«, hakte Toni sanft nach, der Wein wärmte ihren Bauch und löste die Zunge, machte sie mutig zu fragen, was sie so lange schon wissen wollte. Denn dass die selbstbewusst auftretende Emilia nicht nur wegen der bevorstehenden Zwangsverheiratung geflüchtet war, lag auf der Hand.

Statt einer Antwort drang ein tiefes Schluchzen aus Emilias Kehle, mühsam rang sie nach Atem. Sofort bereute Toni ihre Frage, weil sie wusste, wie schwer es war, über solch belastenden Kummer zu sprechen. Emilia jedoch schien nur darauf gewartet zu haben, sie klammerte sich an Tonis Hand, während die Worte aus ihr nur so hervorsprudelten.

»Wir waren so verliebt! Das schönste Paar von allen, haben die gesagt, die uns kannten. Kennst du das, dieses intensive Gefühl, als wärest du mit deinem Gegenüber verschmolzen? Ich habe mich nie wieder jemandem so verbunden gefühlt.«

Toni nickte versonnen. In Georgs Nähe war es so.

»Zwei Sommer lang waren wir unzertrennlich. Es war aufregend und wunderschön, niemand durfte ja von unserer Verbindung wissen. Im Dorf gab es eine kleine Felsbucht hinter dem Hafen, dort haben wir uns getroffen, wenn wir alleine sein wollten. Genauer gesagt, waren auch andere Pärchen da, der Ort war bekannt dafür, dass man sich hier ungestört treffen konnte, wenn du verstehst. Meistens waren wir mit unseren Familien gemeinsam am Strand, da fiel es nicht auf, dass wir ständig zusammen waren, schließlich waren wir Cousinen.«

»Cousinen?« Toni schaute verwundert auf, wie selbstverständlich war sie davon ausgegangen, dass es sich bei Emilias großer Liebe um einen Mann handelte.

»Cristina ... Sie war so wunderschön! Keine lachte wie sie, keine tanzte wie sie. Und keine schwamm so gut wie sie. Stundenlang konnte sie sich über Wasser halten, niemals ging ihr die Puste aus. Oft sind wir mit dem Boot hinausgefahren, um uns weit draußen im kristallklaren Meer treiben zu lassen, wir haben uns geküsst, geliebt, sind nackt ins Wasser gesprungen. Cristina hat mir Schnorcheln beigebracht und das Tauchen nach Seeigeln, gezeigt, wie man Muscheln vom Felsen kratzt. Und dann, eines Tages ...« Abermals stockte Emilia in ihrer Erzählung, das Sprechen fiel ihr schwer.

»Komm, trink einen Schluck.« Toni hob ihr Glas, auf alles gefasst. Auch ihr war zum Heulen zumute, ahnte sie doch, was Emilia gleich erzählen würde. Welch tragischer Unfall, welch unglücklicher Tod!

»An diesem Tag war das Meer aufgewühlt, tosende Wellen, ganz ungewöhnlich für das Mittelmeer. Obwohl die Sonne schien und die Temperaturen fast nicht auszuhalten waren«, erzählte Emilia weiter. »Cristina und ich hatten beschlossen, Muschelketten zu basteln, statt zu baden, es erschien uns zu gefährlich. Sie besaß ein besonderes Talent, schöne Dinge zu gestalten. Blumenkränze, Armbänder ... all diese Kleinigkeiten, die das Leben liebenswerter machen. Dann ist mein Bruder Álvaro allen Warnungen zum Trotz mit seinem Boot losgerudert ... Wir wollten ihm hinterherschwimmen, wir wollten ihn retten ... Mich haben die Wellen sofort durcheinandergewirbelt und wieder zurück an Land gespült. Mein Bruder und Cristina dagegen ... Sie haben es beide nicht geschafft.« Emilias Stimme war jetzt nur noch ein Flüstern. »Weißt du, wie schlimm es ist, sehen zu müssen, wie das Liebste aus deinem Leben versinkt? Ich höre mich heute noch schreien, ich sehe mich am Strand auf und ab rennen, verzweifelt um Hilfe rufen, niemand hat sie geholt, niemand hat sie retten können. Meine Mutter musste mich festhalten, sonst wäre ich ihr hinterhergeschwommen. Manchmal denke ich, es wäre besser gewesen, dann müsste ich nicht ständig mit der Erinnerung leben, dass ich lebe und sie nicht.«

Nur das Ticken der Wanduhr war jetzt zu hören, ein beruhigender Rhythmus, gleichmäßiger Takt, der die stolpernden Herzen in Einklang brachte und nur langsam beruhigte.

»Dinge geschehen … Es war nicht deine Schuld …« Toni spürte die Bedeutungslosigkeit ihrer Worte. Wenn das Herz schmerzte und der Verlust die Seele quälte, konnte Trost kaum wirken. Sie kannte dieses Gefühl.

»Die Bilder, immer wieder tauchen sie auf … cada noche, jede Nacht … Mit Cristina ist ein Teil von mir gegangen, den niemand ersetzen kann … In München habe ich es geschafft, sie zu verdrängen, angefangen, sie zu vergessen. Bis du aufgetaucht bist, du erinnerst mich sehr an sie … Du musst nicht denken, dass ich mich in dich verliebt habe, mit dir ist es nur so wunderbar vertraut, ich kenne niemanden, mit dem ich so gut reden kann.«

Toni nickte. Langsam ergab Emilias widersprüchliches Verhalten für sie einen Sinn. »Und wegen Cristina bist du mit anderen Männern zusammen, um sie endlich vergessen zu können.« Sie zog Emilia in ihre Arme, lehnte den Kopf an ihren und hielt sie fest. »Ich bin deine Freundin, und hab dich lieb!«

So lagen sie da, eine jede versunken in ihren Erinnerungen, in ihrem Schmerz, Gedanken an den Verlust eines geliebten Menschen. Eng aneinandergeschmiegt schliefen sie schließlich ein, erschöpft von der Traurigkeit der Tränen. Mit der Gewissheit, einander so nah zu sein, wie es nur zwei beste Freundinnen sein können.

Toni hatte abermals ihr Herz nicht geöffnet.

Mein liebes Kind,

wie unterschiedlich die Mädchen doch sind, immer wieder muss ich darüber nachdenken. Ganz sicher wärest du gerne mit ihnen befreundet, es sind wunderbare junge Frauen.

Emilias frische, stürmische Art macht sie so liebenswert, wenn sie dich anstrahlt, geht die Sonne auf, fehlt sie, ist alles leer und grau. Ich wünschte, sie würde für immer bei mir in der Villa leben, doch Reisende wie sie darf man nicht aufhalten. Emilia liebt ihre Freiheit!

Und Toni ist mir mit ihrer natürlichen, herzlichen Art sehr ans Herz gewachsen. Sie hat ein leises entschiedenes Wirken, strahlt eine innere Ruhe aus und kann so viel mehr, als sie sich selbst zutraut. Toni lernt von früh bis spät, als studiere sie zwei Semester auf einmal. Natürlich hat sie das Gefühl, dass sie sich zwischen all den Männern beweisen muss, wer könnte ihr das verdenken. Als Frau musst du dich immer doppelt anstrengen, wenn du dir in Männerdomänen Gehör verschaffen willst. Du musst allen zeigen, dass du stark bist. Dabei gibt es auch schwache Männer …

Ich hoffe, sie gibt nicht auf, oft wirkt sie angestrengt und müde, kein Wunder bei dem Pensum, das sie sich selbst auferlegt hat. Ich bewundere ihren Mut und ihre Energie, mit der sie sich für Dinge einsetzt. Sie hat tatsächlich Cillis Kräuterbeet zu neuem Leben erweckt! Und für Constanze mit bewundernswerter Klarheit die richtige Diagnose gestellt, leider kann ich sie dafür nicht loben. Ich weiß, sie hat es nicht immer leicht mit mir, ich behandele sie strenger als Constanze oder Emilia, du weißt, warum. Noch einen würdest du lieben: unser Katerchen! Der kleine Kerl ist ordentlich gewachsen und nächtelang unterwegs. Am Nachmittag, wenn ich es mir mit einem Buch im Wintergarten auf dem Sofa gemütlich mache, leistet er mir Gesellschaft und schnurrt zu meinen Füßen. Wärest du nur hier, mein Herzenskind, wir hätten es gemeinsam so schön. Ich würde dir Kakao kochen und dir vorlesen. Nur du und ich und das Katerchen.

12

Im Hier und Jetzt

Meine Zeit, das ist mein Leben.
Wem ich eine Stunde meiner Zeit gebe,
dem schenke ich ein Stück von meinem Leben.

Minna Cauer (1841–1922)

Welch kühner Gedanke, ein Ausflug in die Berge! Und das nach dieser unruhigen Nacht. Am nächsten Morgen wusste Toni nicht, welche Laune sie geritten hatte. Doch Emilia war nicht davon abzubringen.

»Wann, wenn nicht jetzt!«, rief sie und gähnte herzhaft. »Die frische Luft wird uns guttun. Und um Constanze brauchst du dir keine Sorgen zu machen, die scheint das Schlimmste überstanden zu haben.«

Letzteres sagte sie mit Anspielung auf Ida, die am Bett der Verletzten saß und ihr wie einem Kleinkind Milchreis verfütterte. Zur Freude aller aß Constanze mit großem Appetit, ihr schien es deutlich besser zu gehen. Doch als Emilia und Toni dann endlich mit gepacktem Bündel die Villa verlassen wollten, stand in der Tür ein Mann.

Es war Franzl.

»Toni!« Mit einem Schluchzer fiel er in ihre Arme.

»Wo … wo kommst du denn her? Wie hast du mich gefunden?«, stammelte Toni und spürte, wie ihr die Beine versagten. Hilflos hielt sie Franzl fest, strich ihm tröstend über den Rücken und wusste nicht, wohin mit ihren Gefühlen. Taumelnd und schwankend standen sie da, Weggefährten der Kindheit und so viel mehr. Wie lange hatten sie sich nicht mehr gesehen, viel zu viel war in der Zwischenzeit geschehen, und doch hatte sie den geliebten Freund sofort wiedererkannt.

»Dein Vater …«, flüsterte Franzl in ihr Ohr, nachdem er sich wieder beruhigt hatte, und sein Atem kitzelte dabei ihren Nacken.

Toni musterte ihn aufmerksam. Sie forschte im Blau seiner Augen, suchte in seinem Gesicht Vertrautheit. Vergeblich. Der Franzl mit dem verschmitzten Grinsen und den feinen Zügen, dessen Gehör eine verletzte Ziege schon von Weitem wahrnahm und die verstimmteste Geige zum Klingen brachte, war im Krieg geblieben. An *der* Front. Vor ihr stand ein verhärmter Mann, der in der kurzen Zeit um Jahre gealtert war. Sein Anblick rührte sie zutiefst, was musste er alles erlebt haben.

»Ich … ich konnte nicht einfach weg, viel zu gefährlich und kein Geld. Wochenlang hab ich mich durchgeschlagen, und dann hab ich dich erst zu Hause im Dorf gesucht. Sie sagen, du studierst jetzt hier«, stammelte er, nachdem er sich wieder gefasst hatte. Er rückte ein Stück von ihr ab, versuchte ein Lächeln. »Du weißt gar nicht, wie sehr ich mich nach dir gesehnt habe«, flüsterte er den Tränen nah und vergrub sein Gesicht an ihrer Schulter.

»Ich habe dich auch sehr vermisst!«

Abermals drückte er Toni fest an sich, diesmal ließ sie es zu, und wenn sie diesmal schwankten, dann vor Glück.

»Endlich!«, flüsterten sie sich wieder und wieder ins Ohr.

Emilia hatte sich diskret verzogen, längst waren sie alleine in der Bibliothek. Nur der gepackte Rucksack in der Ecke wurde

Zeuge ihrer Unterhaltung, die Brotzeit würden sie sich später teilen.

»Wo warst du die ganze Zeit? Warum hast du kein Lebenszeichen geschickt? Wie ist es dir ergangen, bist du verletzt?«, wiederholte Toni ihre Fragen. Mit klammem Herzen wartete sie auf seine Antwort. Von den Leiden der Kriegsgefangenen und ihren Verstümmelungen sprachen sie an der medizinischen Fakultät jeden Tag, fachsimpelten über Prothesen und Behandlungsmöglichkeiten.

Franzl schüttelte den Kopf.

»Gott sei Dank, nein. Komm, gehen wir ein Stück hinaus in den Garten. Willst du mir nicht zeigen, wie du wohnst? Wie ich dich kenne, hast du hier längst ein Stück Land umgegraben und Kartoffeln angebaut.«

Toni musste lächeln. »Kartoffeln nicht. Aber jede Menge Kräuter!«

»Kräuter? Warum das denn? Die wachsen bei uns zu Hause viel besser. Wenn ich da an das Gärtchen deiner Mutter denke. Und wie ehrgeizig sie dem kargen Boden die Pflänzchen abgetrotzt hat ... Du kommst ganz nach ihr.«

»Es reicht nicht, kräftige Kräuter zu sammeln. Es gehört medizinisches Fachwissen dazu.« Toni schluckte. Franzl hatte ihrem Wunsch nach einem Studium von jeher skeptisch gegenübergestanden.

»Aber du musst dich doch um euren Berghof kümmern! Die Kühe, die Ziegen ... Im Dorf brauchen sie jetzt nach dem Krieg jede helfende Hand!«

»Hat das mein Vater gesagt? Das glaube ich kaum! Er ist froh, dass seine spinnerte Tochter endlich weg ist.« Sie schüttelte den Kopf.

Franzl hatte die Verandatür geöffnet und zog Toni mit sich nach draußen. Die warme Sommerluft vermochte all die traurigen Gedanken nicht fortzupusten. Einzig das Katerchen zauberte für einen kurzen Moment ein Lächeln in Tonis Gesicht, wie es jetzt den Eidechsen nachjagte und versuchte, einen Grashalm zu erhaschen. Franzl hatte Toni fürsorglich den Arm um die Schultern gelegt. Seite an Seite spazierten sie über die Wiese, vorbei an den Rabatten, wo sich Echinacea, Cosmea und Sonnenbraut in üppiger Pracht zeigten.

Dankbar schmiegte sich Toni an ihn. Es tat gut, Franzl so nahe bei sich zu spüren, mit jedem Schritt kehrte die alte Vertrautheit zwischen ihnen zurück, und so erzählte und erzählte sie. Wie anstrengend das Studium war und dass sie manchmal glaubte, das Versprechen nicht halten zu können. Wie schwierig Ida sein konnte und wie sehr sie die Berge vermisste. Längst ließ Toni ihren Tränen freien Lauf.

»Meine arme kleine Toni! Ich wusste nicht, dass dir ihr Tod immer noch so nahe geht und du solch eine Bürde fühlst. Es ist doch schon so lange her, dass wir gemeinsam an ihrem Grab standen, da waren wir noch Kinder …« Ein ums andere Mal schüttelte Franzl den Kopf und zog Toni mitfühlend an sich. Zwischendurch blieb er stehen, um ihr mit seinem Taschentuch die Tränen abzutupfen. »Seitdem ist viel geschehen, ich musste in den Krieg und zur Waffe greifen und selbst …« Franzl schluckte, ihm versagte die Stimme.

Berührt strich ihm Toni über die Wange. Wie egoistisch von ihr, nur von sich zu erzählen. Mittlerweile standen sie vor ihrem Kräuterbeet, den Ysop musste sie bald wieder zurückschneiden. Wie würzig der Thymian duftete und sich mit dem Lavendel vermischte.

»Sprich es dir von der Seele, das tut gut.« Mittlerweile saßen sie nebeneinander unter dem Walnussbaum, der wohltuenden Schatten spendete. Toni hatte sich eins ihrer Bonbons in den Mund gesteckt.

»Du weißt nicht, wie es ist«, begann Franzl zögernd. »Ich dachte, ich wäre ein Held. Besiege den Feind, kämpfe für das Vaterland.« Er schnaubte verächtlich, bevor er weitersprach, seine Stimme hatte einen anderen Klang angenommen. Ganz so, als wolle er sich schützen, um nicht zu sehr in die Ereignisse hineingesogen zu werden. »Aber so ist es nicht. In Wahrheit trägst du schwer an deinem Rucksack und Gewehr, stehst da in den klobigen Stiefeln und sollst damit durch Schützengräben rennen, wenn dir die Granaten um die Ohren fliegen. Immer in der Angst, der nächste Einschlag könnte dich treffen. Wie deinen Kameraden vor dir, dem es vor deinen Augen den Kopf abreißt. Die Schmerzensschreie der Verletzten in den Ohren hechtest du weiter, obwohl du sowieso kaum noch etwas wahrnimmst, die Detonationen haben dein Gehör längst beschädigt. Oder der Kamerad im Lazarett, der mit amputierten Gliedmaßen ausharrt, vom Phantomschmerz gequält die Nacht durchschreit …«

Wie distanziert Franzl das alles erzählte. Es musste schrecklich gewesen sein, all das erleben zu müssen, wusste Toni doch selbst, wie furchtbar Schmerzensschreie in den Ohren dröhnten. Laute, die Herz und Magen verdrehten, wenn man hilflos danebenstand, zur Untätigkeit verbannt.

»Was ist dann passiert? Wie hast du es geschafft zu überleben?«

»Auf der Flucht sind wir irgendwann in einem französischen Dorf gelandet. Der Zufall – oder war es Schicksal?! – wollte es, dass auch französische und spanische Soldaten zeitgleich eintrafen. Das hättest du mal sehen sollen: Wir alle, mit angstzerfurchten Gesichtern, stürmten mit den Waffen in der Hand aufeinander zu, um dann im letzten Moment stehen zu bleiben. Im Dorf waren gerade die Frauen dabei, Wäsche aufzuhängen. Es konnte kein eindeutigeres Zeichen geben als das: Wie weiße Fahnen hingen die Hemden, Tücher und Schlüpfer da. Ein Anblick, der uns alle augenblicklich die Waffen beiseitelegen ließ. Wenig später saßen wir im Wirtshaus um den großen Tisch herum und haben auf das Leben angestoßen. In dieser Nacht habe ich zum ersten Mal seit Wochen wieder schlafen können. Als am nächsten Tag die Flieger über uns dröhnten, war klar: Sie suchen uns! In dem Dorf konnten wir nicht bleiben. Da reichte ein Blick, und uns allen war klar: Wir müssen hier weg, wir müssen flüchten. Nach einigen Tagen Fußmarsch entdeckten wir schließlich ein paar verlassene Steinhäuser in den Pyrenäen. Ein Geschenk des Himmels! Tagelang haben wir geschuftet, um alles wieder herzurichten. Aber ganz ehrlich: Es war uns eine Freude! Endlich hatten wir ein neues Zuhause gefunden, eine Aufgabe, die uns die schrecklichen Erlebnisse vergessen ließ. Wir waren abgetaucht, Fahnenflüchtige, lebten von heute auf morgen. Unsere einzige Sorge war, genügend Nahrung für den nächsten Tag zu finden und warme Decken für die Nacht.«

Toni schnappte nach Luft, glaubte nicht recht zu hören, was Franzl ihr da gerade berichtete. Mit dem Schlimmsten hatte sie gerechnet, sich ausgemalt, wie ihr geliebter Freund elend im Graben verreckt. Und jetzt saß er neben ihr und erzählte von seinem idyllischen Dorfleben?

Franzl rieb sich die Augen, als könne er es immer noch nicht fassen, Toni wiedergefunden zu haben.

»Als der Krieg endlich vorbei war, wollten wir natürlich sofort wieder zurück in unsere Heimat. Stell dir vor, ausgerechnet ich habe mich in den Bergen verirrt und bin französischen Grenzposten in die Arme gelaufen. Sie haben mich in Gefangenschaft genommen, obwohl es keinen Grund mehr dafür gab. Genauso grundlos haben sie mich vor ein paar Wochen freigelassen. Seitdem bin ich auf der Suche nach dir.« Franzl drückte Toni abermals fest an sich.

»Was für ein Albtraum!« Toni schüttelte den Kopf und kam sich selbst vor wie im Traum. Franzl saß neben ihr.

»Der ist jetzt vorbei!«, murmelte er. »Jetzt bin ich hier, bei dir. Wir vergessen den Krieg, was gewesen ist, und fangen von vorne an!«

»Als ob ich das alles einfach so vergessen könnte!« Toni rückte ein Stück von ihm ab. Sie hatte noch viele Fragen und die eine immer noch. »Warum hast du mir kein Lebenszeichen geschickt? Wie oft habe ich wegen dir geweint, weil ich dachte, ich sehe dich nie wieder! Ich habe geglaubt … du seist tot!« Letzteres schob sie leise hinterher. Was hatte sich Franzl nur dabei gedacht, fern der Heimat einfach abzutauchen? *Was hatte sie sich nur gedacht, Georg zu küssen?*

»Meine Gedanken waren bei dir, Toni. Jede Minute. Die Nächte im Feldlager, das Warten im Schützengraben, selbst später, als ich in Sicherheit war. Das glaubst du wohl, dass nur die Gedanken an dich mich haben überleben lassen?« Er schaute sie zweifelnd an.

»Ich habe dich so sehr vermisst und auf dich gewartet. Jeden Morgen habe ich gehofft, du kommst die Alm hochgekraxelt …« Toni schaute Franzl jetzt direkt in die Augen. Sie wollte eine Antwort haben. Sie musste es wissen. Hatte er sie wirklich nicht vergessen? *Hatte sie Franzl wirklich nicht vergessen?*

»Ich kann es dir nicht erklären. Es war wie ein Traum …«

Ich kann dir das auch nicht erklären, dachte sie. *Es war auch ein Traum.*

Er wich ihr aus. Sie ihm auch. Erst so nah und plötzlich ganz fremd.

»Warum, Franzl, warum?« Alles hätte so einfach sein können, wenn er nur eine Depesche geschickt hätte oder gleich nach Kriegsende wieder zurück auf die Alm gekommen wäre. Vielleicht hätte sie dann die Idee mit dem Studium aufgegeben und wäre gar nicht erst in die Stadt gegangen. Sie hätte das gemacht, was Mädchen im Dorf machten, nicht so viel nachdenken müssen und gar nicht erst diese Freiheit gespürt, die sich verlockend und vielversprechend in ihr ausgebreitet hatte. Jetzt gab es kein Zurück.

Und Georg. Zu dem sie sich von der ersten Sekunde hingezogen gefühlt hatte, ob sie es nun zugeben mochte oder nicht. Damals, als der Kater sie auf ihrem Weg durch München zu Emilia führte und sie sich gemeinsam um die Verletzte gekümmert hatten. Wie sie sich dann an der Universität näher und am Starnberger See noch näher gekommen waren. Georg hatte sie berührt, so warm, so liebevoll ihr Herz gefüllt, wie sie es im Traum nicht gedacht hatte. Seine Anwesenheit umgab sie mit Liebe und Wärme, jeden Augenblick spürte sie ihn ganz nah, konnte sie ihn gar nicht mehr aus ihrem Leben wegfühlen.

Und jetzt stand Franzl wie aus dem Nichts vor ihr, stammelte eine Entschuldigung und brachte alles durcheinander. Beschwor die Erinnerungen und Gemeinsamkeiten, fühlte sich nach Heimat und Sicherheit an. In Franzls Nähe gab es nur dieses eine Gefühl.

»Ich weiß es nicht. Ich … Bitte verzeih mir. Es war ein Fehler, ich gehöre doch zu dir, auf den Berghof.« Tränen liefen Franzl jetzt über die Wangen, und da konnte Toni nicht anders, als ihn in ihre Arme zu ziehen. *Ich weiß es nicht. Ich … Bitte verzeih mir. Es war ein Fehler, ich gehöre zu dir, auf den Berghof.*

»Verzeih, verzeih«, murmelte er. »Du bist doch meine liebe Toni! Lass uns zurückgehen, ins Dorf, du bist doch kein Stadtpflanzerl. Willst du?«

Ein unmerkliches Nicken war die Antwort. *Verzeih du mir auch.* Ja, natürlich wollte Toni zurück, sie *musste* zurück. Wenn sie die Augen schloss, lag sie wieder im warmen Gras, die Sonne im Gesicht und vor sich der Bergsee mit seinem kristallklaren Wasser, das Glockengeläut der Kühe beim Weiden … Alles war ruhig und friedlich, kein Gehupe, kein menschengemachter

Lärm störte. Wie sehr ihr die Natur und alle Schattierungen der Farbe Grün fehlten, die Ruhe und die Weite. Die Morgenröte, die die Wipfel nach und nach beim Aufwachen erglühen ließ und alles in ein friedliches Licht tauchte. Dankbar drückte Toni Franzls Hand, hob ihm ihr Gesicht entgegen, seine Augen ganz nah und fast wie ihre. Die Lippen fanden sich gerade zu einem Kuss, da sprang der Kater fauchend dazwischen.

»Schleich di!« Franzl verpasste dem Kater einen gehörigen Tritt.

»Was fällt dir ein!« Empört sprang Toni auf und lief dem Kater hinterher. Doch der hatte sich längst hinter einem der Rosenbüsche in Sicherheit gebracht.

»Ist doch nur ein Katzerl«, meinte Franzl und zuckte entschuldigend mit den Schultern.

»Da täuschst du dich«, antwortete Toni und wusste auch nicht, warum sie ausgerechnet jetzt an Georg denken musste. »Ich glaube, es ist besser, wenn du gehst.«

***

Der Kater maunzte und maunzte, ihm ging es nicht gut. Zusammengerollt lag er auf der Chaiselongue, wollte weder fressen noch trinken. Toni kniete besorgt vor ihm auf dem Teppich, massierte den Bauch und drückte ihm Küsschen ins Fell. Selbst das zärtlichste Kraulen der Öhrchen konnte ihm kein vertrautes Schnurren entlocken. Alles Mögliche hatte sie schon versucht, sogar Baldrian unter die Fellnase gerieben. Aber nichts. Ein kleines Häufchen Elend, und alle waren ratlos. Selbst Ida, die am wenigsten von einer Katze in der Villa hatte wissen wollen, schaute stündlich vorbei und fragte, ob man nicht etwas tun könne.

»Da kann man gar nicht zusehen, wie der leidet«, sagte sie

kopfschüttelnd. Toni war sich nicht ganz sicher, wie sie das nun wieder meinte. Seit Franzl unvermutet aufgetaucht war, hatte sich vieles verändert.

Während sich Ida für Toni freute, dass ihr geliebter Franzl lebte, rollte Emilia nur die Augen, sie verstand die Freundin nicht. Dabei konnte Toni selbst nicht erklären, warum sie plötzlich München den Rücken kehren wollte. Sie würde lieber ihre Kraft dort einsetzen, wo sie wirklich gebraucht wurde. In ihrem Dorf würde sie Frauen so behandeln, wie die Mutter es sich gewünscht hatte, ihr eine würdige Nachfolgerin sein. Sie beraten, untersuchen und ihnen vor und während der Geburt zur Seite stehen. Schon versetzte Toni ihren Traum einer eigenen Praxis in die Heimat, sie wusste auch schon, wo. Hinten im Dorf gab es ein kleines verwittertes Häuschen, das würde sie sich gemeinsam mit Franzl herrichten. Tagsüber arbeiten und zum Feierabend auf die Alm, die würzige Luft atmen und zuschauen, wie sich der Tag zur Ruhe legte, wenn die Wipfel im Sonnenuntergang feuerrot strahlten.

Je öfter Toni an zu Hause dachte, desto ruhiger wurde sie. Dort kannte sie sich aus, kannte jede Abkürzung, wusste um die Gefahren der plötzlichen Wetterveränderung und wie man eine Nacht im Freien überlebte. In München dagegen verlief sie sich immer noch, wenn sie auch nur einmal von dem bekannten Weg abkam. Sie hatte nicht gewusst, wie unheimlich ihr die große Stadt nach all den Wochen immer noch war. Gestern erst wäre sie beinahe von der Straßenbahn angefahren worden, das warnende Gebimmel hallte ihr jetzt noch in den Ohren. Es schien ihr, als würde der Lärm um sie herum mit jedem Tag lauter werden. Toni täuschte sich nicht. Als ob die Menschen endlich verstanden hätten, dass der Krieg vorbei war, erwachten sie aus der lähmenden Starre und fingen wieder an zu leben, als ob alle etwas nachzuholen hätten. Wer könnte es den jungen Menschen verdenken, die um ihre Jugend betrogen worden waren, Arbeitslosigkeit hin oder her. Die ausgelassenen Feiereien auf dem Herbstfest waren erst der Anfang einer neuen Ära.

»Vielleicht hat der Kater Liebeskummer? Soll ja vorkommen. Aber, gell, so sind sie, die Madln. Hättest ihm ja auch mal erzählen können, dass du vergeben bist«, meinte Emilia, die hinzugekommen war, mit einem vieldeutigen Blick.

Toni überhörte geflissentlich ihre Bemerkung. Ohne Frage spielten Ida und Emilia auf Georg an, der urplötzlich in der Villa aufgetaucht war, um Toni mit einem Blumenstrauß zu überraschen. Doch der stand nicht der Sinn nach romantischen Geschenken.

»Wo warst du die ganze Zeit?«, wollte Toni wissen und suchte gleichzeitig vergeblich nach Worten, um ihm von Franzl zu erzählen. Georg war hier, weil er sie nicht vergessen hatte, klopfte ihr Herz in freudiger Erregung. Gleichzeitig schnürte das schlechte Gewissen ihr die Kehle zu. Sie war Georg eine Erklärung schuldig und wusste selbst am allerwenigsten, wohin mit ihren Gefühlen. Doch statt einer Antwort druckste Georg nur herum, und weil Toni mit grüblerischer Miene schwieg, standen sie sich, ohne einen Satz zu wechseln, gegenüber. Nur das Ticken der Wanduhr war zu hören, es wirkte wie ein Beschleuniger auf Tonis Puls.

»Dein Verlobter ist zurück, oder?« Und noch bevor Toni nicken konnte, hatte er ihr wortlos den Blumenstrauß in die Hand gedrückt.

Toni war Georg hinterhergelaufen, wollte erklären, was nicht zu erklären war, sich bei ihm entschuldigen, doch Georg war auf sein Fahrrad gesprungen und davongeprescht. Toni in ihren langen Röcken hatte keine Chance.

Zurück in der Bibliothek schaute Toni nach dem Kater. »Da

habe ich wohl einen Fehler gemacht, oder was meinst du, Katerchen? Was habe ich mir nur dabei gedacht.« Toni hatte den Kleinen auf den Arm genommen, besorgt untersuchte sie ihn zum wiederholten Male. Sie fühlte sich furchtbar, natürlich hatte sie ein schlechtes Gewissen. Aber dass ausgerechnet Emilia und Ida ihr Vorwürfe machten, erstaunte sie. Waren sie es nicht, die freies und selbstbestimmtes Leben predigten. »Ich würde sagen, du hast überhaupt nicht gedacht!« Emilia blickte von ihren Büchern auf. »Natürlich sollst du Spaß haben! Aber du darfst nicht mit den Gefühlen von anderen spielen ... Cristina und ich, wir waren uns auch nicht immer treu. Aber die eine wusste immer von der anderen, dass sie sie im Herzen trägt. Und darauf kommt es an. Dass wir uns unserer Liebe sicher sind.«

»Das hat mit Liebe nichts zu tun! Ich habe meiner Mutter ein Versprechen gegeben. Und Franzl hat mich zum Glück daran erinnert ... Ich *muss* in unser Dorf zurück.«, versuchte Toni eine Entschuldigung und merkte selbst, wie vage es klang.

»Was ist das für ein Versprechen? Davon hast du Georg sicher nichts erzählt! Wusste er von Franzl? Ich bitte dich, Toni, das hat er nicht verdient ... Brich ihm nicht das Herz.« Kopfschüttelnd ließ Emilia Toni einfach stehen.

Diese drückte den Kater noch fester an sich und lief hinaus in den Garten. Sie wollte nicht mehr darüber nachdenken und an ihrer Entscheidung zweifeln. Sie gehörte zu Franzl, zu niemand anderem. Punkt. Der Kies knirschte unter ihren Füßen, ließ die Öhrchen des Kleinen zucken. Vielleicht weckte die Augustsonne mit ihren sanften Strahlen seine Lebensgeister.

In Georgs Armen war sie eine andere Toni gewesen, eine junge ungestüme Frau, die im Taumel des Glücks ihre Vergangenheit vergessen und für einen kurzen Moment von einer Zukunft in München geträumt hatte. Aber das durfte eben nicht sein. Genau das musste sie ihm erklären. Dass sie keine war, die mit den Gefühlen anderer spielte. Schon gar nicht eine, die in den Armen anderer Männer ihr eigenes Unglück vergessen wollte.

»Wenn wir ihm das nächste Mal begegnen, sagen wir ihm das, oder?« Toni drückte dem Katerchen einen Kuss ins weiche Fell. »Er wird verstehen, dass uns nur eine Sache verbindet: die Medizin. Das gemeinsame Interesse am Wohlergehen der Frauen, ihnen zu helfen, auch wenn es heimlich sein muss. Die Forschung an neuen Heilmethoden, die unterstützende Wirkung von Kräutern. Georg ist ein wunderbarer Mensch, München kann stolz sein, einen tüchtigen Arzt wie ihn zu haben. Aber ich gehöre nicht hierher.«

Über ihre Worte war der Kater eingeschlafen. Ganz ruhig atmete er in Tonis Armen, nur ab und zu war ein kleiner Schnaufer zu hören.

Ganz vorsichtig lief Toni zurück in den Salon und legte den Kleinen zurück auf sein Kissen, wo er sich zufrieden einrollte und weiterschlief. »Wenn du aufwachst, geht es dir besser«, flüsterte sie zärtlich und meinte damit auch ein bisschen sich selbst. Dieses Hin und Her der Gefühle machte sie noch ganz krank. Das durfte nicht sein, das war nicht nötig. Es war Zeit, ihre Angelegenheiten zu regeln, die Bücher zu packen und die Rückkehr ins Dorf zu planen. Was würde der Vater für Augen machen, wenn seine Älteste eine eigene Praxis eröffnen würde!

Mein liebes Kind,

Sorgen um Constanze habe ich, seit sie bei uns wohnt. Dieses Kind ist so zart besaitet, und immer hat sie es mit den Nerven. Zudem hat sie ihre Gefühle nicht unter Kontrolle, ein falsches Wort, und die Lütte bricht in Tränen aus. Oder isst tagelang nichts, ganz dünne Ärmchen hat sie schon. Jeden Moment hast du das Gefühl, sie bricht dir auseinander, so dünn und durchscheinend ist sie geworden.

Und jetzt ist passiert, was nicht hätte passieren dürfen: Sie hat sich in Georg verliebt! Und Georg in seiner freundlich-charmanten Art hat sie noch dazu ermuntert. Ohne Absicht, gewissermaßen, es ist einfach passiert, wie Dinge passieren.

Ich befürchte, Constanze wartet vergeblich, denn Georg liebt Toni, und Toni liebt Georg. Die beiden wissen es nur noch nicht, doch jeder, der die beiden zusammen sieht, kann es schnell erahnen. Leider ist Toni ihrem Franzl versprochen und Georg … Nun, ich habe versprochen zu schweigen, aber dir kann ich es anvertrauen, denn diese Briefe sind geheim, niemand wird sie jemals lesen.

Georg muss ein furchtbares Schicksal ertragen, er schämt sich dafür. Seine Eltern sind an der Typhus-Epidemie von Gelsenkirchen gestorben, als er noch ein ganz kleiner Junge war. Jene Tragödie, bei der die Wasserversorgungsgesellschaft verunreinigtes Wasser dem Trinkwasser beigemischt hat. Man stelle sich das vor! Da trinkst du nichtsahnend aus deinem Glas, und Tage später streckt dich das Fleckfieber nieder! Georg und seine Schwester sind in dem Waisenhaus aufgewachsen, das Cilli und der Frauenverein fördern. Als sie bei einem ihrer Besuche Georg begegnet ist, hat sie sich sofort in den kleinen Kerl verliebt und fortan wie eine Mutter für ihn gesorgt. Kein Wunder. Mit seinem blonden Semmelkopf war und ist er ein liebenswerter Lausejunge! Aber seine Lehrerin war ein Drache, die keinen Widerspruch duldete und ihre Schützlinge beim kleinsten Ausrutscher züchtigte. Geschlagen und gequält hat sie die armen Dinger, nackt bis auf die Unterhose mit eiskaltem Wasser übergossen. Oder mit dem Stock so lange bearbeitet, bis der Rücken voll blutiger Striemen war. Cilli hat sie auf der Stelle entlassen, als sich endlich jemand traute und ihr davon berichtete.

Georg und seine Schwester haben diese Tortur nur dank Marias Cousin überlebt. Er und seine Frau haben die Geschwister adoptiert und sich liebevoll um die beiden gekümmert. Georg mit seiner gewitzten Art hat schnell das Trauma überwunden, aber die Kleine nicht. Sie verkümmerte, verkroch sich bei dem kleinsten Lärm und ertrug keine Berührung. Sie hat sich von den sadistischen Grausamkeiten nicht mehr erholt und ist kurz nach Kriegsanfang verstorben.

Georg plagt seitdem das schlechte Gewissen. Er hat geschworen, niemals zu heiraten und an der Menschheit gutzumachen, was ihm widerfahren ist. Mit Feuereifer hat er sich in sein Medizinstudium gestürzt, angeleitet von seinem Ziehvater, der ihn von klein auf gefördert hat. Er ist ein herzensguter Junge, der beste Sohn, den man sich nur wünschen kann. Wenn du ihn sehen könntest, wie sehr ihn die Kinder bei uns im Waisenhaus lieben! Nie hat eins von ihnen Angst, wenn er die Kleinen untersucht, nie gibt es Tränen. Nur dankbare kleine Ärmchen, die sich liebevoll an seinen Hals hängen und ihn nicht mehr gehen lassen wollen. Selbstverständlich begegnet er Constanze zuvorkommend und freundlich, niemals würde er sie vor den Kopf stoßen, weil sie ihn so sehr an seine Schwester erinnert. Das ist gefährlich, denn sie macht sich Hoffnungen … Ich hoffe, mein Herzenskind, dass er endlich Toni seine Liebe bekennt, dann hätten alle endlich Klarheit.

13

Unglück im Unglück

Untätigkeit ist der Schlaftrunk,
den man dir, alte Frau, reicht.
Trink ihn nicht! Sei etwas!
Schaffen ist Freude. Und Freude ist fast Jugend.

HEDWIG DOHM (1831–1919)

Die größte Unruhe in Tonis ohnehin verwirrtes Herz brachte Constanze. Noch vor wenigen Tagen hatte sich Toni furchtbare Sorgen um sie gemacht, weil sie so verschwindend dünn geworden war und die Schwellung am Knöchel nur langsam heilte. Doch an diesem Abend saß an Idas Essenstisch eine erblühende junge Frau. Keine Spur mehr des blassen, schüchternen Mädchens, das man am liebsten für immer vor dem Elend der Welt beschützen wollte.

»Welch glänzende Augen ...«, bemerkte auch Ida und musterte Constanze aufmerksam.

»Du bist verliebt!«, rief Emilia, die ausnahmsweise in der Villa verweilte. Ida hatte sie gebeten, mit ihr ein paar alte Unterlagen von Tante Cilli durchzugehen.

Zur Antwort lief Constanze rot an.

»Ich habe es gewusst!«, sagte Ida und hob ihr Glas. Die folgenden Sätze klangen jedoch feierlich. »Am Ende beginnt alles gut zu werden. Dann haben meine Deerns ja allesamt eine rosige Zukunft vor sich. Constanze wird Frau Doktor, Toni kehrt in ihre Heimat zurück …«

»Wie bitte?« Vor Schreck fiel Toni das Besteck aus der Hand. Was Ida da sagte, konnte nur eins bedeuten: Georg hatte endlich Constanzes Schwärmereien nachgegeben und um ihre Hand angehalten.

»Du machst was?!« Auch Emilia war entsetzt. Aber sie meinte Toni. »Sag das noch mal, das ist nicht dein Ernst?«

»Ich würde mir das ja noch dreimal überlegen, mein liebes Kind.« Kopfschüttelnd schob Maria ihren Teller von sich, und niemand wusste, wen sie meinte. Toni oder Constanze. »Er ist ein wunderbarer Mann. Ist das wirklich das, was du willst? Ein Leben an seiner Seite ohne eigene Arbeit, für immer abhängig? Du hast so viele Möglichkeiten …«

»Du weißt, dass ich keine andere habe, als zu heiraten.« Constanze lächelte vielsagend. »Außerdem: Ich glaube an die Liebe!«

»Liebe? Heiraten? Was sind denn das für neumodische Erfindungen!« Maria schüttelte den Kopf. Energisch pikste sie ihre Gabel in einen weiteren Knödel, zwei hatte sie schon verdrückt, dabei aß sie sonst nicht so viel.

»Ist es nicht. Franzl und ich … Natürlich werden wir heiraten.« Toni legte die Gabel beiseite, der Bissen Knödel in ihrem Mund wurde immer mehr. Gerade noch hatte sie Maria dabei geholfen, sie kugelrund zu drehen, und sich dabei auf Franzl gefreut. Und jetzt?

Constanze und Georg.

Emilia schaute Toni nachdenklich an. »Willst du wirklich zurück in dein Dorf, Toni?« Als diese nicht gleich antwortete, fuhr sie fort. »Du weißt ja gar nicht, was du hier alles aufgibst! All deine Freiheiten, dein selbstbestimmtes Leben! Glaubst du, du wirst an Franzls Seite glücklich?«

»Stell dir vor, das glaube ich.« Tonis Antwort klang aufgebracht. Vielleicht, weil sie sich diese Fragen selbst schon gestellt hatte. Vielleicht auch, weil sie Angst davor hatte, wie es werden würde nach all der Zeit mit den Annehmlichkeiten einer Villa, wieder in einem kargen Holzhaus zu wohnen.

»Du bist ja nur neidisch, weil ich einen Mann habe und du nicht!« Die Worte waren einfach über ihre Lippen gerutscht, im gleichen Moment bereut. Da lachte Emilia aus vollem Herzen los. Constanze ließ entsetzt den aufgespießten Knödel auf den Teller zurückfallen.

»Das glaubst du wohl!« Emilia wollte sich gar nicht mehr beruhigen, und nun stimmten auch Ida und Maria mit ein. »Wenn du nach all der Zeit hier in der Villa nichts gelernt hast ... dann ist es wohl wirklich das Richtige, dass du heiratest und zurück in dein Dorf gehst.«

»Was bitte ist daran so falsch? Ich liebe Franzl. Wir gehören zusammen.«

»Ja, das glaube ich dir sogar.« Emilia hatte sich wieder beruhigt und griff nach Tonis Hand. »Liebes, merkst du nicht, dass du dabei bist, einen Fehler zu machen? All die Monate hier, all die Lernerei und Schufterei, die werden umsonst gewesen sein, wenn du dich in das Ehejoch begibst.«

»Du täuschst dich. Alles hat seine Zeit. Und nichts ist umsonst.« Toni schüttelte sie ab, bevor sie ihren Teller von sich schob. »Wenn sich jemand täuscht, dann ihr. Ihr kennt Franzl nicht!« Und mit diesen Worten sprang sie auf und lief in den Garten. Raus hier, sie musste raus, die Gespräche schnürten ihr die Luft zum Atmen ab. Oder steckte der Knödel immer noch in ihrem Hals? Was dachten sie sich nur dabei? Warum gönnten sie ihr nicht ihr Glück? Von Anfang an hatte Toni keine Zweifel gelassen, dass sie eines Tages zurückwollte. Und nun war es so weit. Früher als gedacht. Anders als gedacht.

Der Kater hatte sich unter dem Rosmarinstrauch zusammengerollt und schien auf Toni gewartet zu haben. Als er ihre vertrauten Schritte hörte, reckte er ihr erwartungsvoll sein Köpfchen entgegen und ließ sich von ihr streicheln. Richtig gesund schien er immer noch nicht zu sein.

»Warte nur ab, in den Bergen geht es dir rasch besser. Bei Föhn habe ich hier auch immer Kopfweh. Und bisher habe ich noch kein Kraut dagegen entdecken können …« Sie hob den Kater auf ihre Arme, im Haus würde er vielleicht endlich einmal etwas fressen. Unter seinem struppigen Fell konnte man bereits die Rippen sehen, so abgemagert war er.

»Da bist du ja, ich habe dich überall gesucht! Ida sagte, du seist im Garten …« Franzl kam ihr entgegengelaufen. »Was ist mit ihm?«, fragte er mit Blick auf das Häufchen schwarze Katze.

»Wenn ich das wüsste! Ich mache mir furchtbare Sorgen.«

»Ist halt nur ein Katzerl, von denen gibt es genug, weißt noch, wie wir die Kleinen im Eimer ersäuft haben, weil's zu viele warn«, meinte Franzl leichthin, und das wäre der Moment gewesen, in dem Toni hätte verstehen müssen. Aber sie tat es nicht. Stattdessen drückte sie den Kleinen nur wortlos an sich und schwieg. Wie festgefroren blieb sie stehen und lauschte den folgenden Sätzen. Mit jedem Wort wurde ihr Franzl fremder, mit jedem Wort spürte Toni, wie sehr sie sich in den letzten Wochen und Monaten verändert hatte, wie München sie verändert hatte. Und ob sie es zugeben mochte oder nicht, war Georg nicht ganz unschuldig daran.

»Ich habe nachgedacht, Toni. Was hältst du davon, wenn wir gleich morgen in den Zug steigen und nach Hause fahren? Hier gibt es nichts zu tun! Auf der Alm wird gerade jede Hand zur Ernte gebraucht, zum Winter müssen dann die Zäune geflickt und die Seile gerichtet werden. Und dann komme ich nach Hause in die warme Stube, und du hast die Suppe bereitet … Unser Kinderl schlummert in der Wiege. Wird sowieso höchste Zeit, dass du diese Studiererei lässt, das gefährdet nur deine Mutterschaft.« Toni spürte seine Hände auf ihren Hüften, Franzl stand hinter ihr und sprach in ihren Nacken. Die Gänsehaut rührte nicht von seinem Atem, sondern von seinen Worten.

»Ich werde Pferde züchten. Kräftige Kaltblüter für die Arbeit im Wald, damit wir die Hölzer für die Geigenbauer roden können. Ich weiß, welche Bäume es dafür braucht, Rotfichten, wir werden Rotfichten setzen. Ich selbst werde nie wieder eine Geige bauen können, i hör ja nix mehr …«, fügte er leise hinzu. Jetzt kippte seine Stimme ein bisschen, nur Toni nahm es wahr, sie kannte ihren Franzl wie keine andere. Und eben weil sie ihn so gut kannte, straffte sie jetzt die Schultern, drehte sich zu ihm um und sagte:

»Ich will kein Kind, Franzl, erst mal nicht. Ich will arbeiten. Als Frauenärztin, oben im Dorf in dem kleinen Haus.«

»Schmarrn, was erzählst du da!« Er wollte sie liebevoll in seine Arme ziehen. Toni wehrte ihn ab, den Kater zwischen ihnen.

»Doch, Franzl. Ich will nicht nur zu Hause herumsitzen. Wozu bimse ich Anatomie und Fachvokabeln?«

»Geh, Toni, red nit! Was willst du mit dem studierten Zeugs zwischen Kühen und Ziegen! Wir brauchen dort oben keine Ärzte! Wir helfen uns selbst. Wir brauchen tüchtige Frauen, die mit anpacken. Du sitzt nicht herum! Auf so einem Hof gibt es allerlei zu tun: Kühe melken, Käse machen, Wolle spinnen … Meine Mutter muss versorgt werden«, zählte er auf.

Toni spürte, wie sich der Kater in ihren Armen aufrichtete, sein Fell sträubte sich. Als sei mit einem Mal das Leben in ihn zurückgekehrt.

»Ja.« Toni nickte. »Ich meine: Nein.« Wie wenn sich der Nebel über den Bergspitzen endlich verzog, die Konturen gegen das Blau in den Himmel ragten. Es gab nur dieses eine Wort zu dem, was Franzl ihr als Zukunft versprach. Nein. So wollte sie nicht leben, sie spürte es mit jeder Faser ihres Körpers, und das gab ihr Kraft.

Irritiert ließ Franzl von ihr ab. »Was willst du damit sagen? Ich verstehe dich nicht! Als meine Frau ist das deine Aufgabe!« Franzls Stimme hatte diesen bestimmten Tonfall angenommen, der Toni nur allzu bekannt vorkam. So sprach der Hartenstein über die studierten Mädel in seinem Seminar, wenn sie ihm wieder einmal zu keck nach den Aufgaben fragten und er sie in die Schranken wies.

»Ich komme nur mit zurück, wenn ich als Ärztin arbeiten darf.«

»Kommt gar nicht infrage! Als dein Mann kann ich dir das außerdem verbieten!« Franzl schnaubte empört.

»Wenn es so ist, heirate ich dich nicht.« Toni schaute ihm geradewegs in die Augen und suchte darin eine Spur der alten Vertrautheit. Das Einzige, was sie spürte, war die Wärme des Katerchens, dessen Herz kraftvoll gegen ihre Brust pochte.

Franzl hielt ihrem Blick stand, darin war er schon immer gut gewesen. »Wenn es so ist, gehe ich alleine zurück.«

***

Tatsächlich machte Franzl seine Drohung wahr. Gleich am nächsten Tag packte er sein Bündel und verließ München. Zurück blieb eine ratlose Toni, die ihn nicht verstand. Die die Welt nicht mehr verstand, sich selbst sowieso nicht. Das Leben erschien ihr gerade viel zu kompliziert, dabei war die Entscheidung einfach. Toni mochte nicht mehr nachdenken, der Kopf kreiselte schon. Und ihr Herz schmerzte vor lauter Sehnsucht nach Georg; unsortierte Gefühle, wohin damit?

»Was soll ich jetzt nur tun? Franzl ist weg und Georg auch …«, fragte Toni den Kater, der sich zu ihren Füßen auf der Chaiselongue im Wintergarten zusammengerollt hatte und sich auch nicht besser zu fühlen schien. So elend müde und hilflos war es ihr lange nicht mehr ergangen. Wäre ihre Mutter bei ihr gewesen, die hätte gewusst, was zu tun sei. Einen Melissentee gekocht und die passenden Worte gefunden. Sie getröstet, sie ermuntert. Aber die Mutter war tot, und sie war hier, in München, dieser unendlich großen Stadt, die so viele Chancen und Möglichkeiten bot, die aber nicht in Tonis Leben passten. Vielleicht passte sie auch nicht zu diesen Möglichkeiten. Oder doch? Tränen liefen ihr über die Wange, wie sie so dalag, zusammengekauert, alleine mit sich selbst. Und niemand vermochte sie zu trösten! Ida strich ihr leise über die Haare, sagte aber keinen Ton, als sie kurz auf dem Weg zur Bibliothek vorbeischaute. Wahrscheinlich war sie selbst mit ihren eigenen Problemen so beschäftigt, dass in ihrem Herzen kein Platz für Tonis Sorgen war.

Constanze verstand sie auch nicht, im Gegenteil. Sie sparte nicht an Vorwürfen, als sie Toni in ihrem Leid liegen sah. Das Poliertuch in der Hand, wollte sie eigentlich die Silbervase auf dem Tisch putzen. Jetzt setzte sie sich zu Toni und griff nach ihrer Hand.

»So eine Liebe wie eure gibt es nicht noch einmal! Wie kannst du ihn nur gehen lassen«, meinte sie und hatte dabei sogar Tränen der Empörung in den Augen. »Er hat so viel Schreckliches erleben müssen. War verschollen im Krieg und ist zu dir zurückgekehrt. Er hat um deine Hand angehalten. Und du? Du sagst einfach Nein. Warum bist du nicht mit ihm gegangen?«

»Red kein Schmarrn«, wurde sie von Emilia unterbrochen, die einen Stapel Akten unter den Armen balancierte. Immer wieder rutschten ihr Zettel heraus, die sie energisch zurückstopfte. »Franzl hat es nicht einmal für nötig gehalten, zwischendurch ein Lebenszeichen zu senden … So eine große Liebe kann das gar nicht sein!« Sie musterte Toni aufmerksam. »Oder?«

»Ich weiß nicht«, schluchzte diese. »Ich weiß überhaupt nichts mehr.« Was gestern noch so klar erschien, schien heute grundfalsch. Toni hätte mit ihm gehen können, dann wäre alles in bester Ordnung gewesen, so wie es sich für eine junge Frau in ihrem Alter gehörte. Heiraten, Kinder kriegen, der vorgezeichnete Weg. Sie hatte Nein dazu gesagt.

»Warum, Toni? Warum bist du nicht mit ihm gegangen?«, hakte Constanze nach.

»Ja. Warum eigentlich?« Emilia schaute Toni provozierend an, obwohl sie die Antwort sicherlich ahnte. Der Kater war aufgesprungen und spitzte gespannt die Ohren.

»Er wollte mir die eigene Praxis verbieten! Aber wenn ich zurückgehe, dann nur als Ärztin«, wiederholte Toni und spürte gleichzeitig, dass es nicht der einzige Grund war. Sie richtete sich auf und strich sich die Haare glatt, ihr Zopf hatte sich gelöst. Der Zopf, den sie sich Franzl zuliebe geflochten hatte, weil er die »kurzen« Haare nicht mochte.

»Wenn es so ist, meine Liebe, dann weißt du ja, was zu tun ist«, meinte Emilia und klopfte ihr auf die Schulter, woraufhin der Aktenstapel abermals verrutschte.

»Emilia hat recht«, fügte Ida hinzu.

»Du fehlst uns, liebe Toni. Dein Studium in Ehren, aber wir brauchen deine Unterstützung! Immerhin zählst du zu den ersten Frauen im Reich, die nach dem Krieg studieren gehen. Und wir wollen doch, dass es dir viele andere nachtun. Da brauchen wir deine Erfahrungen und Berichte … Cilli hätte es auch so gewollt!«

»Ich weiß«, antwortete Toni ausweichend. »Ich habe das Gefühl, ich muss doppelt so viel lernen wie die Studenten … Ich schaffe das manchmal nicht alles.«

»Genau darum geht es.« Ida nickte. »Wie schön wäre es doch, wenn du als Frau dich nicht extra ständig beweisen müsstest.«

Ida konnte ja nicht ahnen, was Toni noch alles beschäftigte. Wie sollte sie da an das große Ganze denken? Am liebsten hätte sich Toni für immer mit ihren Büchern und dem kleinen Kater in ihrem Studienzimmer vergraben und die Welt um sich herum ausgeblendet. Doch so einfach war es nicht. Die privaten Dinge waren nicht vom politischen Alltag zu trennen. Da konnte Toni noch so sehr die Augen verschließen, die Wirklichkeit holte sie eines Tages ein. Und zwar schlimmer, als sie es sich je hätte erträumen können.

Mein liebes Kind,

zu Georgs Schutz und Sicherheit habe ich ihn vor einer Weile nach Hause zu seinen Zieheltern aufs Land geschickt, nicht auszudenken, wenn sie ihn bei mir in der Villa entdecken. Hier fehlt er den Kindern im Waisenhaus, die sich an den lieben Onkel Doktor gewöhnt haben und sich von keinem anderen untersuchen lassen möchten.

Mir fehlt er auch. Georg ist wie ein Sohn für mich. Ich kenne keinen interessanteren Gesprächspartner, er ist so klug, so eloquent, weiß spannende Dinge zu erzählen und hilft mir, die Welt aus einer anderen Perspektive zu betrachten. Seine liberale, moderne Art zu denken macht Hoffnung. Männern wie ihm ist es zu verdanken, dass sich in unserer Gesellschaft etwas verändert. Denn die Ungerechtigkeit der Männerwelt, ich spüre sie jeden Tag. Sie wollen uns das Arbeiten verbieten! Dabei haben die Frauen während des Krieges gezeigt, dass sie ihren Mann stehen können, sind Straßenbahn gefahren, haben an den Hochöfen geschuftet und haben gleichzeitig für ihre Kinder gesorgt. Auch die bürgerlichen Frauen waren unermüdlich im Einsatz, waren sich nicht zu schade, Suppe zu kochen und den vielen Kriegsversehrten zu helfen. Oder Verbandsmaterial zu nähen. Oder sich eben um die vielen Kriegswaisen zu kümmern, so wie Cilli das gemacht hat und ich jetzt in ihrem Namen fortführe.

Es ist ein Elend, sie so verlassen zu sehen, die kleinen Würmchen, es bricht mir das Herz. Ich versuche an ihnen gutzumachen, was ich dir angetan habe, die du ohne deine Mutter aufwachsen musst, weil ich zu schwach war. Weil ich zu stark war.

Wenn die Kleinen dann über beide Ohren strahlen, während sie ihre Suppe essen, wenn sie zum Abschied ihre Ärmchen dankbar um mich schlingen, weiß ich, dass ich ein Stück Glück zurückgeben konnte. Sie entschädigen mich für den Moment, mein Herzenskind, nur für den Moment. Dann vergesse ich Zwiespalt und Gewissensnöte und bin für den Augenblick nur froh. Was gibt es Reineres als ein Kinderherz! Nie im Leben würden sich diese Kleinen derart menschenverachtend äußern, diskriminierende Parolen rufen und dem Feind den Tod wünschen. Oder Frauen in dieses Joch der Unterwerfung schicken, denn das Böse ist ihnen fremd. Sie kennen weder Bevormundung noch Vergewaltigung und wollen ganz bestimmt nicht, dass Männer über das Leben ihrer Frauen verfügen dürfen. Immer wenn ich darüber nachdenke, ereilt mich das schlechte Gewissen. Meine Liebe zu dir war nicht groß genug, um seine Gewalt auszuhalten. Ich hoffe, du kannst mir das eines Tages verzeihen, ich wünsche mir nichts sehnlicher als das. Das merkst du daran, dass ich wieder und wieder davon schreiben muss, es ist, als könne ich an nichts anderes denken.

Nach diesen Besuchen im Waisenhaus bin ich immer auf ganz besondere Weise ruhig und froh. So froh, dass ich sofort Wolle und Nadeln hervorhole und Leibchen und Pulswärmer stricke, Masche um Masche voller Liebe. Auch wenn jetzt im Sommer nichts davon zu erahnen ist: Die Winter in München können eisig kalt sein, musst du wissen. Schlimmer als die in Hamburg! Dort konnte man wenigstens auf der Alster Schlittschuh fahren, hier erstickt man dann in meterhohem Schnee und bleibt lieber zu Hause am Ofen. Ich hoffe, du hast es warm, jetzt im Sommer sowieso, mein Herzenskind, denn ich freue mich überhaupt nicht auf den Winter!

14

Noch mehr Frauenfragen

An der Überzeugung halten wir fest,
dass die wirkliche Lösung der Frauenfrage
nur gefunden werden kann durch die Frauen selbst,
durch ihren Willen und durch ihre eigene Kraft.

Louise Otto-Peters (1819–1895)

Toni war froh, Georg nicht mehr begegnen zu müssen. Zu aufwühlend ihre Entscheidung, die Verlobung mit Franzl zu lösen, zu intensiv die Blicke mit ihm davor. Und dann war da noch Constanze, die keinen Hehl daraus machte, wie sehr sie verliebt war und von einer Zukunft als Frau Doktor träumte. Jedem, ob er es wissen wollte oder nicht, erzählte sie davon und sparte nicht mit Ausschmückungen wie gemeinsamen Tanzabenden und Spaziergängen. Jedes Mal gab es einen kleinen Stich in Tonis Herz, und jedes Mal fragte sich Toni, was an ihren Erzählungen wirklich dran war und warum dann Georg mit dem Blumenstrauß vor der Tür gestanden hatte. Toni hatte ihn seit jenem verhängnisvollen Nachmittag nicht mehr gesehen. Als eines Tages bei Ida die Sittenpolizei an die Tür klopfte, verstand Toni, warum. Irgendjemand musste geredet haben. Vielleicht hatte eines der Mädchen Idas Adresse unvorsichtigerweise weitergegeben. Oder einer von Georgs Kommilitonen hatte ihn aus Neid und Missgunst verraten. Schließlich waren Abtreibungen nach wie vor verboten, wer sich erwischen ließ, riskierte bis zu fünf Jahre Zuchthaus. Es war ja ein ausgemachtes Geheimnis, dass Ida gemeinsam mit Georg im Turm der Villa junge Frauen behandelt hatte. Oft kamen sie am späten Abend zu ihnen und blieben über Nacht, um dann in den frühen Morgenstunden ebenso heimlich zu verschwinden, wie sie gekommen waren. Was genau Georg tat, konnte sich jeder, der eins und eins zusammenzählen konnte, ausmalen. In der Villa stellte man deshalb keine Fragen, alle schwiegen, hielten zusammen, und wenn es sein musste, sorgten sie für ein Alibi.

Ida meisterte den unliebsamen Besuch auf ihre Weise. Hochgeschlossen und adrett gekleidet, begrüßte sie die bayrischen Beamten mit hanseatischer Höflichkeit. Im Gegensatz zum Kater, der ihnen wütend entgegen fauchte, als wolle er das Refugium der Frauen verteidigen.

»Meine Herren, was denken Sie, wer ich bin? Dies ist kein Haus für vergnügungssüchtige Mädchen, die ihre Fehler bereuen. Überzeugen Sie sich bitte selbst!«

Die Männer durchsuchten jeden Winkel der Villa und konnten nichts Verdächtiges finden, auch im Turm und im Grünen Salon nicht. Die unzähligen Schriften und Flugblätter aus der Bibliothek hatte Maria rechtzeitig im Keller versteckt.

Maria, Constanze und Toni waren hinterher froh, dass Ida solch eine korrekte Ausstrahlung besaß, mit der sie den Eindruck absoluter Sittsamkeit erweckte. So mussten die Herren nach drei Stunden Hausdurchsuchung unverrichteter Dinge abziehen, nicht ohne den Hut zu lupfen und alsbaldiges Wiedersehen anzudrohen.

Doch Georg fehlte. Es war mitten in der Nacht, als Ida erst leise und dann immer lauter an Tonis Tür klopfte.

»Schnell, du musst uns helfen! Sie verblutet!« Die hingeworfenen Worte reichten, und Toni war augenblicklich glockenhellwach. Rasch warf sie sich ihren Morgenrock über und folgte Ida durch den dunklen Flur erst die Treppe hinab und dann auf der anderen Seite hinauf ins Turmzimmer.

Ein Schreckensschrei entfuhr Toni, als sie das Mädchen sah, sie verstand sofort. Zusammengekauert lag sie auf dem Bett, während das Blut nur so zwischen ihren Beinen hervorströmte. Maria saß neben ihr, wischte ihr die Stirn und redete beruhigend auf sie ein.

»Tu was, Toni! Sie verblutet sonst.« Ida hielt ihr den Arztkoffer hin. Georgs Arztkoffer, wie sie unschwer erkannte.

»Ich kann das nicht. Ich habe das noch nie gemacht.« Toni schüttelte den Kopf, innerlich erstarrt.

Wie damals, als sie nicht helfen konnte.

»Wir haben keine Zeit für Zweifel. Siehst du nicht, wie sehr sie leidet?« Maria schaute Toni auffordernd an. »Hier ist ein junges Mädchen, das sich in seiner Not an uns gewendet hat, weil es niemanden hat, der ihm sonst helfen kann. Oder was meinst du, wo sie herkommt und wer das hier«, sie machte eine abfällige Handbewegung zu der Blutlache, die sich stetig vergrößerte, »zu verantworten hat? Doch nicht ein seriös arbeitender Gynäkologe, der sein Handwerk versteht! Bei einer Engelmacherin war sie, und du weißt selbst, wie diese Frauen herumpfuschen.«

»Es ist gut, dass es sie gibt. Die meisten wissen, was sie tun«, murmelte Toni und dachte an ihre Mutter, die immer zur Stelle gewesen war, wenn eine Frau ihre Hilfe brauchte. Nie war eine gestorben, geschweige denn qualvoll verblutet. Wenn man Thuja, Engelwurz oder Petersilie als Heilkräuter richtig einsetzte, gab es keine Komplikationen. Nur Geburten konnten tödlich enden, wenn die Kinder nicht richtig im Geburtskanal lagen und niemand einen Kaiserschnitt machte.

Wie damals, als sie hilflos zusehen musste.

Toni atmete tief durch. Ihr blieb keine Zeit für traurige Erinnerungen, sie musste handeln. Die Vorgehensweise einer medizinisch durchgeführten Ausschabung kannte sie nur aus der Theorie. Längst hatte sie davon gelesen, in den Büchern, die ihr Frau Doktor Heuser empfohlen hatte und die in der Bibliothek an den verborgenen Stellen hinten im Regal standen.

»Wir haben nichts zu verlieren«, meinte Ida nüchtern mit Blick auf das mittlerweile ohnmächtige Mädchen. »Entweder du kannst die Blutung stoppen, dann kriegen wir sie wieder auf die Beine. Oder …« Letzteres vollendete sie lieber nicht.

»Armes Ding«, murmelte Maria. »Das müsste alles nicht sein, würden sie endlich die Abtreibungen legalisieren! Nur in größter Not wagen die Frauen diesen Schritt, und dann fallen sie irgendwelchen Kurpfuschern in die Hände!«, schimpfte sie weiter vor sich hin.

»Also, was ist?« Ida hielt Toni ungeduldig die Arzttasche hin.

»Wo ist Georg?« Zögernd griff diese nach den Instrumenten, legte sie der Reihe nach hin und begann sich in der bereitstehenden Waschschüssel gründlich die Hände zu säubern.

»Bei seinem Onkel. Mach dir keine Sorgen, er ist dort in Sicherheit«, erwiderte Ida. Vorsichtig spreizte sie die Beine des Mädchens, nach wie vor sickerte Blut in die Laken. Wer auch immer hier zu Werk gewesen war, musste dabei ein Gefäß verletzt haben. Wenn dem so war, hatte Toni keine Chance. Das Mädchen würde unter ihren Händen verbluten.

»Bereit?«

In Toni tobte ein Kampf. Alles in ihr wollte weglaufen, die Augen verschließen, mit all dem Blut und den Schmerzen nichts zu tun haben. Was, wenn die junge Frau wirklich unter ihren Händen stürbe? Dann hätte sie noch ein Menschenleben zu verantworten.

Noch eins.

»Du willst Ärztin werden, um Leben zu retten. Worauf wartest du noch, Toni? Du musst alles tun!« Idas Worte drangen an ihr Ohr, ergaben langsam einen Sinn, erlösten sie aus ihrer Schockstarre und ließen sie endlich handeln. Schritt für Schritt und wie im Lehrbuch. Sobald Toni nach den Instrumenten griff, war sie die Ruhe selbst, wischte, tupfte, wischte, säuberte und entdeckte schließlich die Ursache, nicht weniger scheußlich, aber immerhin behandelbar. Mit einem Seufzer der Erleichterung nähte sie die tiefen Schnittwunden in den Schamlippen zu und konnte so die Blutung endlich zum Stillstand bringen.

»Was für ein Gemetzel«, sagte sie kopfschüttelnd und fragte sich, ob die Kürettage wirklich vollständig erfolgt war. Zunächst verzichtete sie darauf, das Mädchen weiter zu untersuchen. Man musste abwarten.

»Ein Tee aus Frauenmantel sollte unterstützend wirken, und morgen dann ein Sitzbad mit Calendulaessenz.« Erst jetzt wagte Toni einen Blick in das Gesicht des Mädchens. Wie jung sie war, sie könnte eine ihrer Schwestern sein! Und welche Not musste sie umgetrieben haben, dass sie sich freiwillig dieser Tortur unterzogen hatte.

»Wir müssen endlich dafür sorgen, dass eine Abtreibung ohne gesundheitliche Folgen für die Frauen durchgeführt werden kann.« Toni sagte es mehr zu sich selbst, ein erleichtertes Lächeln stahl sich von ihren Lippen. Noch war die Kleine nicht über den Berg, aber wenn Tee und Ruhe wirkten, würde sie bald wieder auf die Beine kommen, dessen war sie sich in diesem Moment ganz sicher.

»Wir müssen dafür sorgen, dass Frauen wissen, wie man verhütet«, ergänzte Maria. »Wie viel Elend würde ihnen erspart!«

»Und dass Männer sich nicht einfach so an ihnen vergehen. Es ist nicht rechtens, wenn sie auf diese Weise Gewalt ausüben.«

Das kam von Ida, die während der gesamten Prozedur nicht vom Krankenbett gewichen war. Sie wirkte sichtlich mitgenommen.

***

Das Mädchen hieß Klara und würde Toni für immer dankbar sein.

»Du hast mir das Leben gerettet«, sagte sie lächelnd, als Toni am nächsten Morgen nach ihr schaute. Klara hatte in einem von Idas Pensionszimmern übernachtet, behütet und bewacht von Maria, die längst wieder in der Küche verschwunden war, als sie bemerkte, dass es ihrer Patientin besser ging. Jetzt blinzelte ihr Klara zwar immer noch blass, aber mit munterer Miene entgegen. Nicht zuletzt der Tee hatte ihr geholfen.

»Das war selbstverständlich.« Toni setzte sich zu ihr ans Bett. Ob sich ein richtiger Arzt auch so stolz fühlte wie sie in diesem Moment? Toni war einfach nur glücklich, in Klaras Augen zu schauen, in die das Leben wieder zurückgekehrt war. Ganz fachmännisch fügte sie hinzu: »In ein paar Tagen ziehen wir die Fäden, und dann hast du all das hoffentlich bald vergessen …«

Was lieb und aufmunternd gemeint war, ließ Klaras Lächeln auf den Lippen erstarren. »Ich werde das nie vergessen«, murmelte sie.

»Entschuldige … Ich wollte nicht …« Was sagte man in so einer Situation? Wie unbedacht von ihr, sie hätte bessere Worte finden müssen. Niemand setzte sich freiwillig solch einer Prozedur aus, von der jeder wusste, wie oft sie den sicheren Tod bedeutete. Toni wollte Klara nicht drängen, sie hatte kein Recht dazu. Gleichzeitig fühlte sie sich verpflichtet herauszufinden, was wirklich passiert war. Wer sie so zugerichtet hatte. Wie es überhaupt zu dieser Situation kommen konnte. Warum sie sich nicht an einen der illegal praktizierenden Ärzte gewandt hatte, deren Adressen unter der Hand in München kursierten.

»Es tut mir leid.« Toni strich Klara sanft über die Wange. »Ich wünschte, ich könnte mehr für dich tun …«

»Du hast schon so viel für mich getan.« Klara schluckte. Dann setzte sie sich energisch auf. »Ohne dich … Alle denken, um so eine wie mich wäre es nicht schade, weil ich es ja darauf angelegt habe. Am Ende erwarten alle von mir, dass ich mein Leben selbst beende, weil ich die Schande nicht ertrage. Aber weißt du was? So schnell gebe ich den Löffel nicht ab.«

»Was ist passiert?« Toni horchte auf, Klara schien endlich reden zu wollen.

»Es sind die Dienstherren, die sich an ihren Mägden vergreifen, und die Dame des Hauses guckt zu, das weiß doch jeder«, zählte sie auf. »Es sind die betrunkenen Burschen, die denken, ein Busserl und mehr sei inklusive. Es sind die eigenen Brüder und Väter, die …« Jetzt stockte sie, und Toni traute ihren Ohren nicht.

»Das glaube ich jetzt nicht. Welcher Vater tut so was?« Auch wenn ihrer zum Jähzorn neigte, nie im Leben hätte er eine seiner Töchter angerührt, das schwor Toni bei allem, was ihr heilig war.

»Jetzt guck nicht so! Nein, meiner war's nicht. Und meine Brüder auch nicht. Aber von einer Freundin weiß ich … Und bei der anderen war es der Onkel.«

»Schon gut. Du musst mir das nicht erzählen.« Die Wahrheit fühlte sich grausam an, sie wollte sie lieber nicht hören. Und doch wusste Toni, dass all diese Dinge immer wieder geschahen, am helllichten Tag, nachts in den Kammern. Alle wussten Bescheid, und niemand sprach.

»Wenn niemand darüber spricht, wird sich auch nichts ändern.« Klara zuckte mit den Schultern, sie wirkte erstaunlich gefasst. »Ich bin als Haustochter zu Verwandten nach München gekommen, damit ich vor der Ehe lerne, einen Haushalt zu führen. Alle waren nett zu mir, haben mir geholfen und mir zur Seite gestanden, wenn mich das Heimweh plagte. Und dann, eines Nachts … Am Abend war eine Gesellschaft gegeben worden, nichts Großartiges, nur ein bisschen Fasan und Sherry, Zigarren für die Herren. Ich habe niemanden ermuntert, ich trug ein hochgeschlossenes Kleid, ich bin ja auch noch ganz jung! Mein erster Ball soll erst im Frühjahr sein. Später dann lag ich in meinem Bett und hatte mein Nachthemd an, als …« Jetzt zuckten ihre Mundwinkel. »Von da an habe ich jede Nacht die Tür mit einem Stuhl verbarrikadiert, einen Schlüssel hatte ich ja nicht. Tagsüber bin ich ihm tunlichst aus dem Weg gegangen. Aber die Blicke hättest du mal sehen sollen, die mir meine Tante zugeworfen hat! Sie wusste die ganze Zeit über Bescheid und hat kein Wort gesagt. Ich glaube, das ist das Schlimmste für mich. Dass sie es zugelassen hat, dass er mir das angetan hat.«

»Hat sie dich zur Engelmacherin geschickt?«

»Als meine Periode ausblieb, hat sie mir Geld und einen Zettel mit einer Nummer zugesteckt. Ich hatte allerdings auf einen Arzt gehofft.«

»Aber dann war es eine von denen, die unsauber gearbeitet haben.«

»Schlimmer, es war ihre Tochter, die mich in ihrer Abwesenheit behandelt hat und dabei …« Klaras Stimme versagte, sie brauchte ein paar Minuten, bis sie sich wieder beruhigt hatte und weitersprechen konnte. »Dann hat sie mir noch das hier in die Hand gedrückt.« Sie kramte in ihrer Tasche und hielt Toni ein Fläschchen entgegen.

»Zyankali?«, rief Toni entsetzt. »Warum denn das?«

»Ein paar Tropfen, um sicherzugehen, dass der Fötus tot ist«, antwortete Klara schulterzuckend. »Guck nicht so, du kannst es haben. Ich habe es nicht genommen.«

Toni steckte die Flasche in ihre Jackentasche. »Besser ist es. Bei falscher Dosierung bist du tot. Ich hebe das auf, für den Fall, dass jemand in der Villa die Schlafkrankheit bekommt«, fügte sie scherzend hinzu.

»Wahrscheinlich ist es für den Notfall gedacht«, meinte Klara düster. »Hätte ja auch schiefgehen können.«

»Du hättest sterben können.«

»Besser, als mit sechzehn ein Kind von seinem Onkel zu bekommen.«

Wie nüchtern sie das sagte. Doch in Klaras Augen standen Tränen.

»Wo soll ich denn jetzt hin? Ich kann unmöglich wieder zurück … Und meine Familie, wenn die das mitbekommt.« Hemmungslos fing sie an zu weinen. Toni blieb nichts anderes zu tun, als Klara in den Arm zu nehmen und zu warten, bis sie sich wieder beruhigt hatte.

»Mach dir keine Sorgen, wir finden eine Lösung. Jetzt bleibst du erst mal hier und erholst dich.«

»Jawoll, Frau Doktor!«

»Ich bin noch keine Ärztin«, winkte Toni bescheiden ab.

»Dann wird es aber Zeit, Frau Doktor!« Klara wischte sich die Tränen ab, bevor sie Toni an sich drückte. »Wirklich, du hast eine wunderbare ruhige Art. Letzte Nacht … Wie froh war ich, als du kamst und kein Mann. Ich bin mir sicher, so wie mir geht es vielen Frauen hier in München.«

»Ich werde nicht in München praktizieren«, entgegnete Toni und spürte im gleichen Moment, wie falsch sich dieser Satz anhörte. Längst gehörte sie in diese Stadt. Und weil Franzl nicht mit einer studierten Frau an seiner Seite leben wollte, gab es keinen Grund zurückzukehren. Schnell wischte sie den Gedanken an Franzl zur Seite. Natürlich gab es einen Grund. Das Versprechen, das sie ihrer Mutter gegeben hatte.

»Wie wär's mit Frühstück?«, fragte Toni und stand auf, bevor Klara weitere Fragen stellen konnte. Rührei mit Speck wäre jetzt genau das Richtige, überlegte sie auf dem Weg in die Küche und gleichzeitig, ob es wohl noch genügend Eier dafür gäbe.

Wie ohnmächtig sich das anfühlte, dieser gesellschaftliche Druck dieser unausgesprochenen, überall vorherrschenden Moralvorstellung, überlegte Toni, während sie mit Schüssel und Pfanne hantierte. Die Scheinheiligkeit der Männer, die nach außen die Keuschheit der Frauen predigten und sie nachts gegen ihren Willen schwängerten, weil sie selbst nicht keusch leben wollten. Wie feige war es, wenn sie für die Folgen ihres Handelns keine Verantwortung übernahmen. Wie ungerecht, Frauen dafür zu bestrafen.

Es wird Zeit, dies zu ändern, *Frau Doktor*, gingen ihr Klaras Worte durch den Sinn. Und am besten fing sie sofort damit an.

Toni gab das Rührei auf den Teller, würzte mit Salz und Pfeffer nach und streute Petersilie darüber, das würde Klaras Eisenhaushalt stabilisieren.

Wie einfach es sich die Herren der Schöpfung machten. Kriege anzetteln, Wirtschaft ruinieren, und die Frauen sollten dann wieder alles richten. Zum Glück wurden es immer mehr, die dieses Spiel durchschauten. An der Universität hatten sich weitere Frauen eingeschrieben, und auch zu den Treffen von Idas Frauenverein waren mehr hinzugekommen. Toni konnte nur hoffen, dass Emilia eines Tages ihre Expertise als Rechtswissenschaftlerin einbringen würde. Denn gerade, wenn es um die Paragrafen 218 und 219 ging, schien es Toni wichtiger denn je, Sachkenntnis und Argumente auf den Tisch zu legen.

Toni wollte gerade das Tablett mit Klaras Frühstück Richtung Treppe bugsieren, da stürmte Constanze in die Küche.

»Oh, guten Tag, was machst du denn hier?«, stotterte sie statt einer Begrüßung und schaute Toni irritiert an.

»Ich bereite ein Frühstück für eine junge Frau, der ich letzte Nacht das Leben gerettet habe«, antwortete Toni so würdevoll wie möglich. »Und du?« Keine unberechtigte Frage, sie hatte Constanze eine Weile nicht mehr zu Gesicht bekommen.

»Ich … äh.« Constanze hatte offensichtlich nicht damit gerechnet. »Ich wollte mir gerade einen Tee bereiten, du weißt schon, Melisse, der tut mir so gut«, schob sie schnell hinterher. »Musst du das nicht deiner Patientin bringen, bevor es kalt wird?« Sie deutete auf den hübsch angerichteten Teller, das Rührei duftete verführerisch und ließ Tonis Magen knurren. Vor lauter Aufregung hatte sie selbst kaum etwas zu sich genommen.

»Wir reden später«, meinte Toni und lief aus der Tür. Constanze war wie verändert, kein Wunder. Oft verschwand sie am frühen Nachmittag, angeblich, um Sport zu treiben, Leibesertüchtigungen kamen ja gerade in Mode. Alles, um Georg zu gefallen, dachte sie bitter.

Zu Tonis Freude langte Klara ordentlich zu und verspeiste das Rührei samt Butterbrot bis auf den letzten Krümel. Wohlwollend räumte sie anschließend das Geschirr zusammen. »Und jetzt ruh dich aus und schlafe ein bisschen, damit du morgen endlich wieder aufstehen kannst.«

»Und dann?« Gerade eben noch lächelnd und vergnügt, wirkte Klara plötzlich verzagt und traurig. »Wo soll ich hin? Ich bin eine Schande für meine Familie, mit mir will niemand mehr etwas zu tun haben …«

»Wir finden etwas für dich. Es gibt hier ein Waisenhaus, da suchen sie tüchtiges Personal«, versprach Toni und drückte ihr zuversichtlich die Hand. »Mach dir keine Sorgen.«

Während sie mit Klara sprach, war ihr nämlich eine Idee gekommen. Genauer gesagt zwei. Die erste wartete schon lange auf eine Umsetzung. Und die zweite hatte mit Ida und mit Georg zu tun. Georg, schon wieder Georg. Wieso musste sie nur die ganze Zeit über an ihn denken?

Liebes Kind,

wie furchtbar ist es, dieses Mädchen leiden zu sehen, was hat man ihr nur angetan? Wie furchtbar die Tatsache, dass sie ihr Kind nicht haben wollte, nicht haben durfte. Wie kann eine Mutter ihr eigenes Kind töten? Doch seit ich die Hintergründe kenne, denke ich darüber nach, wie ich an ihrer Stelle gehandelt hätte. Unvorstellbar für mich, ein Kind auszutragen, das ich unter Gewalt empfangen habe.

Verurteile mich nicht, es bricht mir das Herz, und doch fühle ich so. Welch ausweglose Situation! Es ist nicht rechtens, weder so noch so zu denken und erst recht nicht so zu handeln. Und wer bei Frauen eine Abtreibung vornimmt, riskiert wie Georg sein eigenes Leben. Aber was soll man tun? Wem nützt es, wenn Frauen wie sie ein ungewolltes Kind großziehen und dann in Not zugrunde gehen? Geächtet von der Gesellschaft, ohne Perspektive, mit dem Schandmal versehen am Rande der Armut lebend … Und die armen Würmchen erst, die Hunger und Armut leiden, kein Spielzeug, keine Schaukel. Da scheint es mir barmherziger, dafür Sorge zu tragen, dass die ungewollte Leibesfrucht entfernt wird. Bis zum nächsten Malheur – und hier muss endlich etwas geschehen! Es wird höchste Zeit für eine Sexualreform und dass die jungen Frauen lernen, sicher zu verhüten, wenn sich die Männer schon nicht darum kümmern.

Toni entwickelt da gerade große Ideen. Ich hoffe sehr, sie besinnt sich und bleibt bei uns in München, anstatt zurück in ihr Dorf zu gehen. Doch sie ist wie besessen, manchmal redet sie von nichts anderem, und ich befürchte, eines Tages packt sie ihre Koffer und ist verschwunden.

Wer weiß schon, wie lange ich die Villa noch halten kann. Was, wenn er mir die Villa auch noch wegnimmt? Was soll ich dann tun? Sofort morgens beim Aufstehen sind die schlechten Gedanken da, ich bestehe nur aus Angst und Sorge. Selbst das Bangen um die Lieben, die damals in den Krieg gezogen sind, war nicht so schlimm wie diese ständige Ungewissheit, seine permanenten Drohungen. Ich sehe mich schon wie eine dieser verhärmten Frauen auf der Straße anstehen oder betteln. Oder, noch schlimmer, in einer der Seitenstraßen meinen Körper für ein paar Reichsmark anbieten. Was soll ich auch machen, ich habe ja keinen Beruf gelernt. Es gibt nichts, mit dem ich Geld verdienen kann. Die Vermietung der Zimmer ist ein sich selbst erhaltendes Konstrukt, die Damenpension ein Perpetuum mobile. Alles bleibt der Villa Libertas erhalten. Was innerhalb der Mauern geschieht, macht die darin lebenden Frauen zu besseren Menschen. Nach draußen dringen Hoffnungsschimmer auf eine bessere Welt, mein Herzenskind, mögen sie dich erreichen.

15

Offene Worte

Wenn dieser Paragraph, der ein werdendes Leben seiner eigenen Mutter gegenüber schützen soll, fällt, erst dann […], wenn jede Schwangerschaftsunterbrechung in Freiheit und unter eigener Verantwortlichkeit geschieht, erst dann kann sich das mütterliche Verantwortlichkeitsgefühl ganz entwickeln.

Helene Stöcker (1869–1943)

Der Zufall spielte Toni in die Hände, vielleicht lag es auch an den Umständen der Zeit, dass sie ihre Ideen schneller in die Tat umsetzen konnte, als sie erwartet hatte. Nachdem sich Toni davon überzeugt hatte, dass es Klara gut ging, war sie wie jeden Morgen losgeradelt – und vor der Universität mitten in eine Demonstration geraten.

»Das ist ja wohl die Höhe!« Fassungslos las Toni das Flugblatt, das Berta ihr gerade in die Hand gedrückt hatte. Zeile um Zeile nichts als bösartige Verleumdungen und Anfeindungen gegen das Frauenstudium.

»Unglaublich! Was fällt ihnen ein! Das können sie mit uns nicht machen«, tönte es durcheinander. Unter Johlen, Klatschen und Beifall zerrissen die Frauen die Zettel in kleine Fetzen und ließen sie in den Brunnen segeln.

»Wir lassen uns nicht den Mund verbieten«, empörte sich Toni und reckte die Faust in die Luft. »Wir haben sehr wohl das Recht darauf, unserer Stimme Ausdruck zu verleihen. Natürlich machen wir von unserem Wahlrecht Gebrauch! Was denken die sich bloß!«

»Die wollen uns wieder an den Herd verbannen«, meinte Irmi schulterzuckend. »Darauf können sie lange warten!«

»Genau«, fiel Anni mit ein. »Ich studiere doch, weil ich mein eigenes Geld verdienen will!«

Und Berta ergänzte: »Denen fällt auch nichts Neues ein. Als ob wir Männern die Studienplätze wegnehmen würden, die Universität ist doch groß genug!«

Toni gähnte demonstrativ und schaute sich suchend um. Quirin, Casper und Otto und die anderen Kommilitonen standen in sicherer Entfernung. Sie wussten sehr wohl, dass es ihnen an den Kragen ginge, würden sie auch nur einen Schritt näher kommen. Die Frauen waren erbost – und viele! Was die Herren Studenten nicht daran hinderte, wüste Beschimpfungen in ihre Richtung zu rufen, die Feiglinge! Wäre Georg hier, der würde sich ganz bestimmt auf die Seite der Frauen stellen. So wie neulich.

»Von wegen Studieren ist unweiblich! Da muss endlich etwas geschehen, damit die Herren merken, dass wir sehr wohl etwas bewirken können«, rief Toni und zerknüllte das Blatt in ihren Händen. »Ich werde es ihnen beweisen.« Sprach's, schnappte sich ihr Fahrrad und radelte los. Jetzt war die Zeit gekommen, ihre Idee in die Tat umzusetzen.

Unterwegs tastete sie nach ihrer Rocktasche. Dort steckte die Visitenkarte von Frau Doktor Heuser, die sie seit jener Begegnung wie einen Schatz gehütet hatte. Tonis Augen funkelten. Die Frauenärztin würde staunen, wenn sie plötzlich vor ihr stand. Sie hatte vorgehabt, ihren Besuch freundlicherweise anzukündigen und einen Blumenstrauß zu pflücken, doch die Umstände ließen ihr nun keine Wahl.

Zielstrebig trat Toni in die Pedale, die Wut gab ihr Kraft. Hatte sie sich anfangs kaum zurechtgefunden und war bei jeder Autohupe erschrocken zusammengezuckt, machten ihr der lärmende Verkehr und all die vielen Menschen auf der Straße längst nichts mehr aus. Es waren Momente wie diese, in denen sie sich nicht vorstellen konnte, wieder in der Einöde des Weilers zu leben, wo jeder jeden kannte und die Gipfel der Berge mit dem Horizont verschmolzen. Schon war sie am Hofgarten vorbei und bog in die Maximilianstraße ab, dann stoppte sie endlich vor einem schlichten Wohnhaus. Nur das Messingschild an der Tür verriet, dass sich hinter der schmucklosen Fassade eine Frauenarztpraxis verbarg. Noch mal tief durchgeatmet und allen Mut zusammengenommen, dann drückte Toni auf die Klingel. Drinnen näherten sich Schritte.

»Guten Morgen, liebe Toni, welch Überraschung! Und ich dachte schon, Sie hätten mich vergessen! Sie wissen gar nicht, wie sehr ich mich über Ihren Besuch freue!«, wurde sie von der Ärztin aufs Herzlichste begrüßt. »Kommen Sie herein! Sie haben Glück, meine Sprechstunde fängt heute erst später an. Mögen Sie einen Tee? Ich bin gerade am Frühstücken …« Frau Heuser führte sie durch einen hell gestrichenen Warteraum hinüber ins Wohnzimmer. Verstohlen schaute sich Toni um. Wie schlicht und geschmackvoll hier alles eingerichtet war. Ganz anders als in der Villa, wo noch Schränke und Stühle aus dem letzten Jahrhundert standen, wirkte das Mobiliar von Frau Heuser so viel leichter und moderner. Genau so musste das Leben sein, dachte sich Toni, leicht und unbeschwert. Bei aller Bürde, die der Arztberuf mit sich brachte. Immer Zeit für Tee aus Blümchentassen.

»Gefällt es Ihnen hier?« Schmunzelnd stellte Frau Heuser ein frisches Gedeck auf den Tisch, Tonis umherschweifende Blicke waren ihr nicht entgangen.

»O ja! Vielen Dank!«, beeilte diese sich zu antworten. »Ich weiß gar nicht, was ich sagen soll … Sie sind so freundlich zu mir!«

»Sehr gerne, liebe Toni! Es ist mir eine Freude, solch eine engagierte junge Ärztin zu empfangen.« Frau Heuser setzte sich und schenkte ihnen ein. Toni bemerkte, dass sie wie Maria eine Kurzhaarfrisur trug.

»Noch bin ich keine«, wehrte Toni ab und tastete verlegen nach ihren Haaren. Sie steckte sie mittlerweile jeden Tag ein bisschen kürzer hoch. Ganz abschneiden, wie Emilia ihr das vorgeschlagen hatte, traute sie sich noch nicht.

»Mehr, als Sie denken!«, meinte Frau Heuser. »Sie gehören zu den wenigen Frauen, die sich dem Hartenstein widersetzen und nicht klein beigeben. Sie haben eigenes Wissen und eine eigene Meinung! Unterschätzen Sie sich nicht! Wir brauchen mehr Frauen wie Sie an der Universität. Nicht nur dort, überall!«

Toni nickte geschmeichelt und nahm einen Schluck Tee. Lindenblütentee, wie wunderbar. Sofort war die Erinnerung da. Wie sie, vergraben unter einer Daunendecke, die Erkältung herausfieberte, umsorgt von der Mutter, die ihr zum Tee ein Stück Kuchen reichte … Es stimmte, was die Ärztin sagte. Längst hatten sich die Studentinnen verbündet und trafen sich gemeinsam zum Lernen in der Bibliothek. Trösteten sich gegenseitig, wenn wieder einmal eine von ihnen beleidigt oder vorgeführt wurde. Oder demonstrieren für die gemeinsame Sache, wie man gerade am Brunnen gesehen hatte.

»Sie können sich gar nicht vorstellen, welchen Schikanen wir ausgesetzt sind!«, erzählte Toni, froh darüber, frei sprechen zu können. In der Villa schwieg sie meist aus Angst, Ida würde sie undankbar finden, wenn sie sich über die Studienbedingungen beschwerte. In Wahrheit waren Beschimpfungen und Beleidigungen wie vorhin an der Tagesordnung, abgesehen von unliebsamen Grabschereien, vor denen man als Frau ständig auf der Hut sein musste.

Frau Heuser winkte ab. »Oh, das brauchen Sie mir nicht zu erzählen! Was meinen Sie, was ich alles während meines Studiums erlebt habe!« Sie griff nach Tonis Hand. »Um mir das zu erzählen, sind Sie aber nicht hier, oder? Was haben Sie auf dem Herzen?«

Warme Augen schauten sie aufmerksam an, als wollten sie Tonis Seelenzustand untersuchen. Da fasste sich Toni ein Herz.

»Ich … äh … Ich weiß, dass es verboten ist und ich ja auch noch keine zugelassene Ärztin bin … Aber ich könnte beginnen, ab und zu ein paar Frauen zu … zu empfangen. Sie wissen schon.« Erwartungsvoll schaute sie Frau Heuser an. Es war eine kühne Idee, Toni stand ja erst am Anfang ihres Studiums. Und doch hatte sie das Gefühl, bereit zu sein.

»Ich habe darauf gewartet, dass Sie zu mir kommen und mir das sagen.« Frau Heuser nickte. »Das ist eine wundervolle Idee! So sammeln Sie praktische Erfahrungen und können Ihr Wissen weitergeben.«

»Ist es nicht zu gefährlich? Ich meine, wenn ich falsch behandele … oder mich jemand an die Sittenpolizei verrät.« Fragend schaute sie die Ärztin an. Das waren die Zweifel, die blieben. Gleichzeitig kannte Toni die Antwort: Nie im Leben würde sie die Gesundheit ihrer Patientinnen riskieren und schon gar nicht eine Abtreibung vornehmen. Zumindest jetzt noch nicht. Sie würde stets umsichtig und verantwortungsvoll handeln und ihre Sprechstunden nur vertrauenswürdigen Frauen anbieten. Ein Blick in Frau Heusers Augen genügte, um zu verstehen, dass sie mit Tonis Vorschlag absolut einverstanden war. Die Blümchentassen klirrten ihr Einverständnis, als sie auf ihr Vorhaben anstießen.

***

Frohen Herzens radelte Toni ein paar Stunden später zurück in die Villa. Jetzt galt es, nur noch Ida davon zu überzeugen, dass sie ihr das Turmzimmer überließ. Welche Einwände sollte sie schon haben, versuchte sich Toni Mut zuzusprechen. Seit Georg nicht mehr zugegen war, fehlte es an Behandlungsmöglichkeiten für hilfesuchende Damen, wie ihnen Klara gezeigt hatte. Toni hatte Frau Heuser versprechen müssen, dass sie nicht nur medizinisch half, sondern auch in Sachen Verhütungsmethoden Sprechstunden hielt und zudem auch heilkundlerisch wirkte. Unwillkürlich musste sie an ihre Schwestern denken. Waren diese nicht bald im heiratsfähigen Alter? Dann war es höchste Zeit, sie aufzuklären und dafür zu sorgen, dass sie ein selbstbestimmteres Leben führen konnten. Sie hatten es verdient.

In der Villa wurde sie von einer verwunderten Emilia empfangen, die in der Bibliothek über ein paar Flugblätter des Frauenvereins gebeugt saß und mit der Feder einige Korrekturen ausführte.

»Unsere ehrgeizige Toni schwänzt ihre Vorlesung! Was ist passiert, bist du etwa krank?«

»Vielleicht! In der Tat brüte ich etwas aus …« Toni grinste verschmitzt und nahm ihr den Stift aus der Hand. »Komm, ich muss dir was erzählen!« Schon zog sie die Freundin nach draußen auf die Bank unter dem Walnussbaum. Der Kater kam neugierig angelaufen und rollte sich dann zu ihren Füßen zusammen, während Toni haarklein von ihrem Gespräch mit Frau Doktor Heuser berichtete und Emilia ihre Ideen darlegte. Diese hörte ihr begeistert zu, vor allem als Toni von der Sexualaufklärung sprach.

»… und die Frauen müssen wissen, wie sie verhüten. Ich habe über einige interessante neue Möglichkeiten gelesen. So ein Diaphragma ist ganz einfach anzuwenden und ziemlich sicher …«, sprudelte es aus Toni heraus.

»Hast du es auch schon mal ausprobiert?«

»Wo denkst du hin!« Ohne es zu wollen, war Toni die Schamesröte ins Gesicht geschossen. Sie hatte in jüngster Zeit gelernt, die anatomischen Vorgänge des Geschlechtsaktes sachlich zu benennen, ganz die Frau Doktor, die sie einmal werden wollte, und eine gute Art entwickelt, darüber zu sprechen. Dennoch fühlte sie sich unangenehm berührt, wenn es um ihre eigenen Körperangelegenheiten ging.

»Ich kenne mich mit Verhütungsangelegenheiten auch nicht aus, sonst wäre das damals nicht passiert …«, sagte Emilia leise. »Ich liebe Frauen, keine Männer. Aber ich wollte etwas Neues ausprobieren, dachte, vielleicht lenkt es mich von meinem Kummer ab und ich kann auch Spaß mit Männern haben, ein bisschen wenigstens. Inzwischen weiß ich, wie es geht«, fügte sie unter Tränen lächelnd hinzu.

»Danke, dass du mir das erzählst.« Toni streichelte gedankenvoll ihre Hand.

»Seit Cristinas Tod ist alles so anders geworden.« Emilia seufzte. »Manchmal weiß ich nicht, wie ich ohne sie leben kann. Und dann geht es doch jeden Tag weiter …«

»Komm, gehen wir ein Stück.« Toni zog Emilia sanft von der Bank und lief mit ihr durch den Garten. Geduldig wartete sie, bis sich die Freundin beruhigt hatte, vielleicht lag es auch an dem Lavendelzweig, den sie zwischen ihren Fingern zerrieb und ihr unter die Nase hielt.

»Weißt du, was komisch ist?« Emilia war stehen geblieben und schaute Toni an. »Ich fühle trotzdem eine tiefe Solidarität mit euch anderen Frauen, auch wenn ich niemals Kinder haben werde! Ich werde mich ganz bestimmt für den Abtreibungsparagrafen einsetzen, te lo juro, ich schwöre!«

»Das ist nicht komisch, das ist genau richtig!« Toni umarmte die Freundin. Beinahe hätten es die Frauen im Parlament geschafft und eine medizinische Indikation im Gesetz verankert, doch ihr Anliegen war in letzter Sekunde verhindert worden. Es hätte eine Abtreibungsstraflosigkeit bedeutet, wenn Leib und Leben der Schwangeren gefährdet sind. Doch aufgrund der hohen Menschenverluste durch den Krieg wollte man auf kein Kind verzichten, und alles war wieder wie zu Kaiserzeiten.

Emilia seufzte. »Manchmal weiß ich nicht, mit welchen Argumenten wir noch kommen sollen. Ich wälze immer wieder meine Bücher, studiere meine Unterlagen. Allein mit den Paragrafen kommst du nicht weiter. Es muss andere Gründe geben, weshalb alle denken, sie müssten über den weiblichen Körper bestimmen. Weißt du, deshalb bin ich immer so gerne mit Frauen zusammen: Da gibt es dieses Besitzdenken gar nicht, keine Machtansprüche, keine Unterwerfungsgedanken. Und schwanger wirst du auch nicht …«

»Aber Geschlechtskrankheiten kannst du dir einfangen«, ergänzte Toni düster, wieder ganz Ärztin.

»Lieber nicht, da passe ich besser auf.« Emilia wischte sich übers Gesicht. »Ich habe Sorgen genug. Ich muss zusehen, dass ich mein Studium beende und dann als Anwältin mein Geld verdiene …«

»Das wirst du, davon bin ich überzeugt«, meinte Toni. »Komm, lass uns reingehen! Wir müssen unbedingt Ida und Maria von unseren Plänen erzählen.«

Doch in der Villa erwartete sie nichts Gutes. Ida lag, von Heulkrämpfen geschüttelt, in Marias Armen, die verzweifelt versuchte, sie zu trösten.

»Um Himmels willen, was ist passiert? Ist ihre Tochter …« Toni wagte nicht, ihren Gedanken zu vollenden. Mit einem Satz war sie bei Ida und fühlte deren Puls.

»Nein. Aber genauso schlimm …« Maria zuckte hilflos mit den Schultern und deutete auf den Brief in Idas Händen.

»Schnell, hol ein Glas Wasser. Und dann mach ihr bitte einen Melissentee. Komm, steh auf, gehen wir ein Stück«, fügte sie an Ida gewandt hinzu und nahm ihr den Brief aus der Hand. »Lass uns nachschauen, wo das Katerchen steckt, und dann erzählst du mir alles. Schön langsam, Schritt für Schritt, so ist's gut …«

Ida ließ sich nicht so einfach beruhigen. Während sie von Toni und Emilia gestützt durch den Garten zum Nussbaum lief, schnappte sie nach Luft und war nicht in der Lage, nur ein Wort herauszupressen. Geduldig wartete Toni ab, bis sich Idas Atem normalisierte.

»Was stand in dem Brief?«, hakte Toni nach einer Weile behutsam nach.

»Lies selbst, ich …« Abermals brach Ida zusammen.

»Ich glaub es nicht.« Emilia hatte ihr längst das Papier aus der Hand genommen und den Inhalt studiert. Sie schüttelte fassungslos den Kopf.

»Jetzt sag schon …« Toni schob eine Walnuss zur Seite, die das Eichhörnchen vergessen hatte, und half Ida auf die Bank.

»Er verlangt die Villa«, flüsterte Ida tonlos. »Erst meine Tochter. Und jetzt das.«

»Warum?« Toni wechselte einen fragenden Blick mit Emilia. Die zuckte mit den Schultern.

»Er behauptet, es sei sein Recht. Tante Cilli hat Ida die Villa vererbt, als die Ehe noch Gültigkeit besaß. Demnach fällt alles Eigentum an den Mann … stimmt das?«

»Ich … ich weiß nicht. Er hat sich immer um diese Angelegenheiten gekümmert, ich durfte da nicht mitreden«, stammelte Ida. Dankbar nahm sie ein paar Schlucke von dem Tee, den Maria nach draußen gebracht hatte.

»Versuche, dich zu erinnern. Es ist von wesentlicher Bedeutung! Wann genau hat dir Cilli die Villa vererbt? Wo sind die Unterlagen dazu?«

»Ich … keine Ahnung!« Wieder brach Ida in heftiges Schluchzen aus.

»Schscht. Ganz ruhig, wir werden das klären.« Toni sah Emilia missbilligend an. »Das hat Zeit. Siehst du nicht, dass du sie mit deiner Fragerei völlig durcheinanderbringst?«

»Das liegt wohl eher an ihrem geschiedenen Mann …«, murmelte Emilia. »Ich stelle ganz sachliche Fragen. Es ist wichtig, dass du das weißt«, fügte sie energisch hinzu.

»Ich weiß nur, dass ich das nicht länger aushalte.« Ida schlug verzweifelt die Hände vors Gesicht. »Bin ich denn nicht gestraft genug? Ich darf mein Kind nicht mehr sehen! Muss er mir das jetzt auch noch antun?«

»Bei Männern weiß man nie.« Maria verzog ihr Gesicht.

Emilia richtete sich entschlossen auf. »Wenn du willst, kümmere ich mich darum. Ich kann mir nicht vorstellen, dass er mit dieser Drohung durchkommt. Wenn er blufft, können wir das auch.« Und ohne Idas Antwort abzuwarten, zerriss sie den Brief in tausend Fetzen, die der Wind auf die Beete trieb. Zur Freude des Katers, der neugierig angelaufen kam und sofort damit Fangen spielte.

»Du kannst doch nicht …« Empört richtete sich Ida auf. »Gib mir sofort den Brief zurück.«

»Welchen Brief?«, fragte Emilia mit einem unschuldigen Grinsen. »Ich weiß nicht, wovon du sprichst.«

Auch Toni zuckte vielsagend mit den Schultern. »Sie hat recht. Du musst diese Forderung erst mal ignorieren, damit wir Zeit gewinnen …«

»Du bist unmöglich! Aber wahrscheinlich hast du recht!« Ida drückte Emilia einen herzhaften Kuss auf die Wange. »Danke. Danke euch beiden! Und jetzt geht, ich muss noch eine Weile für mich alleine sein.«

»Du bist die geborene Anwältin«, rief Toni, während sie Arm

in Arm zurück zur Villa liefen, gefolgt vom Kater. »Mit allen Wassern gewaschen. Lernt man das im Studium?«

»Nein, im Leben!«, meinte Emilia. »Ich hoffe, ich kann ihr helfen. Ein Mann, der derart verbittert ist, kämpft bis aufs Blut um seine Rechte. Sie muss ihn schwer brüskiert und in seiner Ehre verletzt haben.«

»Und er? Von welcher Ehre sprichst du? *Er* hat ihr Gewalt angetan. Außerdem hat er sie zuerst betrogen.« Toni schüttelte empört den Kopf. Sofort waren wieder alle Bilder da. Die Hütte. Der Vater. Die Mutter. Die Geburt …

»Kann sein. Aber das Gesetz steht auf seiner Seite …«

»… weil es Männer sind, die diese Gesetze machen«, vollendete Toni den Satz.

»Wir sind dabei, das zu ändern!« Emilia knuffte sie liebevoll in die Seite. Mittlerweile waren sie im Salon angekommen, wo Maria und Constanze gerade dabei waren, den Tisch zu decken.

Toni schnupperte Richtung Küche. »Was ist das?«

»Setzt euch. Ich habe für uns einen Zwetschgendatschi gebacken. Der Kaffee ist auch gleich fertig. Wollt ihr Ida rufen? Ganz bestimmt heitert sie ein Stück Kuchen auf! Irmi, Anni und Berta sind leider nicht da«, meinte Constanze. Schon wollte sie in die Küche eilen, Toni hielt sie zurück. Wie dünn ihre Handgelenke waren.

»Geht es dir gut?« Fragend musterte sie die zierliche Gestalt, die mit roten Wangen und leuchtenden Augen vor ihr stand.

»Nie ging es mir besser!« Mit einem Ruck löste sich Constanze aus der Umklammerung und lief in die Küche, um den Kuchen zu holen.

»Kein Wunder, sie arbeitet ja auch Seite an Seite mit Münchens charmantestem Arzt.« Maria zupfte vielsagend an dem Strauß Astern, den sie gerade gepflückt hatte.

»Und wer soll das sein?« Emilia wechselte einen verwunderten Blick mit Toni.

»Na, unser Bua, der liebe Georg natürlich. Hier kann er doch gerade nicht sein, sie würden ihn sofort verhaften. Also hält er wieder regelmäßig im Waisenhaus Visite. Constanze geht ihm dabei zur Hand. Sie ist eine hervorragende Schwesternschülerin.«

»Bitte was?« Toni traute ihren Ohren nicht.

»Wir untersuchen die kleinen Patienten und ...«

Toni hörte gar nicht mehr zu, was Constanze erzählte, die wieder an den Tisch gekommen war. Das war also der Grund, ihr Gefühl hatte sie nicht getäuscht. Deswegen war Constanze ständig unterwegs, deswegen kam Georg nicht mehr in die Villa. Die Vorstellung, dass die beiden jeden Tag aufs Engste miteinander arbeiteten, sorgte bei Toni für fiese Eifersuchtsstiche. Mehr noch: Da konnte der Datschi noch so verlockend duften, der Appetit war ihr gründlich vergangen.

Liebes Kind,

uns geht es gut in der Villa, ich spüre das jeden Tag. Ja, ich verzichte nicht auf meinen Wein und den Fasan. Dafür gönne ich mir keine neue Kleidung, gehe zu Fuß und nehme keine Droschke. Mein Leben und Wirken gilt den Kindern im Waisenhaus. Wenn ich an den vielen bettelnden Menschen vorbeilaufe, beschleicht mich die Wut, es scheinen mit jedem Tag mehr zu werden. Insbesondere Frauen sind es, die mir auffallen, hagere, ausgemergelte Gestalten, an jeder Hand zwei Kinder und im Bauch bereits das nächste. Sie sind es, die die Folgen des Krieges und der Wirtschaftskrise sprichwörtlich am eigenen Leib erfahren. Man hält uns aus diesen Finanzdingen heraus, dabei kann niemand besser als wir mit Notgroschen und Lebensmittelkarten haushalten. Frauen retten so ihre Kinder vor dem Verhungern, deren Väter im Krieg geblieben waren. Ausgemergelt, stets am Rande der Erschöpfung, weil sie neben ihrer Lohnarbeit auch noch für Wäsche und Haushalt sorgen mussten. Niemand scheint sich dafür zu interessieren, dass sie bis zu ihrer Niederkunft arbeiten, niemand interessiert es, wenn sie aus lauter Verzweiflung den Freitod wählen. Aber alle interessieren sich dafür, wenn sie eine Schwangerschaft verhindern oder, noch schlimmer, ungeschehen machen wollen.

Doch ich frage dich: Wie soll sich eine auf ihr Kind freuen, wenn sie nicht weiß, wie sie es sattkriegen wird? Noch schlimmer: Wie soll eine ihr Kind lieben, das mit Gewalt gezeugt wurde? Es ist nicht gerecht. Alle reden mit, wenn es um unsere Körper geht, alle wollen darüber bestimmen, über Leben und

Tod entscheiden. Denn wählt eine Frau den Weg der Abtreibung, gilt sie als Mörderin. Lässt sie das Kind in ihrer Not nach der Geburt verhungern, gilt sie als Mörderin. Wählt sie Mittel zur Verhütung, gilt sie als Mörderin. Wie sie es auch dreht, eine Frau scheint immer das Opfer ihrer Fruchtbarkeit zu sein, die Schwangerschaft der hygienische Zustand, den es nach Möglichkeit ständig zu erhalten gab. Mein Herzenskind, wir müssen das ändern! Raus aus der Opferrolle, rein ins Handeln und die Fülle des Lebens auskosten. Denn wer, wenn nicht wir Frauen, haben es in der Hand, die Richtung zu ändern!

16

Eine Idee mit Folgen

Was verstehen wir unter dem Recht der Frau?
Nichts anderes als das Recht des Menschen überhaupt.

Anita Augspurg (1857–1943)

Toni ließ die anderen Frauen einfach stehen, stürzte hinauf in ihr Zimmer, wo sie nun auf dem Bett vergraben zwischen ihren Kissen lag und sich die Seele aus dem Leib schluchzte. Als würden sich endlich, endlich die Schmerzensqualen der vergangenen Jahre lösen, jede hinuntergeschluckte Sorge, jedes versteckte Leid, all die elendigen Gefühle, die das Herz so schwer machen, waren dort eingesperrt. Unaufhörlich liefen ihr Tränen über das Gesicht, eine Flut von Not, die sich jetzt den Weg suchte, gesehen und getröstet werden wollte.

Das war nicht so einfach. Wenn jemand wie Toni sein Leben lang gewohnt war, zu gehorchen und vorgezeichnete Wege zu gehen, konnte er nicht einfach die Perspektive wechseln. Dann konnte sie nicht von jetzt auf gleich das erzieherische Korsett abstreifen und tun, was sie wollte. Wer jahrelang als Marionette an einem Faden hing, musste erst lernen, auf eigenen Füßen zu stehen. Ein Prozess, wie Toni am eigenen Leib erfahren musste.

Und die Wahrheit war schmerzhaft wie befreiend zugleich. Längst musste sich Toni eingestehen, dass München mit seinem bunten Treiben ihr das Leben in den Bergen immer grauer erscheinen ließ. Emilia mit ihrer energischen und temperamentvollen Art war ihr zur liebsten Freundin geworden. Und in Constanze hatte Toni eine glühende Mitstreiterin für ihre Heilkundlerei gefunden. Keine knipste sorgsamer die Blüten ab, keine lockerte konzentrierter den Boden als sie. Constanze war es zu verdanken, dass Toni mittlerweile eine Reihe gut gefüllter und beschrifteter Kräutergläser besaß und eine Reihe von Selbstversuchen durchführen konnte. Das alles reichte aber nicht, um über die Sache mit Georg hinwegzusehen. Ausgerechnet Constanze hatte Georg erobert!

Vor ihrer Tür maunzte es herzzerreißend.

»Das Problem liegt tiefer, was, Katerchen?«, schniefte Toni und ließ den Kleinen herein. Sie wusste nicht recht, ob sie Constanze oder sich selbst meinte. »Was soll ich denn jetzt tun? Am liebsten würde ich zurück … Aber ich kann doch die Frauen nicht einfach so im Stich lassen. Nach alldem, was Frau Heuser zu mir gesagt hat …« Mittlerweile hatte sich Toni beruhigt, was dem Katerchen zu verdanken war, der sich nun eng an sie gekuschelt hatte, Seite an Seite lagen sie auf Tonis Bett. Seine Pfote demonstrativ auf ihrer Hand abgelegt, konnte sie gar nicht anders, als sich von ihm trösten zu lassen. Wie warm und kuschelig er sich anfühlte! Und wie gut er duftete. Toni schloss die Augen und atmete tief durch. München roch anders als ihre Berge. Vielversprechend und frei. Da wusste Toni, dass sie endlich mit Ida sprechen musste.

***

Zu ihrer Überraschung hatte Ida nichts dagegen und ließ Toni gewähren, erinnerte sie nur an ihre Verantwortung und an das Risiko, das mit einer eigenen Sprechstunde verbunden war. Doch das hätte sie Toni nicht extra sagen müssen, die wusste auch so, auf was sie sich einließ. Voller Begeisterung richtete sich Toni im Turmzimmer ein. Statt eines grünen war es nun ein orangerotes Zimmer, mit dekorativen Vorhängen, Blümchentapete und einem roten Samtsofa. Immer stand ein Blumenstrauß auf dem Tisch, den Toni eigenhändig drapierte. Jetzt, Mitte September, waren es Astern und Dahlien, die mit ihren orangefarbenen Blüten einen Spätsommergruß in die Räume sendeten. Geschickt hatte sie Ida einen der grazilen Holztische abgeluchst und die Teedosen aus den Tiefen der Küchenschublade hinter sich in ein Regal geräumt. Kein Wunder also, wenn die Frauen, die zu Toni kamen, sich willkommen fühlten und sofort Vertrauen fassten. Alsbald wussten Münchens Frauen, dass hier eine angehende Ärztin war, die Frauenleiden diskret zu behandeln wusste und ihr Herz auf dem rechten Fleck hatte. Denn Toni nahm sich immer Zeit für ihre Patientinnen, die sie ja so nicht nennen durfte, und hörte aufmerksam zu. Mit einem Mann hätten sie wohl kaum so offen geredet.

Ob Stimmungsschwankungen, Menstruationsbeschwerden, Blasenentzündung, sogar bei Kinderwunsch kamen sie zu Toni, um sich von ihr helfen zu lassen. Oder auch, und das kam in jüngster Zeit immer häufiger vor, um eine ungewollte Schwangerschaft zu verhindern und nach dem »Engel-Tee« zu fragen. Das wiederum gab Toni die Gelegenheit, den Frauen, die bei ihr Rat und Hilfe suchten, die Anwendung eines Diaphragmas zu zeigen.

Einfühlsam, wie Toni nun mal war, fand sie immer die passenden Worte, tröstend, aufmunternd, anschaulich erklärend, was da überhaupt los war. Vor allem Letzteres! Viele Frauen kamen zu ihr und hatten keine Kenntnis über ihre Regel. Schämten sich wegen des vielen Bluts, das monatlich aus ihnen herausfloss. Hatten Angst, weil Brüste und Kopf dabei so schmerzten. Wussten nicht, wann sie schwanger werden konnten und was bei der Befruchtung einer Eizelle geschah. Und erst recht nicht, wie sie das verhinderten. Toni erklärte geduldig, so gut sie es wusste, was in ihren Körpern vor sich ging, erläuterte die Besonderheiten des Zyklus mit seinen hormonbedingten Schwankungen. Wie sehr freute sie sich, wenn Frauen dadurch besser ihre Bedürfnisse nach Ruhe, Wärme und Zuspruch verstanden und sich nicht dafür schämten, Pausenzeiten einzufordern. Oder wenn sie Frauen ermuntern konnte, sich selbst mithilfe eines Spiegels zu erkunden, um ihre eigene Scham zu überwinden. Manchmal sprachen sie auch in aller Vertrautheit über Möglichkeiten der Lust und wie es war, sich an Kissen zu reiben oder mit den eigenen Fingern zu spielen. Einige kicherten, andere waren stolz, und immer fühlte es sich richtig an. Toni schenkte mit ihren offenen Worten Frauen ein erfüllteres Eheleben, das machte sie froh. Noch mehr: Sie ermunterte sie, sich zu ihren wundervollen Körpern und ihrer eigenen sexuellen Lust zu bekennen und Männer, die dies nicht respektieren wollten, in die Schranken zu weisen.

Wie bedrückend war es dann, wenn sehr junge Frauen von ihren Zusammenkünften mit dreißig Jahre älteren Männern erzählten, gewaltsam herbeigeführt in der Hochzeitsnacht der Zwangsehe, die sie aus Geldnöten eingegangen waren. Schmerzhaft, oft begleitet von irgendeiner Geschlechtskrankheit, von Lust und Spaß nicht die Rede. Auch wenn dies im Ehebett geschah und das Recht auf der Seite der Männer stand, hätte Toni am liebsten Anzeige erstattet. Es gehörte sich nicht, eine Frau gegen ihren Willen anzufassen, so viel musste jedem klar sein. Was brauchte es dafür Paragrafen? Manch einer hätte also sagen können, Toni war auf dem besten Weg, eine gefragte Ärztin zu werden, obwohl seit ihrer Ankunft gerade mal ein paar Monate vergangen waren. Stolz und glücklich fiel sie jeden Abend rechtschaffen müde ins Bett. So kurierte Toni ihren Liebeskummer mit der einzig vernünftigen Medizin: Selbstbewusstsein.

***

Und dann stand das Herbstfest bevor! Seit Wochen sprachen sie in der Villa darüber, man könnte sagen: mit mehr als geteilten Meinungen. Hitzige Debatten waren es, allen voran Maria, die sich regelmäßig darüber ausließ, dass heuer keine richtige Wiesn stattfinden würde. »Was wollt's denn beim Dünnbierfest!«, rief sie ein ums andere Mal. »Die müssen um achtzehn Uhr dreißig schließen … Hendln gibt's auch kans.« Dass Maria ihr »altes« Oktoberfest vermisste, war kein Geheimnis.

»Nicht dass ich das Königszelt brauchen würd! Aber so 'ne richtige Wiesn mit allem Drum und Dran wäre auch mal wieder schön«, räsonierte sie, während sie in der Küche stand und Knödel rollte, die mal wieder zu klein ausfielen.

Toni hatte keine Ahnung, was Drum und Dran bedeutete, sie kannte nur die Dorffeste bei sich zu Hause, zu denen sie sich immer alle besonders hübsch herausgeputzt hatten. Frauen und Männer in ihren Trachten. Wenn Bier und Wein in Strömen flossen und die Spanferkel am Spieß gedreht wurden, die Musik aufspielte und man fröhlich um den Festbaum tanzte. Das war lange her, ein kleines Mädchen war sie noch gewesen, das gemeinsam mit Franzl mit offenem Mund über die Ausgelassenheit der anderen staunte. Zu später Stunde waren sie um die Tische gelaufen und hatten die Reste aus den Krügen getrunken, die Erinnerung an das schummerige Gefühl im Bauch ließ Toni heute noch lächeln. Dennoch zögerte sie, ihr war nicht nach Feiern zumute. Aber Ida duldete keine Ausrede.

»Ein Herbstfest gehört zu München dazu, basta. So eine Gelegenheit bekommt ihr so schnell nicht wieder«, meinte sie und hielt Emilia und Toni zwei elegante Kleider entgegen. »Hier, zieht euch an und dann ab auf die Wiesn mit euch. Ihr seid jung, genießt das Leben. Wer weiß, was im nächsten Jahr ist. Bei den Unruhen derzeit befürchte ich das Schlimmste.«

Wo auch immer sie die feinen Sachen ausgegraben hatte, die allerliebsten Kleider standen ihnen vorzüglich. Wenig später liefen beide Hand in Hand über die Theresienwiese und hielten Ausschau nach bekannten Gesichtern. Zu ihrer Überraschung war es Georg, der aufstand und die beiden Frauen zu sich und seinen Kumpanen an den Tisch winkte, als sie in das Bierzelt hineinspähten.

»Wird höchste Zeit, dass ihr kommt«, rief er ihnen entgegen, und Emilia ließ sich das nicht zweimal sagen. Toni zögerte. Wo kam Georg so plötzlich her? Wie konnte er so tun, als sei nichts geschehen? Wo war Constanze? Hundert Fragen brannten auf ihrer Seele, wollten ihr aber nicht über die Lippen. Georg lächelte Toni einfach nur an und zog sie mit einer selbstverständlichen Geste neben sich.

»Schön, dich wieder zu sehen«, murmelte er so leise, dass nur sie es hörte. Seine Worte ließen ihre Augen funkeln und den Puls klopfen. Dieses verdammte Herz, fluchte Toni innerlich, warum war es immer schneller als der Verstand?

»Wo warst du die ganze Zeit?«, fragte sie zurück, sein leises »Später« klang wie ein Versprechen. Schulter an Schulter saß sie dann zwischen Georg und Emilia in fröhlicher Runde und bemerkte nicht, wie sich Schluck um Schluck ihre Maß leerte. Das Stimmengewirr um sie herum wurde diffuser, die Festzeltbeleuchtung bunter, und endlich stahl sich ein Lächeln in Tonis Gesicht.

Sie bestellte sich noch eine Maß und alberte mit Emilia herum, die lautstark darüber lamentierte, dass sie immer noch kein Gipfelabenteuer erlebt hatte. Bei der Erwähnung der Berge wollte Toni erst wegen Franzl traurig werden. Doch die fröhliche Stimmung um sie herum ließ keine Tränen zu, vielleicht lag es auch an einer weiteren Maß und Georgs Nähe, an Emilias ansteckendem Lachen sowieso. Diese war der Mittelpunkt des Abends, zog mit ihren dunklen Augen und der kurzen Lockenpracht sämtliche Männer in ihren Bann, und nur Toni wusste, dass sie Frauen liebte.

War es der Alkohol, waren es Georgs Augen, hinterher wusste Toni nicht, warum es passiert war. Das Einzige, woran sie sich erinnerte, war seine Hand, die ihre führte, ein warmes Versprechen. Ohne nachzudenken, folgte sie ihm auf die Tanzfläche. Toni hatte nie behauptet, dass das Geklatsche und Gejohle sie jemals begeistert hätten. Aber an diesem Abend liebte sie es. Sich selbst kaum wiedererkennend, ließ sie sich von Georg an der Hüfte führen, drehte sich im Kreis und um ihn herum, bis ihr ganz schwindlig wurde. Die Lichterketten wurden zum glänzenden Streifen, die Musik ein Rauschen und dazwischen Toni und Georg, die tanzten, tanzten, tanzten. Irgendwann, da packten die Musiker bereits ihre Instrumente zusammen, taumelten sie Arm in Arm von der Tanzfläche. Für einen Moment schaute sich Toni suchend um, konnte Emilia aber nirgends mehr entdecken. Sicher war sie schon zurück in die Villa. Oder mit einem der Studenten mitgegangen. Für Toni war es viel zu früh, um nach Hause zu gehen.

»Komm mit!« Übermütig griff sie nach Georgs Hand und führte ihn durch die küssenden Paare und trunkenen Burschen hindurch.

»Was hast du vor?«

»Weiß nicht«, antwortete Toni ehrlich, längst wieder nüchtern. Sie liefen Seite an Seite durchs dunkle München, mit viel

Glück hatten sie die richtige Richtung eingeschlagen und kamen gleich in den Englischen Garten. Schon knirschte der Kies unter ihren Sohlen, übertönte ihren aufgeregten Atem, das klopfende Herz. Wieso lag München nicht in den Bergen? Wieso war Georg nicht Franzl? Wieso … Toni kam nicht dazu, ihre Gedanken zu Ende zu führen, denn Georg war stehen geblieben und hatte sie an sich gezogen. Zärtlich fuhr er mit den Fingern durch ihre Haare, spielte mit den Strähnen und zeichnete behutsam die Konturen ihres Mundes nach. Willst du, schien er zu fragen, und Toni schmiegte zur Antwort ihre Wange in seine Hand. Wie von selbst begann Toni, ebenfalls sein Gesicht zu erkunden, spürte seine Augenbrauen, die linke buschiger als die rechte. Georgs Nasenflügel bebten, als sie darüber strich, seine Wangen noch erhitzt vom Tanzen. Wie lieb er war, sie spürte es mit jeder Faser ihres Körpers. Und wie gut, dass Georg Georg war und egal, wo er bis jetzt gewesen war. Was zählte, war der Moment. Mehr dachte Toni nicht in jener Nacht, in der Georg sie nun auf seine Arme hob, um sie kurz darauf auf seine Jacke hinter den Holunderbusch zu betten und mit Küssen zu bedecken.

Liebes Kind,

wie sehr ich die anderen Frauen bewundere! Mit welcher Energie sie sich jeden Tag aufs Neue für unsere Interessen einsetzen. Formulieren, diskutieren, dafür sorgen, dass sich unsere Situation verbessert. Drei Schritte vor, zwei zurück, es ist ermüdend. Immer wieder werden Steine in den Weg gelegt. Verkrustete Strukturen, überkommene Gesetze und niemand bereit, diese zu ändern. Zu viel steht auf dem Spiel. Alles steht auf dem Spiel. Nämlich dass Frauen an die Macht kommen. Macht, wie sie Männer definieren. Macht, die ihnen in die Hände spielt und sie über Belange des Lebens bestimmen lässt, die sie für unabdingbar halten. Geld, das die Wirtschaft am Laufen hält, jetzt, nach dem Krieg wichtiger denn je. Politik, die die Grenzen verhandelt, nach innen und nach außen. Ich verstehe nicht viel davon, woher auch, zeitlebens hat man mich in diesen Käfig gesperrt, den sie Haushalt und Privates nennen und aus dem Frauen sich nur befreien können, wenn sie anfangen, selbstständig zu denken. Die Frage ist nur: Wie kann man das, wenn man es nie gelernt hat? Es muss in dir sein, diese Leidenschaft zum Widerspruch, über die beispielsweise Emilia oder Toni verfügt. Andere ziehen sich zurück. Oder schmollen mit dem anderen Geschlecht. Wer könnte es ihnen verdenken!

Für mich ist es anders.

Ich liebe die Männer.

Das habe ich gesagt. Mit Maria bin ich gestern deswegen in Streit geraten. Sie ist der Meinung, dass ich Cillis Ziele und Ideale verrate, vor allem, weil ich mit dem Bürgermeister eine

Affäre habe. Zwischen uns ist es Liebe, und Liebe kennt keine Grenzen, das müsste sie selbst am besten wissen. Maria und Cilli haben sich auf einem Kongress kennengelernt, es war Liebe auf den ersten Blick. Cilli war damals frisch verwitwet, in ganz jungen Jahren schon. Ein tragisches Unglück hatte ihrer jungen Ehe ein rasches Ende bereitet, und durch einen Zufall saß sie in diesem Forum. Hörte mit heißen Wangen zu, wie die Rednerinnen vorne auf dem Pult klare Haltung in Sittlichkeitsfragen und Prostitution forderten, freie Berufswahl und Wahlrecht, Mitsprache in politischen und rechtlichen Angelegenheiten ... Jede Zelle in Cilli nickte Zustimmung, rief Ja und Ja und Ja. Und als Maria sie danach zum Essen einlud, sagte sie abermals Ja. So kam sie nach München, so haben sie die Villa Libertas und den Frauenverein gegründet. Welch glückliche Fügung. Sonst wäre ich nicht hier, sonst wäre Toni nicht hier. Toni, die uns allen guttut und leider selbst nicht weiß, was für sie am besten ist. Ich kann nur hoffen, dass sie dem Ruf ihres Herzens folgt, spüre ich doch selbst gerade, wie gut es tut, sich seinen Gefühlen hinzugeben. Wie lange habe ich gesellschaftlichen Regeln und Normen genügt. Jetzt will ich fühlen, leben! Mein Leben selbst bestimmen. Und dazu gehört eine neue Liebe. Eine sehr verrückte Liebe, geliebte Tochter, ein Rausch der Gefühle und Glückseligkeit.

17

Alles auf Anfang

Die Frau hat Jahrhunderte lang als Lupe gedient, welche die magische und köstliche Fähigkeit besaß, den Mann doppelt so groß zu zeigen wie er von Natur aus ist.
VIRGINIA WOOLF (1882 – 1941)

Wenn sie ehrlich sein sollte, wusste Toni am nächsten Morgen nicht mehr, wie sie nach Hause gekommen war. Als sie aufwachte, lag sie wie immer in ihrem Rüschennachthemd zwischen den Daunen, ihr Kleid ordentlich über die Stuhllehne gehängt. Jemand musste sie ausgezogen und ins Bett gebracht haben. Jemand? Erschrocken richtete sich Toni auf, mühsam suchte sie nach den Erinnerungen an den gestrigen Abend. Sie hatte getrunken, sie hatte getanzt, sie hatte geküsst, sie hatten sich geliebt. Georg! Mit einem Seufzer ließ sie sich zurück in die Kissen fallen, ein Lächeln zauberte sich in ihr Gesicht, ganz sanft vor Schlaf lag sie da. Nie im Leben hätte sie sich träumen lassen, dass das Zusammensein mit einem Mann so schön, so erfüllend sein konnte. Die Nase in den Ausschnitt ihres Nachthemdes versenkt, atmete sie seinen Geruch auf ihrer Haut. Meinte sie immer noch seine Hände überall auf ihrem Körper zu spüren, seine Berührungen hatten ihn gezeichnet.

»Ich müsste ein schlechtes Gewissen haben, aber ich habe es nicht, was, Katerchen? Muss ich mich jetzt schämen, weil *es* sich für ein anständiges Mädchen nicht gehört? Ich will dir etwas sagen: Ich bin einfach nur glücklich. Er liebt mich, nicht Constanze! Und es war wunderwunderschön.« Lachend zog Toni den Kleinen zu sich heran, der sich an ihrem Fußende zusammengerollt hatte und jetzt als Antwort behaglich schnurrte. »Am liebsten würde ich für immer so liegen bleiben«, murmelte Toni und drückte Küsschen in sein weiches Fell. Wie schön wäre das! Ausschlafen und nichts tun. Stattdessen warteten Bücher und Studienunterlagen, die ersten Prüfungen standen an. Wenn sie die geschafft hätte, wäre sie ihrem Ziel wieder ein Stück näher. Rasch verdrängte Toni die aufkeimenden Zweifel, ob es für sie nicht besser wäre, in der Stadt zu bleiben. Seit sie in München war, war schon so viel geschehen, letzte Nacht war alles geschehen. Und Georg, der so viele Gefühle in ihr auslöste, dass sie sich selbst kaum wiedererkannte. Im Taumel der Nacht hatte er so viele liebe Wort in ihr Ohr gemurmelt, von einer gemeinsamen Praxis hatte er gesprochen, einer gemeinsamen Zukunft hier in der Stadt. Toni schüttelte sich. Bis sie sich entscheiden müsste, war es zum Glück noch eine Weile hin. Und mit diesem beruhigenden Gedanken schlief Toni abermals ein, eng an das Katerchen gekuschelt, sein behagliches Schnurren begleitete ihre Träume.

Irgendwann wurde Toni von lautem Rufen wach.

»Ich komme ja schon!« Rasch sprang Toni aus dem Bett und beeilte sich mit der Morgentoilette, die eher einer Katzenwäsche zur Mittagszeit glich. Jetzt beschlich sie doch das schlechte Gewissen. Ida würde sie kopfschüttelnd anschauen und keinen Hehl daraus machen, was sie über Tonis Verhalten dachte. Zwar machte sie sich selbst oft genug über die Sittenpolizei und tugendhafte Gesellschaftszwänge lustig. Doch wenn es um die Frauen in ihrer Damenpension ging, galten für Ida andere Maßstäbe, erst neulich hatte sie Irmi deswegen heftig gescholten. Toni war sich mittlerweile sicher, dass Georg sie gestern Abend in Idas Obhut gebracht hatte und es ihr zu verdanken war, dass sie sorgsam in ihrem Bett gelandet war. Noch schnell die Haare geflochten und zur Kurzhaarfrisur hochgesteckt, ein letzter Blick in den Spiegel. Unwillkürlich musste Toni lächeln, was sie sah, gefiel ihr. Sie war längst nicht mehr das Mädchen aus dem Dorf, das sein Glück in der Stadt suchte und andere nach dem Weg fragte, weil sie sich nicht zurechtfinden konnte. Auch die Kindlichkeit der rosigen Wangen war verschwunden, ihre ganze Erscheinung wirkte fraulicher und erwachsen. Und wie die Augen strahlten! Toni nickte ihrem Spiegelbild noch einmal zu, dann straffte sie die Schultern und lief, auf alles gefasst, die Treppe hinunter in den Salon.

Mit allem hatte sie gerechnet: dass Ida ihr einen Vortrag über ihre Verpflichtungen gegenüber Cillis Vermächtnis hielt. Dass Constanze schwanger von diesem Doktor war, bei dem es sich augenscheinlich nicht um Georg handelte. Oder dass sie dringend zur medizinischen Behandlung einer Regelstörung gebraucht wurde.

Nichts dergleichen.

»War die Sittenpolizei wieder hier?« Erschrocken sah sie sich um.

In der Bibliothek herrschte ein heilloses Durcheinander, Bücher und Folianten türmten sich, dazwischen stapelweise Papier und Flugblätter. Ida saß schluchzend am Tisch, rührend umsorgt von Constanze, die ihr abwechselnd Taschentuch und Riechsalz reichte.

»Jetzt sag schon, was ist passiert?« Toni fischte ein Flugblatt vom Teppich, sie erkannte Emilias Handschrift.

»Nichts. Oder alles.« Sie erntete einen forschenden Blick. »Sag du es mir!«

»Ich fürchte, ich habe einen Fehler gemacht …« Toni versuchte ein Lächeln. Mit einem Seitenblick zu Constanze wurde ihr bewusst, wie kompliziert sich ihr Leben gerade gestaltete. Wer wusste schon, ob Georg ihr die Wahrheit gesagt hatte, jeder wusste, wie labil sie war. Wenn Constanze jetzt wegen ihr selbstmordgefährdet wäre, würde sie ihres Lebens nicht mehr froh. Welch Ironie! Vor gar nicht allzu langer Zeit hatte sie Constanze aus dem Eisbach gerettet. Und jetzt? In den Bergen an Franzls Seite hätte sie alles vergessen können. Dort war alles so einfach und klar, die Rollen verteilt. Hier in der Stadt wirkte immer alles so kompliziert.

»Welchen *Fehler* meinst du? Dass du nach München zum Studieren gekommen bist? Idas *Fehler*? Oder den Fehler im patriarchalen System?« Emilia verzog ihr Gesicht. Sie ging gar nicht weiter auf Tonis missliche Gefühlslage ein. »Du glaubst gar nicht, wie ungerecht diese Paragrafen sein können! Wo bleibt das Recht der Frau?, frage ich mich zum wiederholten Mal, wenn ich das hier alles lese. Weißt du, es ist zum Beispiel so … Ich habe mich noch einmal gründlich damit auseinandergesetzt.« Sie atmete tief durch, bevor sie zu einer langen Rede ansetzte. »Männer dürfen all das, was Frauen nicht dürfen. Vor dem Gesetz und in der Gesellschaft. Sie gehen arbeiten, verdienen Geld, haben die Macht, bestimmen über den Körper der Frau. Sie heiraten nur, um all das zu demonstrieren. Frauen ohne Ehemann sind nämlich ein Niemand. Nennen eine Frau ihr Eigentum und gestehen ihr keine Freiheiten zu, während sie sich selbst sämtliche Freiheiten herausnehmen. Zum Beispiel die Sache mit der Prostitution. Alle sind sich einig, dass es für einen

Mann normal ist, zu einer Prostituierten zu gehen, manch einer findet das sogar hygienisch. Prostitution dagegen wird bestraft, die Frauen tragen ein hohes gesundheitliches Risiko, von ungewollter Schwangerschaft ganz zu schweigen. Und eine Frau, die fremdgeht, wird geächtet, sie ist nichts mehr wert. Zudem trägt sie die Schuld, wenn die Ehe geschieden wird, ihr werden sämtliche Rechte entzogen. Sogar der Kontakt zur eigenen Tochter wird ihr verboten. «

Emilia seufzte. »Eheboykott ist das Einzige, was mir dazu einfällt. Wenn du Ja sagst, gibst du alle Rechte ab. Es geht dir dann wie Ida. Es sei denn, du schließt einen Ehevertrag. Was sehr modern wäre!« Sie deutete auf die zahllosen Papiere, die sie mittlerweile auf dem Tisch abgelegt hatte.

»Dann hätte ihr das niemals passieren dürfen«, mischte sich Constanze unvermutet ein.

»Was hätte mir nicht passieren dürfen?« Ida blickte mit rotverweinten Augen auf. »Dass mein Mann mich betrügt? Oder dass ich geheiratet habe? Dass ich mir das hier alles gefallen lassen muss?« Sie wedelte mit dem Stück Papier in ihrer Hand herum, das sie zuvor in ihren Händen zerknäult hatte.

»Die Diskussion hatten wir schon oft genug«, versuchte Emilia, ganz künftige Anwältin, zu beschwichtigen. »Die Frage ist eher: Wie kommen wir da raus? Und damit meine ich: uns, die Frauen. Nicht nur Ida.«

»Aufstehen, demonstrieren, Flugblätter schreiben …«, betete Ida herunter und putzte sich die Nase. »Was meinst du, was wir die ganze Zeit tun? Erst gestern haben wir wieder zusammengesessen. Aber es reicht nicht. Ihm reicht es nicht! Er gibt einfach nicht auf! Hier, schon wieder einer.« Sie hielt Toni das zerknüllte Papier unter die Nase. »Er fordert die Villa! Er erhebt Anspruch auf mein Erbe, mein Erbe, verstehst du! Nie im Leben hätte Cilli zugelassen, dass er darüber bestimmt.

Und niemand kann mir helfen, weil das Recht nun mal auf seiner Seite ist.«

»Zeig mal her.« Mit gerunzelter Stirn entfaltete Emilia das Papier und studierte es ausführlich.

»Und?« Sechs Augenpaare schauten sie erwartungsvoll an. Bloß nicht wieder zerreißen, dachte Toni.

»Mmh. Ich muss nachdenken.«

»Da steht, dass er zum 1. Dezember die Villa räumen lassen wird. Dann stehen wir Weihnachten auf der Straße.« Ida starrte ins Leere. »Wo soll ich denn dann hin? Wo sollt ihr dann hin? Was wird aus unserem Frauenverein?«

»Das kann nicht sein! Uns fällt gewiss etwas ein, oder?« Toni schaute Emilia erwartungsvoll an. Die nickte.

»Er lebt in Hamburg, richtig? Da gelten andere Gesetze als in München – das behaupten wir einfach. Ich werde ihn als dein Anwalt darauf hinweisen müssen.« Mit einem Lächeln im Gesicht reichte Emilia Ida das Papier zurück.

Die schaute sie verwundert an. »Was hast du vor?«

***

Emilias Idee war so einfach wie genial und brachte die traurige Gesellschaft der Damenpension endlich wieder ins Handeln. Nachdem sie den anderen ihre Pläne ausgebreitet hatte, machten sie sich sofort an die Arbeit. Der alte Kampfgeist war auf der Stelle zurückgekehrt. Alle glaubten an das Gelingen, denn es musste gelingen.

Constanze nahm Maß und schneiderte einen perfekt sitzenden Herrenanzug. Maria kümmerte sich um Proviant und das Billet, während Toni mit Zedernholz und Tabak experimentierte, um eine entsprechende Duftnote zu kreieren. Emilia hatte ein Schriftstück in bester Anwaltsmanier aufgesetzt, dass selbst

Maria mit den Ohren schlackerte, als sie es las. Die wenigen Fehler darin, die Ida verbessern musste, waren der deutschen Grammatik geschuldet. Maxl wiederum setzte sein ganzes künstlerisches Können ein, damit dieser Brief so echt wie möglich nach einem Münchner Gericht aussah. Sogar beglaubigt und besiegelt war das Dokument, als Emilia es schließlich in den Händen hielt.

»Du bist ein Schatzerl!«, rief Toni begeistert und umarmte sie froh. »Auf die Idee hätten wir längst kommen können. Tante Cilli wäre stolz auf dich. Alle sind stolz auf dich!«

Drei Tage später dann stieg ein äußerst entschlossener Emilio Torre de Castañeda in den Zug nach Hamburg. In der Ledertasche das Testament von Tante Cilli, das niemand anderen als Toni Gruber als Alleinerbin der Villa auswies. In der Geldbörse einen Ausweis als Mitglied der Anwaltskammer, Bilder von Tochter und Ehefrau, Constanze hatte ihr einen Ring an den Finger gesteckt.

»So weit sind wir noch nicht, Liebste«, hatte Emilia gemurmelt, sich die Prozedur aber mit einem Grinsen im Gesicht gefallen lassen. Constanze war es auch, der Emilia ihren maskulinen Auftritt in Vollendung zu verdanken hatte. Sie hatte nämlich mit großer Entschlossenheit dafür gesorgt, dass Emilias Haare noch kürzer geschnitten und in Form gebracht wurden. Worüber Emilia selbstredend weniger amüsiert war. Bei aller Modernität liebte sie ihren Lockenkopf.

»Ich stecke mir die Haare hoch und trage einen Hut darüber«, meinte sie, doch damit gab sich Constanze nicht zufrieden.

»Das ist viel zu gefährlich! Wir dürfen nichts riskieren!« Und mit diesen Worten griff sie zur Schere und verpasste Emilia eine sehr männlich wirkende Kurzhaarfrisur, die sie anschließend mit Pomade und Tonis selbst hergestelltem Herrenparfum kunstvoll kämmte.

»Wenn das schiefgeht, ist Emilia ihre Zulassung los, bevor sie eine bekommen hat«, meinte Ida, als sie am Bahnhof dem abfahrenden Zug hinterherwinkten. »Ich werde ihr nie vergessen, dass sie das für mich riskiert.«

»Sie riskiert es für uns alle«, korrigierte Toni, die neben ihr stand und der Abfahrt mit gemischten Gefühlen beiwohnte. Seit die Urkunde mit Tante Cillis Vermächtnis »aufgetaucht« war, fühlte sich das Erbe täuschend echt an. Plötzlich war sie sich nicht mehr so sicher, ob Ida ihr nicht etwas verschwieg und es dieses Dokument sogar tatsächlich gab. Schnell wischte sie den unschönen Gedanken beiseite.

»Ich weiß, Toni, ich weiß.« Konnte Ida Gedanken lesen oder warum schaute sie sie jetzt so eindringlich an? »Es ist so: Ich habe nichts, ich bin ein Nichts. Die Villa und ihr, das ist alles, was ich noch in diesem Leben besitze.«

Sie liefen vom Bahnhof zurück zur Villa und machten einen Abstecher zum Englischen Garten. Nur noch wenige Menschen waren unterwegs, kein Wunder, es war ein frischer Tag, und der Himmel hatte sich noch nicht entschieden, ob es regnen sollte oder nicht.

»Das stimmt nicht, und das weißt du auch.« Hinterher wusste Toni nicht, woher sie diesen Mut nahm. Lauernd wartete sie darauf, dass Ida endlich erzählte, was mit ihr los war. Und mit wem sie sich heimlich traf und von wem sie schwanger war. Denn Toni war lange genug mit ihrer Mutter unterwegs gewesen. Von ihr hatte sie dieses untrügliche Gespür geerbt, wertvolles Hebammenwissen, das sie als Ärztin wunderbar gebrauchen konnte.

Ida nickte.

Es hätte die Gelegenheit sein können, dass die beiden Frauen endgültig Frieden schlossen. Toni hätte nur eine Frage mehr stellen müssen, dann hätte Ida vielleicht geredet, und Toni hätte ihr zugehört. Vielleicht hätte sie dann endlich verstanden, warum Ida ihr gegenüber immer wieder so abweisend war. Es brannte Toni auf der Seele, wie oft hatte sie darüber nachgedacht und sich den Kopf zergrübelt und nie eine Antwort gefunden. So aber schwiegen sie den ganzen langen Weg, bis sie endlich wieder vor der Villa standen. Der Villa Libertas, die sich in den letzten Wochen und Monaten nach außen hin so wenig verändert hatte, die Säulen immer noch so prächtig wie bei ihrer Ankunft im Frühjahr und hinten im Garten ein ertragreiches Kräuterbeet. Im Inneren hatte sich jede Menge getan. Anfangs noch schüchtern und zurückhaltend, waren die Frauen zu einer verschworenen Gemeinschaft zusammengewachsen. Dass sie jetzt alles daransetzten, Ida aus ihrer misslichen Lage zu befreien, war nur konsequent.

Um sich abzulenken, setzten sie sich an diesem Abend im Wintergarten an den Tisch, und Toni war froh darüber. Denn auch wenn die Damen in der Villa wohlweislich schwiegen, lauerten alle darauf, dass Toni von Georg erzählte, ihr waren die Blicke nicht entgangen. Zum Glück fragte keine, selbst Constanze nicht.

Auf Vorschlag von Ida spielten sie Doppelkopf, was Maria für eine »depperte Idee« hielt, weil sie bei diesem Spiel ständig verlor. Toni steuerte einen Selbstgebrannten bei, die Verliererin musste nach jeder Runde auf Emilias Reise anstoßen. Als dann kurz vor Mitternacht das Telefon klingelte, zuckte Ida nervös zusammen. Doch es war nur eine Dame vom Frauenverein, die eine Frage wegen der anstehenden Demonstration hatte, und beim zweiten Mal eine junge Frau, die sich verwählt hatte.

»Verwählt, das kann sie dem Papst erzählen«, räsonierte Maria, die die Karten mischte. »Die wollte uns bestimmt nur ausspionieren.«

»Sei nicht so misstrauisch«, beschwichtigte Constanze. Mit roten Wangen hielt sie ihr Blatt in der Hand, sie hatte bisher nicht eine Runde verloren. Toni fragte sich, woher sie das Spiel so gut beherrschte, war es weiß Gott nicht etwas, was sich für ein junges Mädchen aus besserem Hause schickte.

»Beim nächsten Mal ist Emilia dran«, meinte Ida, und sie sollte recht behalten. Allerdings rief diese erst drei Tage später an. Da hatte sich für Toni abermals alles verändert.

***

»Ach Gott, was sind die Männer dumm!«, hallte es durch die Villa, die Musik übertönte sogar das Knallen der Sektkorken und das Klirren der Gläser. Wieder und wieder spielte die Nadel vom Grammofon Idas Lieblingsschlager, den sie sich für heute Abend herausgesucht hatte. *Die Männer sind alle Verbrecher, ihr Herz ist ein finsteres Loch …*

»Ich bin so stolz auf dich«, prostete Ida jetzt Emilia zu, sie stand bedrohlich schwankend auf einem Stuhl. »Ohne dich und dein mutiges Handeln wären wir heute nicht hier! Wäre *ich* heute nicht hier!«

Kein Wunder, dass Ida allerbester Laune war. Emilia hatte in Hamburg einen starken Auftritt hingelegt und Idas Ex-Mann, ohne mit der Wimper zu zucken, Tante Cillis Testament präsentiert. Zudem hatte sie ihm wegen Verleumdung eine Klage der bayrischen Anwaltskammer vorgelegt. Daraufhin war der ehemalige Göttergatte sehr einsilbig geworden, hatte eine Entschuldigung gestammelt und geschworen, Ida fortan in Ruhe zu lassen. Emilia setzte sogar noch eins drauf: Sie war so forsch gewesen, ihm das alleinige Sorgerecht für die Tochter abzusprechen und ein Verfahren angedroht. Jeder wusste, wie ausweglos das war, doch einen Versuch war es wert gewesen. Irmi, Anni, Berta, alle im Raum versammelten Frauen klatschten begeistert Beifall und waren sich einig darüber, dass Emilia einen historischen Sieg errungen hatte.

»Ein kleiner Schritt für dich, ein großer für die Frauenbewegung!« Maria war ebenfalls ganz aus dem Häuschen, sie sah endlich Cillis Lebenswerk gesichert. Glücklich zog sie abwechselnd Emilia und Toni in ihre Arme. Letztere feierte mit den anderen ausgelassen mit, schließlich hatte auch sie ihren Teil dazu beigetragen. Maria hatte recht: Es fühlte sich großartig an! Da hob Ida abermals ihr Glas.

»Ich habe euch noch etwas zu verkünden«, rief sie und strahlte über ihr ganzes Gesicht.

»Jetzt sag nicht, du hast dich verlobt?« Maria starrte sie entgeistert an.

»Wer ist denn der Glückliche?« – »Hab ich's doch gewusst!«, tönten etliche Stimmen durcheinander.

»Ich und verloben? Ich mach den gleichen Fehler nicht noch mal!« Ida schüttelte mit gespielter Empörung den Kopf, dass ihr eine Strähne ins Gesicht fiel. So froh und gelöst hatte Toni sie seit ihrer Ankunft in München noch nie erlebt.

»Jetzt mach es nicht so spannend, wir wissen es längst.« Es klang bissig, und vielleicht war es auch so gemeint. Unbedacht war es Toni einfach über die Lippen gerutscht, aber sie hatte die Nase voll von Idas Geheimniskrämerei. Ihre Übelkeit, ihre durchweinten Nächte. Dann wieder diese Anspielungen und ihr Machtgehabe bei Tag. Die Art und Weise, wie Ida ihre Damenpension führte und wie eine Löwin ihre Mädchen beschützte. Sich für die Waisenkinder einsetzte und so ein Gewese darum machte, was eigentlich selbstverständlich war. Wie sie Toni ihr Desinteresse spüren ließ und gleichzeitig ihr gegenüber die Mütterlichkeit in Person war.

»Ich bin sehr, sehr froh«, rief sie und ging gar nicht weiter auf Tonis Bemerkung ein. »Gönnt mir mein Glück. Ich werde wieder Mutter!«

»Was?« Maria schüttelte den Kopf, während Constanze leichenblass wurde. Ringsum verstummten die Gespräche, auch

Emilia blieb der Mund offen stehen. Dann applaudierte sie als Erste. »Wie großartig, herzlichen Glückwunsch! Von Herzen!« Und mit diesen Worten fiel sie Ida um den Hals, während das Grammofon dröhnte. *Wer wird denn weinen, wenn man auseinandergeht, wenn an der nächsten Ecke schon ein andrer steht …*

Nur langsam erwachten die umstehenden Damen aus ihrer Schockstarre, um Ida zu gratulieren. Dass eine Frau in Idas Alter Mutter wurde, ging selbst den fortschrittlichsten unten ihnen einen Schritt zu weit. Allen voran Maria.

»Ich verstehe dich nicht, Ida! Warum gehst du nicht zu unserer jungen Frau Doktor und lässt dich beraten! Das muss nun wirklich nicht sein. Toni, du kennst dich doch aus?«

»Mag sein.« Toni schluckte, nur zu gerne hätte sie endlich gewusst, wer der Vater war. Ganz kurz blitzte der Gedanke auf, ob nicht Georg gleich drei Frauen an der Nase herumführte. Zaghaft schüttelte sie Ida die Hand.

»Guck nicht so gouvernantenhaft«, meinte Ida zu Maria. »Ich hätte dich für emanzipierter gehalten. Seit wann ist eine Frau zu alt zum Kinderkriegen? Du weißt ja gar nicht, wie sich das anfühlt, Mutter zu sein. Wie sehr ich meine Tochter vermisse … Dieses Kind wird ganz alleine mir gehören. Ich brauche keinen Mann, der mir als Vater in die Erziehung hineinredet. Es ist mein Körper. Und ganz allein meine Entscheidung.«

»Felicidades! Ich helfe dir dabei. Ich werde die beste Tante sein, die München je gesehen hat!«, meinte Emilia und hob ihr Glas.

»Heißt das, du gehst nicht zurück nach Spanien?« Toni runzelte die Stirn.

»No. Nunca jamás.« Emilia schüttelte den Kopf. Dann griff sie nach Idas Händen. »Danke, dass ich für dich nach Hamburg reisen durfte. Mir ist klar geworden, dass ich mit Leib und Seele Anwältin bin! Und wenn ich mich in Zukunft als Mann verkleiden muss, um gehört zu werden: Ich will und werde etwas an den Gesetzen ändern. Ich werde alles dafür tun, damit ich eines Tages als Richterin arbeiten kann.«

»Mein liebes Kind!« Ida drückte sie gerührt an sich, während die anderen Damen abermals applaudierten, allen voran Toni, die vor Stolz über die Heldinnentat ihrer Freundin beinah platzte. Ausgelassen prosteten sie sich zu – und feierten die ganze Nacht.

Liebes Kind,

was ist das für ein Versprechen: bis dass der Tod euch scheidet! Aber ich habe Ja gesagt, als ich gefragt wurde: Ida, willst du Wilhelm Petersen, den Gott dir anvertraut, als deinen Ehemann lieben, achten und ehren und die Ehe mit ihm nach Gottes Gebot und Verheißung führen, in guten und schlechten Tagen, bis der Tod euch trennt, so antworte: Ja, mit Gottes Hilfe. Und ich habe Ja gesagt, eingewilligt in diese Ehe mit diesem Mann. Wie sehr haben mir seine Avancen geschmeichelt. Jung, wie ich war, haben mich seine Geschenke gerührt, Blumen, Pralinen ... Wie charmant und aufmerksam er war, meine Freundinnen haben mich um ihn beneidet. Meine Eltern haben es so über mich verfügt, insbesondere meine Mutter hat die Vermählung vorangetrieben. Sie wollte Schande als »spätes Mädchen« von mir abwenden, doch die Ehe wurde zu meinem Schaden.

Was ist das für eine Mutter, habe ich oft gedacht, die ihre eigene Tochter die gleichen Fehler wiederholen lässt, wie sie sie selbst erdulden musste? Denn ist es nicht so, dass Mütter das beste Vorbild für ihr Kind sein sollten? Deswegen bin ich geschieden. Deswegen kämpfe ich Tag für Tag für ein besseres Frauenleben.

Oft habe ich darüber nachgedacht, was passiert wäre, hätte ich damals vor dem Traualtar Nein gesagt. Ich, in meinem schlichten weißen Kleid, den Myrtenkranz im verschleierten Haar. Aufgeregt war ich, ich erinnere mich an jeden Herzschlag, wie ich mit tränenerstickter Stimme mein Jawort gab, wie meine Hände zitterten, als er mir den Ring ansteckte.

Noch mehr, als er mir später im Halbdunkel das Nachthemd hochschob, das mit der Bordüre und dem Monogramm, sorgsam bestickt in abendlichen Stunden für diesen einen ersten Moment. Und dann ging alles ganz schnell, ich will mich nicht daran erinnern, es war nicht schön. Ich weiß nicht, was ich erwartet hatte, doch da war nur Schmerz. Beim ersten Mal wie all die anderen Male danach. Du liegst da, machst die Augen zu und hoffst, dass es vorübergeht, je weniger du dich wehrst, desto weniger tut es weh.

Und jetzt ... jetzt habe ich diesen wunderbaren Mann getroffen, der einfühlsamer nicht sein könnte. Der nicht nach Schnaps und Zigarre riecht. Der mich berührt, jeden Quadratzentimeter meiner Haut aufs Zärtlichste erkundet und mir Zeit gibt, mich zu öffnen. Intensive Stunden voller Liebe, die mich heilen und zum zweiten Mal Mutter werden lassen. Ist es egoistisch von mir, dass ich mich auf mein Baby freue? Du fragst dich bestimmt, wie das geht, zwei Kinder gleich lieb haben. Sei versichert: Liebe wird nicht weniger! Wie schön wäre es, euch beide bei mir zu haben, du würdest mit deinem kleinen Geschwisterchen spielen, bei den Ausfahrten neben dem Kinderwagen herlaufen ... Hab keine Sorge, ich bin noch nicht zu alt dafür. Ich fühle mich gesund wie noch nie in meinem Leben. Außerdem gibt es ja Toni. Welch Glück, dass sie die geborene Frauenärztin mit Leib und Seele ist! Die Mischung aus Hebammenwissen, Heilkundlerei und Medizinstudium macht sie zur besten Ärztin, die man sich nur wünschen kann. Wie viel lieber lass ich mich von einer Frau untersuchen als von einem Mann. So einfühlsam und zugewandt ist sie, sie kennt sich ja selbst am besten und muss ihre Handlungen nur spiegeln. Ich weiß, dass ich ihr das Leben in München in den letzten Wochen und Monaten nicht immer leicht gemacht habe, und das tut mir aufrichtig leid. Ab sofort werde ich alles dafür tun, damit sie hier in München bleibt. Wenn sie zurück in ihr Bergdorf ginge, wäre das verschenktes Talent. Sie kann ja auch nicht ahnen, was Cilli in ihrem Testament noch verfügt hat … Jeder hat eine zweite Chance verdient, ich auch. Dafür bin ich unendlich dankbar. Das Kind, das in meinem Leib heranwächst, gibt mir jeden Tag aufs Neue Lebensmut und lässt mich erstrahlen. Mein Herzenskind, wenn du mich sehen würdest, wüsstest du, was ich meine.

18

Kein Zurück

Wüsstest du auch nur um die Hälfte
der außergewöhnlichen unbesonnenen Dinge, die ich tue,
du würdest gewiss dem Gedanken zuneigen,
dass irgendein Zauber auf mir liegt.

Ada Lovelace (1815–1852)

»Du siehst glücklich aus«, meinte Emilia, und da war Toni, abgesehen von Ida, an diesem Morgen die Einzige in der Damenpension. Berta, Irmi und Anni hingen mit grünen Gesichtern über ihrem Frühstück, und Maria schien mit ihrer Tasse in der Hand eingeschlafen zu sein. Spät war es letzte Nacht geworden, unzählige Gläser standen noch herum, und die Schallplatte im Grammofon drehte sich immer noch.

»Es war so ein schöner Abend! Und haben wir nicht alle großes Glück, hier in der Villa Libertas zu sein?« Gut gelaunt bediente sich Toni an Toast und Marmelade. Wie gut sie es hier hatte! Es waren Momente wie diese, in denen sie sich partout nicht vorstellen konnte, jemals wieder in der Abgeschiedenheit der Berge zu leben. Hier in München war das pralle Leben, hier konnten die Frauen im Kleinen und Großen die Welt verändern, und Toni machte es stolz, ein Teil davon zu sein.

»Das haben wir, liebe Toni«, antwortete Ida. Über den Tisch griff sie nach ihrer Hand, eine ungewöhnliche Geste. »Ich bin froh, dass du hier bist, und hoffe, du bleibst für immer in München. Was wäre die Villa Libertas ohne dich!«

»Für immer?« Toni verschluckte sich an ihrem Kaffee, der eher Wasser mit Geschmack war, schon dreimal aufgebrüht. Dann straffte sie die Schultern. »Das wird nicht gehen! Ich habe versprochen zurückzukehren, so liebend gerne ich bei euch bliebe.«

Constanzes »Von mir aus kannst du gehen« überhörte sie geflissentlich. Längst hatte Toni aufgehört, ihren Worten Glauben zu schenken. Letzte Nacht noch hatten sich Ida und Constanze lautstark gestritten. Gebrüll und Heulkrampf, eine lauter als die andere. Leider hatte Toni kein einziges Wort verstanden. Und obwohl sie die Neugier unterm Mieder plagte, war sie in ihrem Bett liegen geblieben, statt die Treppe hinunterzuschleichen und nachzuhorchen, worüber die beiden so zu streiten hatten. Auf die Idee, Constanze zu trösten, war sie diesmal nicht gekommen.

Längst wusste sie nicht mehr, was sie ihr glauben sollte und was nicht. Erst die Geschichte ihrer Zwangsverheiratung, dann die Sache mit diesem Michl, und schließlich dachten alle, dass sie Frau Doktor Bender wird. Natürlich hatte Constanze ein gestörtes Verhältnis zur Realität, dessen war sich Toni längst bewusst. Nur hatte das Ida bisher nicht wahrhaben wollen. Umso überraschter war sie nun über deren Sinneswandel.

»Musst du ja nicht heute entscheiden«, meinte Emilia und gähnte herzhaft. Dankbar nickte ihr Toni zu, schließlich wusste die Freundin um das Versprechen und wie sehr sich Toni daran gebunden fühlte.

»Es ist besser, jetzt schon an deine Zukunft zu denken«, beharrte Ida. »Du hast mir doch von Frau Doktor Heuser erzählt … und Georg …« Weiter kam sie nicht.

»Es geht nicht.« Mit einem Ruck sprang Toni auf, riss dabei ihre Tasse vom Tisch. »Ich hab meiner Mutter versprochen zurückzukehren.« Nie im Leben dürfte sie in München bleiben. Schon gar nicht wegen Georg.

»Deiner Mutter?« Ida schüttelte ungläubig den Kopf. »Toni, wach auf! Keine Mutter will, dass ihr Kind auf sein Glück verzichtet. Du besitzt so viel Talent, du bist jetzt schon eine hervorragende Ärztin, sie wäre stolz auf dich. Ich kenne niemanden mit so viel Sachverstand und Einfühlungsvermögen. Und was du hier in München noch alles erreichen kannst, weißt du selbst. Sei doch ehrlich zu dir!«, schob sie hinterher.

Längst standen in Tonis Augen verzweifelte Tränen, alles in ihr schmerzte. Gerade noch war sie so glücklich gewesen, und jetzt?

Tief in ihrem Herzen wusste sie, dass die folgenden Worte ein Fehler waren, den sie bald bitter bereuen würde. Sie hatte keine andere Wahl.

»Ich muss. Ich muss.« Sie rief es gehetzt, es klang auch trotzig. Dann rannte sie hinaus in den Garten, das Atmen wurde eng. Doch die Luft bereitete ihr Kopfschmerzen und noch mehr Enge, der Föhn wieder einmal. Also stürmte sie wieder an der verdutzten Frühstücksgesellschaft vorbei, die Treppe hinauf in ihre Kammer.

Die Decke über den Kopf gezogen lag sie da, in ihrem Bett vergraben, und wollte niemanden hören und sprechen, selbst Emilia nicht, die wenig später besorgt an die Tür klopfte.

»Bitte, sprich mit mir, Toni! Ich sehe, dass es dir nicht gut geht … Ida meint es nur gut mit dir … Wir merken doch alle, wie hin- und hergerissen du bist. Du musst heute nichts entscheiden, das hat noch Zeit!«

»Ich habe mit ihm geschlafen«, schniefte Toni. »Das ist doch schon eine Entscheidung. Aber ich kann hier nicht bleiben, verstehst du das nicht?«

»Schon klar, dein Versprechen«, Emilia winkte ab. Dann küsste sie Toni ins Haar. »Jetzt beruhige dich erst mal ...«, redete sie auf die Freundin ein. Die lag igelgerollt im Kissen und schaute noch nicht einmal hoch. Irgendwann gab Emilia auf. Toni hörte, wie sie draußen im Flur mit Ida beratschlagte, was zu tun sei, und hoffte, die beiden würden sie für die nächste Zeit in Ruhe lassen. Am besten für immer. Alle Kampfeslust in ihr war erloschen, die Toni, die sich gerne mit den Burschen anlegte und, wenn es darauf ankam, auch einen Bären verjagte, verspürte keine Kraft mehr. Einen Willen erst recht nicht.

Kurz darauf trat Constanze mit einer Schüssel Milchreis zu ihr ans Bett, liebevoll Zimt und Zucker darübergestreut, und als Toni immer noch nichts anrührte, geschweige denn einen Ton von sich gab, war es Maria, die ihr mit energischer Miene die Decke wegzog.

»Wenn Cilli dich hier sähe! Weißt du, sie hat es in ihrem Leben auch nicht leicht gehabt. Wie oft hat sie ihre Entscheidung rechtfertigen müssen, nach dem frühen Tod ihres Mannes nicht wieder in den sicheren Hafen der bürgerlichen Ehe hineingesegelt zu sein. Stattdessen lebte sie mit einer Frau zusammen. So viele Anfeindungen, so viel Gegenwind, das glaubst du nicht. Doch Cilli ist dem Ruf ihres Herzens gefolgt, sie hatte ein Ziel: ein gerechtes und selbstbestimmtes Leben für Frauen! Das hat ihr Kraft gegeben. Sie hat ihre Stimme erhoben, sie hat sich getraut, gegen die bürgerlichen Konventionen zu kämpfen, jeden Tag. Deine Tante Cilli war eine mutige Frau! Ganz bestimmt hätte sie nicht gewollt, dass du deine Zukunft für ein Versprechen verspielst, das du zu einer Zeit gegeben hast, die längst vorbei ist. Du warst ein Kind damals, Toni, vergiss das nicht!«

Toni schien ihr nicht zuzuhören. Teilnahmslos ließ sie Marias gut gemeinte Tirade über sich ergehen. Maria hatte ja keine Ahnung, wie schuldig sie sich gegenüber ihrer Mutter fühlte. Sie wusste nicht, wie dieses Gefühl einen gleichermaßen beflügeln und zerreißen konnte. Wenn es sich anfühlte, als würden zwei Herzen gleich schnell schlagen und sich dabei gegenseitig überholen wollen. Auf der Suche nach ihrem Platz im Leben stolperten sie vor sich hin, schlugen mal diese, mal jene Richtung ein und wussten nicht, wohin sie gehörten. Nie zuvor in ihrem Leben hatte sich Toni so hilflos und alleingelassen gefühlt. Die gut gemeinten Ratschläge von Ida, die mahnenden Worte von Maria, die einfühlsamen Gesten von Emilia, selbst die besorgten Blicke von Constanze vermochten sie nicht zu trösten, geschweige denn ihr einen Weg aus der Traurigkeit zu zeigen. So blieb Toni einfach liegen, die Augen starr an die Decke geheftet, und versuchte, das schmerzhafte Klopfen in ihrer Brust zu ignorieren, das irgendwann den Kopf erreichte und ihn schier zum Zerspringen brachte. Erst als der Kater nach seinem Streifzug heimkehrte und flugs die Treppe hinauf zu Toni eilte, wo er sich neben ihr auf dem Kopfkissen zusammenrollte, zuckte sie mit den Lidern.

»Lavendeltee wäre gut, was, Katerchen?«, murmelte sie und fühlte sich dennoch zum Aufrichten zu schwach. Die Antwort war ein beruhigendes Schnurren, und das wiederum machte, dass sich Toni noch enger an sein warmes Fell kuschelte.

In ihren Träumen rasten die Bilder durcheinander. Erinnerungen an das heimatliche Dorf wechselten sich ab mit Sequenzen aus dem Seziersaal, blassbleiche Körper und Fettgeschwulste, Klammern, Nierenschalen, dazwischen wieder Tannenzapfen, Enzian und ein Bär, der friedlich auf der Wiese saß und Honig naschte. Es war ein wilder Fiebertraum, der Toni heimsuchte und sie von der Wirklichkeit trennte, die viel weniger grausam war als die Gedankenfetzen, die ihr Unterbewusstsein in jenen Tagen hervorspülte. Hätte sie nur einmal die Augen geöffnet und wahrgenommen, welche Sorgen sich Ida um ihren Zögling machte, all ihrer kritischen Worte zum Trotz!

Constanze und Emilia, die sich in der Nachtwache mit Maria abwechselten. Ihr die fiebernasse Stirn trocken tupften und das durchgeschwitzte Nachthemd wechselten, den Nachttopf sowieso.

Wie oft Georg an ihrem Bett kniete, ihre Hand hielt und liebe Worte flüsterte. Sogar Aspirin hatte er auf Idas Bitten hin mitgebracht, jenes Medikament, das vielversprechend schmerzstillend, entzündungshemmend und fiebersenkend wirkte. Toni protestierte nur schwach, als er es ihr einflößen wollte, Tabletten waren ihr zuwider. Erst als Georg ihr erklärte, dass es sich um den altbewährten Wirkstoff der Weidenrinde handelte, trank sie das Glas tapfer leer. Dennoch schüttelte sie das Fieber ordentlich durch, das Medikament schien kaum zu helfen. Denn Toni fehlte es ja an nichts. Im Gegenteil, das Zuviel an Möglichkeiten machte sie krank. Die Bürde des Versprechens, zu dem es keine Alternative gab und nur eine Antwort. Die Liebe, die sie fühlte, und die nicht sein durfte. Kein Wunder, dass Träume sie heimsuchten, angefeuert von dem Fieber, das in ihr wütete. Bilder der Vergangenheit heraufbeschworen, die sie längst vergessen zu haben glaubte. Im Traum flossen Erinnerung und Gegenwart zusammen, vermochte sie nicht zu unterscheiden zwischen Idas kühlender Hand auf ihrer Stirn und der Hand des Vaters, wie sie gemeinsam durch den Winterwald stapften, die kleine in der wärmenden großen geborgen. Da war trotz des Fiebers diese bibbernde Kälte in ihr, verursacht durch die nasse Kleidung, nachdem sie in den Gebirgsbach gefallen war, rettend herausgezogen von der Mutter in letzter Sekunde. Wieder umfingen sie warme Arme, packten sie sorgam auf den Schlitten, drückten ihr die Mütze tiefer in die Stirn. Die Mutter zog sie eilig den Weg entlang, den die Ruttner passierbar gemacht hatten, bald standen sie vor einer eingeschneiten Hütte. Sie kamen gerade noch rechtzeitig. Die Gebärende schrie, neben dem Köpfchen des Kindes lugte ein Ärmchen hervor, die Faust geballt, doch es ging nicht voran. Die Umstehenden standen hilflos dabei, der Pfarrer betete schon. Da zögerte die Mutter nicht eine Sekunde und warf sich in voller Montur auf den Bauch, um das Baby kraft ihres Ellenbogens bei der nächsten Wehe herauszuschieben. Kurz darauf ließ das neue Leben einen empörten Schrei in die Welt, und alle lachten erleichtert, der Priester lobpreiste den Herrn. Toni aber sah das Glück der jungen Mutter, die ihr Neugeborenes an ihre Brust nahm und innig herzte. Nie im Leben würde sie vergessen, als sich da ihre Blicke kreuzten, rein und glänzend, beinah lag ein heller Schein darin.

»Es ist die schönste Gabe«, sagte die Mutter später schlicht, der Tonis stille Freude nicht entgangen war. Da waren sie auf dem Heimweg ins Tal, und es dämmerte schon. Glücklich lehnte sie im Schoß der Mutter, die sicher den Schlitten den Hang hinab durch den Pulverschnee steuerte und in den Kurven mit den Füßen bremste.

»Das will ich auch«, antwortete Toni damals, nicht genau wissend, wie sie das meinte. Ein eigenes Kind oder den gleichen Beruf wie die Mutter ausüben, unzähligen Müttern in der Stunde der Geburt zur Seite stehen, Leben in die Welt bringen.

Nur wenige Jahre später erhielt Toni Klarheit, musste sie auf schmerzvollste und traurigste Weise ihre Berufung erfahren. Die Erinnerung an die sterbende Mutter war seitdem ihr beständiger Begleiter geworden, in guten Stunden der Antrieb, das anspruchsvolle Medizinstudium samt Anfeindungen durchzustehen.

In schlechten Stunden quälten sie Albträume, durchlitt sie mit Schuldgefühlen die elendigen Stunden, in denen sich die Hand des Todes nach der Mutter ausstreckte. Wie nach und nach die Schmerzensschreie leiser wurden und schließlich verstummten, bis schließlich nur ein friedliches Lächeln auf ihren Lippen lag.

Tonis Miene war alles andere als friedlich. Sie wusste, sie hatte eine Entscheidung zu treffen. Zwischen dem Leben in der Stadt und ihrem Versprechen. Denn je länger sie hierbliebe, desto schwerer wäre der Schritt zurückzugehen. Georg zu verlassen, den sie von Herzen liebte.

»Was soll ich nur tun? Wenn ich dich nur mitnehmen könnte, Katerchen«, meinte sie und drückte die Katze an sich, die sich sträubte und dann fortsprang. »Du gehörst nach München, in den Bergen würdest du dich nur verirren.«

So wie ich mich einst hier in der Stadt immer verlaufen habe, fügte Toni in Gedanken hinzu. Zu Hause kenne ich jeden Stein, jeden Weg durchs Gebirge. Auch wenn die Routen uneben und gefährlich waren, mitunter steil und am Abgrund entlangführten, ich habe jedes Mal nach Hause gefunden.

Dann lauf los, Toni. Mutig voran, wovor hast du Angst? So kenne ich mein Kind nicht, Feigheit liegt dir nicht im Blut, aber die Freiheit! Du hast deine Wurzeln bei uns in den Bergen, und du kannst jederzeit zurückkommen. Aber dein Platz ist in der Welt! Die Zukunft gehört dir!

Und sage nicht, das ist nur, weil du es mir versprochen hast. Was für eine Mutter wäre ich, würde ich das von dir verlangen, ich sehe, wie dein Herz brennt! In Wahrheit traust du dich nicht, zu deiner Entscheidung zu stehen, die du längst getroffen hast. Du spürst es doch selbst: Deine Seele hat deinem Körper einen Auftrag gegeben. Er ist krank, liegt matt darnieder, weil in dir ein Kampf tobt, den du längst verloren hast, weil DU die Gewinnerin bist. Dein Körper ist nur deswegen krank, damit du endlich hörst, was dein Herz dir zu sagen hat.

Welche Chancen du in der Großstadt hast! Jedes Menschenleben zählt, und ich weiß, du wirst Möglichkeiten in der Medizin entdecken, unzähligen Frauen helfen. Du kannst ausprobieren, deinen Ideen Taten folgen lassen, die Welt verändern.

Gemeinsam mit den anderen Frauen, die sich für Gerechtigkeit und Emanzipation einsetzen. Und viel wichtiger: Du wirst an der Seite eines Mannes glücklich werden, der dich aufrichtig liebt. So wie du bist. Der dir deine Freiheit lässt und dich nicht in der Ehe unterjochen wird, sondern dich als ebenbürtig ansieht und wertschätzt.

Mit einem Ruck richtete sich Toni auf. War das die Mutter, die zu ihr gesprochen hatte? Mit angehaltenem Atem horchte sie in sich hinein. Ja, das war ihre Stimme. Die Stimme, die sie hören wollte, die sie von dem Versprechen erlöste und ihren wirren Gefühlen endlich die richtige Richtung wies. Sollte diese Qual, dieses Hin und Her der Gedanken endlich ein Ende haben? Für einen Moment hielt Toni inne, spürte dem Widerhall ihrer Worte nach, konnte ihr Glück immer noch nicht fassen.

Vorsichtig schälte sich Toni aus den Daunen, Emilia hatte es gut gemeint und sie sorgsam zugedeckt. Dann lief sie, nur mit der Strickjacke bekleidet, im Dunkeln hinunter in den Wintergarten, wo sie leise die Flügeltür öffnete und hinaus in den Garten trat. Im Mondlicht zeigten die Sträucher bizarre Schatten, irgendwo raschelte eine Maus, und ganz bestimmt war auch der Kater nicht weit. Unbeirrt lief Toni hinaus zu ihrem Kräuterbeet, wo sie sich niederkniete und ein paar Zweige Rosmarin zupfte. Vorsichtig zerrieb sie die Nadeln zwischen Daumen und Zeigefinger. Sie rochen nach Leben.

Liebes Kind,

ich mache mir Sorgen um Toni! Sie hat sich in etwas verrannt, und ich fürchte, es ist nicht zu ihrem Besten. Noch ist es nicht zu spät, die richtige Entscheidung zu treffen. Ich verstehe die Qual in ihrem Herzen, ich verstehe ihre Sehnsucht, es allen recht zu machen. Dabei muss sie es sich selbst recht machen, sonst ist ihr Unglück programmiert. Ich weiß, wie sehr einen die Sehnsucht quält, die Traurigkeit im Herzen, die nie aufhört, auch wenn noch so viel Glück und Gutes um einen herum ist. Ich weiß, wie sich Zweifel anfühlen, ein Versprechen zu brechen, das man einmal gegeben hat. Tagelang, ach, über Wochen hinweg quälst du dich mit dem Gefühl der Traurigkeit, brichst bei jeder Gelegenheit in Tränen aus. Stimmen in deinem Kopf hageln Vorwürfe, an Ruhe und Schlaf ist nicht zu denken. Der Arzt diagnostiziert Hysterie, verordnet Medikamente, Mastdiät, Aderlass, herumdoktern an Symptomen. Dabei ist die Ursache so klar.

In Tonis Fall auch. Sie muss dem Ruf ihres Herzens folgen und in München bleiben. Was will sie mit den verkrusteten Strukturen ihres Heimatdorfes! Ich hoffe, sie trifft die richtige Entscheidung.

An der Seite von Georg wird sie eine wunderbare Ärztin sein. Jemand, auf den Münchens Frauen gewartet haben. Ihr Wille ist es, ihr wunderbares Wesen, das auf unnachahmliche Weise Wissen und Gefühl vereint. Naturheilkunde und Medizin, welch wunderbare Kombination! Nur so trifft eine Ärztin kluge Entscheidungen. Sobald sie die ersten Prüfungen abgelegt hat, darf sie den zweiten Brief von Cillis Testament öffnen. Dann wird sie erfahren, dass sie Geld geerbt hat, um damit eine Praxis zu eröffnen – in München. Cilli dachte sicher nicht daran, dass Toni gemeinsam mit Georg wirken wird. Aber so ist nun mal der Lauf der Dinge, wenn sich die eine in den Erben der anderen verliebt. Aber es war schon lange der Plan, dass Georg einmal die Praxis von Frau Doktor Heuser übernehmen wird, sein Adoptivvater, Marias Onkel, hat es so verfügt, sie ist seine Schwester. Ich bin mir sicher, den beiden steht eine glänzende Zukunft bevor. Es gibt doch nichts Schöneres, als Seite an Seite zu wirken, zum Wohle der Menschheit, im Dienst der Medizin.

Ach, ich bin so froh. Dann kommt endlich Ruhe in die Villa – und in mein Herz, mein geliebtes Kind.

19

Weil die Zukunft uns gehört

Wenn das Endziel der Frauenbewegung einmal erreicht ist, so wird es kein führendes Geschlecht geben, sondern nur noch führende Persönlichkeiten.

Helene Lange (1848–1930)

»Jetzt musst du es nur noch Georg sagen«, meinte Emilia. »Dios mío, wie ich mich freue!« Sie tanzte durch die Bibliothek, in der Hand balancierte sie drei dicke Folianten, die ganz bestimmt nicht aus Cillis Bestand stammten. Toni schüttelte sich grinsend. Was für sie der Pschyrembel war, war für Emilia das Bürgerliche Gesetzbuch. Auswendig lernen war alles.

»Wenn das so einfach wäre«, antwortete Toni, und gleichzeitig fühlte sie sich federleicht. Ida hatte ihr erzählt, wie besorgt Georg in den letzten Tagen über ihren Gesundheitszustand gewacht hatte. Seit sie ihren Entschluss gefasst hatte, ging es Toni von Tag zu Tag besser, und Georg war nicht unschuldig daran. Längst war die alte Unternehmungslust zurückgekehrt, längst studierte sie wieder in ihren Büchern und freute sich auf den Semesterbeginn. Der Hartenstein würde Augen machen, die Genugtuung, sie vergrault zu haben, gönnte sie ihm nicht. Toni konnte nur hoffen, dass sich die anderen Damen von seinem abscheulichen Gebahren ebenfalls nicht einschüchtern ließen. Im Gegenteil. Wenn sie die Zeichen richtig deutete, würden sie immer mehr werden. Keine wollte mehr zurück in kaiserliche Zeiten.

»Red nit.« Emilia hatte innegehalten und Toni am Arm gefasst. »Du lädst Georg einfach zu einer Fahrradtour ein, und dann erzählst du ihm alles.«

»Alles?«

»Claro! Als dein künftiger Mann muss er doch die Wahrheit wissen, oder?« Emilia blinzelte ihre Freundin provozierend an. Toni ging gar nicht weiter auf sie ein, längst schmiedete sie einen Plan, um sich mit Georg auszusprechen. Gleichzeitig fürchtete sie sich vor einer Aussprache, schließlich verbarg auch er ein Geheimnis vor ihr. Da es sich weder um Ida noch Constanze handelte, wie Toni ja mittlerweile herausgefunden hatte, musste es etwas ganz anderes, Schwerwiegerendes sein, und Toni hatte Angst davor.

Was hatte die Mutter ihr ins Ohr geflüstert: mutig voran! Als Erstes musste sie Ida sprechen, denn ohne Frage wusste diese mehr über Georg, also sie öffentlich zugeben wollte. Und es bestand immer noch die Option, dass das Kind von ihm war. Gerade, als sie zaghaft an Idas Tür klopfen wollte, polterte es an der Haustür.

Schnell lief sie, um die Tür zu öffnen. Wenn jemand so stürmisch klingelte, konnte es sich nur um einen Notfall handeln. Zu ihrer Überraschung stand Georg vor der Tür. Er hielt zwei Fahrräder an den Lenkern fest und lächelte ihr fröhlich entgegen. Dieser Mann war unglaublich! Konnte er Gedanken lesen?

»Ich freue mich, dass es dir wieder besser geht …«, meinte er, und Toni hörte seiner Stimme die Erleichterung an. »Ich bin hier, um dich zu einem Ausflug abzuholen.«

»Wen? Mich?« Toni starrte ihn ungläubig an. Träumte sie, oder hatte er das gerade eben wirklich gesagt?

»Los, jetzt guck nicht so! Worauf wartest du noch! Zieh dich an. Oder willst du ohne Mantel die Isar entlangradeln?«

»Rad fahren? Ich?«

»Mensch, Toni, wach endlich auf! Georg ist hier, um mit dir eine Radtour zu machen.« Ida war im Hausflur aufgetaucht, um den Gast zu begrüßen. Langsam drangen Idas Worte an Tonis Ohr, ergaben die einzelnen Worte einen Sinn. Da war etwas, was sie unbedingt noch wissen musste. »Und ... der Vater deines Kindes ...?«

»... ist nicht Georg!«

Als Toni endlich verstand, huschte ein Lächeln über ihr Gesicht.

»Warte, ich bin gleich so weit«, rief sie, drehte sich auf der Stelle um und stand kurz darauf in Hosenrock und dickem Pulli wieder vor Georg.

»Hast du das wirklich geglaubt?«, fragte er ohne Umschweife und hielt ihr den Lenker hin.

»Ich weiß langsam wirklich nicht mehr, was ich glauben soll«, entgegnete Toni, schwang sich auf das Rad und trat los, der verdutzte Georg kam ihr kaum hinterher.

Im Englischen Garten hatte er sie endlich eingeholt.

»Jetzt warte doch«, rief er keuchend. »Wir haben ganz viel Zeit!«

»Zeit wofür?«, antwortete Toni und legte noch einen Zahn zu.

Doch irgendwann ging auch ihr die Puste aus. Sie verlangsamte das Tempo und ließ sich ausrollen, längst fuhren sie durch die Isarauen. Schön war es hier, große Wiesen und Flächen luden im Sommer zum Verweilen ein, dort drüben lag das Frauenschwimmbad. So früh am Morgen und zudem im Herbst schien es viel zu kalt, um sich hier am Flaucherwehr niederzulassen. Zu Tonis Überraschung war das genau Georgs Plan.

»Warte«, sagte er, stoppte sein Rad und hob einen Korb vom Gepäckträger. Toni staunte nicht schlecht, als er Decken und Kissen auf der Wiese ausbreitete. »Magst du Holz sammeln?«

»Nichts lieber als das!«

Wie lange war es her, dass Toni schwere Holzblöcke gerollt und mit der Axt Feuerholz gespalten hatte. Im Sommer Holz für den Winter machen, die Holzscheite schichten, damit sie genügend Brennholz hatten. Toni hatte eine Weile üben müssen, bis sie die richtige Technik erlernt hatte. Heute brauchte sie sich nicht abzumühen. In der Aue lagen genügend Äste und Zweige herum, die Toni einfach unter den Arm raffte.

Wenig später wärmten sie sich am Feuer die Hände. Georg hatte sorgsam eine Decke um ihre Schultern gelegt, doch Toni war nicht kalt. Die Wiederbegegnung mit ihm ließ sämtliche Gefühle auflodern. Als wäre es gestern gewesen, fühlte sie seine Nähe, spürte sie seine Hände auf ihrem Körper, seinen Atem in ihrem Gesicht. Georg war bei ihr. Wie sehr sie ihn vermisst hatte! Unmerklich rutschte sie noch ein Stückchen enger an ihn heran und meinte selbst durch ihre Wolljacken die Wärme seiner Haut zu spüren. So saßen sie Schulter an Schulter gelehnt und schauten in das prasselnde Feuer, und keiner wusste, wie er anfangen sollte. So viel war geschehen, so viel zu erklären, und alles musste noch gesagt werden.

Georg fing sich als Erster.

»Ist es wahr, du willst zurück in die Berge? Du hast im Fiebertraum davon gesprochen ...« Mit einem langen Ast stocherte er im Feuer herum, dass die Funken stoben.

»Du willst mich ja nicht«, antwortete sie halb scherzend, halb ernst. »Ich dachte, unser Tanz ... und danach war nur ein ... Versehen. Außerdem hast du dich mit Constanze und Ida getröstet«, fügte sie provozierend hinzu. Selbst wenn Ida mit ihrer Vermutung recht haben sollte, dass Constanze eine Wahrnehmungsstörung hatte, blieb es trotzdem bei der Tatsache, dass Georg sich mit Constanze getroffen hatte. Und sie musste endlich wissen, was da los war.

»Du täuschst dich, Toni, Ida ist wie eine Mutter für mich … Und Constanze habe ich ins Tanzcafé ausgeführt, weil sie so gebettelt hat. Du weißt, wie labil sie ist! An jenem Tag wirkte sie so verzweifelt.«

»Also doch getröstet«, entgegnete Toni bissig.

»Was willst du, Toni?« Georg schaute sie offen an, sodass sie unangenehm berührt zusammenzuckte und ein Stück von ihm abrückte. »Erst vergräbst du dich hinter deinen Büchern und bist für niemanden erreichbar. Dann ziehst du mich in deine Gefühlswelt und bringst mir Schwimmen bei, ich dachte, wir zwei … Als dein Verlobter zurückkehrte, habe ich verstanden, dass da kein Platz für mich ist. Weißt du, wie verzweifelt ich war? Dann tauchst du auf dem Herbstfest auf, wir erleben diese unglaubliche Nacht, du wirst krank … Immer wieder stößt du mich zurück!«

»Ich dich?« Empört sprang Toni auf. »Wer hat sich wochenlang nicht in der Villa blicken lassen?« Georgs Fürsorge war rührend, sie liebte ihn dafür, wie er hier für sie ein Picknick bereitete. Tee aus der Thermoskanne und süße Brezn. Diese Vorwürfe jedoch waren unglaublich ungerecht.

»Du weißt, warum«, wiederholte er und richtete sich ebenfalls auf. »Jemand hat mich an der Universität verraten, ich *musste* untertauchen. Wie ich höre, hast du mich in der Zwischenzeit tüchtig vertreten. Und außerdem … Nach dem Tod meiner Eltern hatte ich geschworen, niemals zu heiraten, um mich voll und ganz in den Dienst der Medizin zu stellen.« Georg machte eine Pause, atmete tief durch, und Toni verstand. Auch er hatte ein Geheimnis, ein Versprechen, das ihn unfrei machte. »Seit wir uns getroffen haben, weiß ich, dass ich das mit dir an meiner Seite viel besser kann. Ohne dich bin ich nicht ich. Du bist doch alles, was ich will.«

Georg stand jetzt Toni ganz dicht gegenüber. So dicht, dass sie die vielen Fragezeichen in seinen Augen lesen konnte. Wie verletzt er wirkte, als ob er Angst hätte vor dem, was er als Nächstes zu ihr sagte, und noch mehr vor ihrer Antwort.

»Bitte, Toni, bitte sag mir, dass du bei mir in München bleibst. Für immer. Bei mir. Mit mir gemeinsam eine Praxis eröffnen wirst!« Georg griff nach ihren Händen, seine Augen ruhten warm und liebevoll auf ihr, voll hoffender Erwartung. Auf den Grund ihrer Seele blickten sie, sie wussten alles.

Toni taumelte, lehnte ihren Kopf an seine Schulter, bevor sie ihm antwortete. »Du und ich ... vom ersten Augenblick an, seit wir uns damals um Emilia gekümmert haben, oder?«, flüsterte sie. Wie lang schien das schon her! Und doch erinnerte sie sich an jede Sekunde, wie sie ihm damals im strömenden Regen durch München gefolgt war.

»So ist es, liebe Toni!«, erwiderte Georg mit fester Stimme und zog sie noch inniger in seine Arme.

»Ich wollte zurück ... doch jetzt ... Ich habe mich anders entschieden.« Toni hob den Kopf, in ihren Augen spiegelte sich der Feuerschein. »Weil ... Ich gehöre nach München. Zu dir.«

Obwohl es bald ungemütlich wurde und das Feuer erlosch, froren sie nicht. Wie auch, das Glück wärmte sie, machte sie von Herzen froh. Mit der Gewissheit, nie wieder ohne den anderen sein zu müssen, träumten sie Seite an Seite von ihrer Zukunft.

»Warum gibt es nicht mehr Männer wie dich«, seufzte Toni und musste an Franzl denken, für den eine Ehe mit einer arbeitenden Frau nicht infrage kam.

»Damit du mir untreu werden kannst?« Georg kniff ihr

scherzhaft in die Wange. »Glaub mir, ich wünschte mir auch, es gäbe mehr liberale Zeitgenossen. Dann hätten wir es alle einfacher. Ich müsste mich nicht ständig mit Burschen wie Quirin oder Casper auseinandersetzen, weil es dieses Machtgehabe nicht mehr gäbe. Und ich hätte nicht das Gefühl, mich ständig als Mann beweisen zu müssen und meine Position zu behaupten. Frauenemanzipation tut allen gut, auch uns Männern.«

»Sag das mal dem Hartenstein!« Schon jetzt spürte Toni, dass sie es im nächsten Semester leichter haben würde. Mit Georg an ihrer Seite konnte ihr nichts mehr passieren. Schnell würde sich ihre Verlobung herumsprechen, dann wäre sie vor Kommentaren und Anzüglichkeiten geschützt.

»Zusammen schaffen wir das«, meinte Georg, als könne er ihre Gedanken lesen. »Wir werden immer mehr, die neu und progressiv denken, die die verkrusteten Strukturen aufbrechen wollen. Es wird Zeit für eine moderne Medizin, vor allem für Frauen und Kinder. Ich halte die Kombination mit Heilkundlerei für äußerst viel versprechend. Und wir …« Er hielt einen Moment inne und schaute Toni direkt in die Augen. »… Wir zwei, du und ich, sind ein Teil davon! Wir sorgen dafür, dass es den Menschen in unserem Land jeden Tag besser geht. Gemeinsam, Seite an Seite.«

»Das wäre zu schön, um wahr zu sein!« Toni lehnte ihren Kopf an seine Schulter, die Hände ineinander verhakt, inniger konnten sie sich nicht spüren an jenem Nachmittag am Flaucher und schmiedeten Pläne.

Liebes Kind,

das Leben ist Veränderung, jedes Mal lernst du dazu.

Ich brauchte die Begegnung mit deinem Vater, um mich zu emanzipieren und zu meiner Kraft zu finden.

Ich brauchte damals die Affäre, um mich als Frau zu fühlen.

Und jetzt ihn, diesen wunderbaren Mann, der einfühlsamer nicht sein könnte und mir meinen größten Wunsch erfüllt hat, mich wieder zur Mutter macht.

Es ist Liebe zwischen uns, ganz sicher. Er will Vater für dich sein, ohne Ansprüche in Erziehungsfragen. Und doch wird er seine Frau nicht verlassen. Es ist ein unausgesprochenes Gesetz, alle wissen darum, alle machen mit – und schweigen. In seinem Amt, in seiner Bürde und Würde als Bürgermeister von München darf er sein Gesicht nicht verlieren. Seine Ehefrau und die drei Töchter auch nicht. Ich sehe dein mitfühlendes Gesicht, ich höre bereits die Vorwürfe von Maria und den anderen Frauen. Mag sein, dass ich egoistisch bin und in dieser Hinsicht mit meinem Verhalten nicht zur Verbesserung der Frauenfrage beitrage. Wir alle sind Menschen, wir sind fehlbar und nur dem lieben Gott Rechenschaft schuldig. Wäre ich ohne Widerspruch, ich wäre eine Heilige – und die bin ich weiß Gott nicht! Mit meinen fast vierzig Jahren fühle ich mich so jung und kraftvoll wie nie zuvor, voller Pläne und Lebenslust. So etwas macht die Liebe, glaube mir. Sie trifft dich in Momenten deines Lebens, in denen du das am wenigsten erwartest. Beim Spaziergang durch den Englischen Garten sitzt du auf einer Bank, träumst. Schaust den Kohlmeisen und Finken zu, lockst das Eichhörnchen an. Zu deinem Schreck bemerkst du den riesigen Vogeldreck auf deiner Spitzenstola, und ehe du dich darüber ekeln kannst, reicht dir eine hilfreiche Hand ein Taschentuch. Führt dich ein paar Meter hinunter zur Isar, um dir beim Auswaschen behilflich zu sein. Wartet Seite an Seite mit dir, bis deine Sachen getrocknet sind.

Darüber kommt ihr ins Gespräch. Du hörst ihm zu, wie er voller Sorge über die politische Situation und die aufgeheizte Stimmung im Reich berichtet. Spürst, wie sehr ihn die Verantwortung für das Wohlergehen der Menschen in seiner Stadt drückt und wie gut es ihm tut, darüber sprechen zu dürfen. Dir, einer Unbekannten, vertraut er Verhandlungsinhalte an, auf deine Gegenfragen hin gelangt er zu einer klugen Entscheidung. Dankbar küsst er dir die Hand. Und fragt nach dir.

Wie es dir geht.

Wirklich geht. Warum deine Augen diesen einsamen Glanz haben. Wonach du dich sehnst. Und endlich, endlich, kannst du alles erzählen, was dir auf der Seele liegt, was dich in deinen schlaflosen Nächten quält. Diese Ungerechtigkeit der Welt. Die gesellschaftlichen Zwänge, denen du dich ausgeliefert fühlst und von denen du gleichzeitig profitierst. So kommt ihr euch näher und näher, zwei Seelenverwandte, in Fesseln und Freiheit vereint. Tag für Tag, über Wochen und Monate hinweg.

Liebe *ist* unvernünftig, nicht planbar. Wenn du sie triffst, ein Geschenk, mein Herzenskind. Glaub mir, für Geschenke dieser Art ist man nie zu alt.

20

Familie für alle

Freiheit und Gerechtigkeit bestehen darin,
den anderen zurückzugeben, was ihnen gehört.

Olympe de Gouges (1748–1793)

Zurück in der Villa konnte Toni es kaum erwarten, Ida und den anderen von ihrer Verlobung zu erzählen. Egal dass diese manchmal so abweisend zu ihr war, egal dass Constanze sich bei Georg einmal Hoffnungen gemacht hatte und Emilia die Sache mit der bürgerlichen Ehe eher skeptisch sehen würde: Toni wünschte sich nichts sehnlicher, als ihr Leben für immer an der Seite von Georg zu verbringen. Die Klarheit im Herzen fühlte sich großartig an und beflügelte sie.

»Ich muss dir unbedingt etwas erzählen!« Mit diesen Worten stürmte sie in den Wintergarten, wo Ida gerade über ihre Stickarbeit gebeugt saß. Eine Babydecke, wie Toni auf den ersten Blick erkannte.

»Lass mich raten, du wirst Frau Doktor Bender!« Schmunzelnd legte Ida Nadel und Garn beiseite, griff nach ihrer Hand und zog sie in ihre Arme. »Herzlichen Glückwunsch, liebe Toni! Ich wusste, dass du dich eines Tages so entscheiden würdest! Ich freue mich von Herzen für dich!«

Toni schluckte. Mit allem hatte sie gerechnet. Dass Ida ihr Verrat an Cillis Lebenswerk vorwerfen würde. Oder dass Georg eine bessere Frau verdient hatte als sie. Aber nicht, dass Ida sie dermaßen zu ihrem Entschluss beglückwünschte.

»Ich freue mich auch so sehr«, murmelte sie an Idas Schulter und tauchte ab in die mütterliche Umarmung, die herzlicher nicht hätte sein können. Endlich hatte Toni wieder Halt, endlich wurde sie wieder bedingungslos geliebt. Es war wie ein bodenloses Fallen, unbeschwert und frei, ein Taumel des Glücks, dem man sich nur in der Gewissheit der vollkommenen Unbeschwertheit hingeben konnte. Wenn man wusste, dass da jemand war, der einen unter allen Umständen verteidigen und retten würde. Lange hatte Toni nicht verstanden, dass es Ida war, die ausgerechnet ihr all diese Gefühle entgegenbrachte. Die Erkenntnis trieb Toni die Tränen in die Augen – und machte sie zugleich froh im Herzen.

»Ich habe mich immer so unerwünscht gefühlt …«, murmelte sie und schmiegte sich in Idas Arme.

»Du täuschst dich, mein Kind. Vom ersten Augenblick an warst du mir so nah wie eine Tochter.« Ida rückte ein Stück von ihr ab. »Deswegen.«

»Deswegen?« Toni verzog ihr Gesicht und verstand nicht, was Ida ihr sagen wollte.

»Du weißt, wie sehr ich unter der Trennung von meiner Tochter leide«, begann diese jetzt zu erzählen. »Und du weißt nicht, wie ähnlich du ihr bist! Deine Augen, deine Haare, deine impulsive und leidenschaftliche Art. Als du damals an jenem verregneten Morgen vor meiner Villa standest, dachte ich, sie wäre es. Du erinnerst mich jeden Tag an sie. Immer wenn ich dich sehe, spüre ich den Verlust …«

»… und deswegen kannst du mich nicht leiden?« Toni schüttelte den Kopf, vielleicht sollte sie zusätzlich noch ein paar

Vorlesungen in Psychologie belegen. Gleichzeitig schien es ihr plausibel. Man hasste immer das, was man am meisten liebte, weil derjenige einem so nah war, dass er die eigene Seele spiegelte. Und das waren nicht immer nur die hellen Seiten, die man in seinem Gegenüber erkannte. Niemand wurde gerne an seine Schatten und Unzulänglichkeiten erinnert.

Es war für Toni nie leicht gewesen, Idas Ablehnung auszuhalten, sie hatte sie in den vergangenen Monaten täglich gespürt. Kleine Gesten waren es gewesen, kritische Blicke und kühle Begegnungen. Toni hatte sie ignoriert. Doch wie sehr hatte sie sich nach Idas Anerkennung gesehnt, wie sehr ihre mütterliche Zuwendung vermisst. Diese Selbstverständlichkeit, mit der kleine Launen und Widrigkeiten hingenommen und entschuldigt wurden. Bedingungslos aufgefangen werden in einem Netz aus Liebe und Geborgenheit. Stattdessen hatte sie Idas kühles Verhalten, so gut es ging, an sich abprallen lassen, was war ihr auch anderes übrig geblieben. Sie war Idas Wohlwollen ausgeliefert und wusste, dass ihr Aufenthalt in München nur begrenzt war. Begrenzt auf das Studium, eine absehbare Zeit, und danach hätte sie für immer der Stadt den Rücken gekehrt. Und jetzt war alles anders. Tonis Verlobung hatte alles verändert.

»Mein liebes Kind, verzeih mir! Es muss furchtbar für dich gewesen sein. Doch die schweren Zeiten sind jetzt endlich vorbei! Lass uns nach vorne schauen. Wenn mich nicht alles täuscht, bricht gerade ein neues Goldenes Zeitalter für uns alle heran. Wie gut, nach all den entbehrungsreichen Jahren, oder?« In Idas Augen blitzten Zuversicht und Unternehmungslust. So kannte Toni sie gar nicht.

»Ich wage es nicht zu träumen«, antwortete Toni und spürte gleichzeitig eine tiefe Kraft in sich. Natürlich würde alles gut werden, die Zeichen standen auf Fortschritt und Sicherheit. Die politischen Krisen schienen überwunden, und langsam kam auch die Wirtschaft wieder in Gang. Sie mussten nur noch diesen Winter überstehen, dann würden sie im neuen Jahr mit Schwung den Wiederaufbau meistern.

»Da gibt es etwas, was du wissen musst.« Plötzlich war Ida wieder ernst geworden. »Eigentlich sollte ich damit warten, bis du dein Studium abgeschlossen hast, damit es nicht wie eine Erpressung klingt. Doch mir scheint die Zeit reif zu sein. *Du* scheinst mir reif zu sein, Verantwortung dafür zu tragen und alles in die richtigen Wege zu leiten.«

Toni schluckte. Gerade eben noch schien alles so leicht. Idas Miene verhieß nichts Gutes.

»Jetzt guck nicht so erschrocken, es ist schon nichts Schlimmes, im Gegenteil.« Ida kramte in der Schublade des Sekretärs nach einer Mappe. Offiziell sah das aus, wie sie nun in den Papieren blätterte. Schließlich zog Ida ein handschriftliches Dokument hervor. »Hier, das ist von Cilli. Für den Fall, dass du in München bleibst, gilt es, Folgendes zu verkünden …«

Toni staunte nicht schlecht über die folgenden Worte und mochte kaum glauben, was sie da hörte: Ihr würde ein beachtlicher Teil von Cillis Vermögen überschrieben für den Fall, dass sie sich entschließen würde, in München eine Frauenarztpraxis zu eröffnen.

»Als ob sie es geahnt hätte, oder? Ich freue mich so für dich, mein Kind!« Ida umarmte Toni aufs Innigste.

»Wenn das mal kein Grund zum Feiern ist«, meinte Maria, die in diesem Moment hinzugekommen war und Idas Worte mit angehört hatte. »Ich habe es vom ersten Augenblick gespürt, dass du eine von uns bist! Meine Cilli hat es längst gewusst. Und glaube mir«, für einen Moment senkte Maria die Stimme, »ganz bestimmt hat sie nicht über den Kopf deiner Mutter hinweg über dich bestimmt. Du bist von allen gesegnet! Weißt du, wie glücklich du dich schätzen kannst?« Sie sagte es mit solch liebevoller

Anteilnahme, dass Toni die Tränen in die Augen schossen. Vor Dankbarkeit. Und Glück.

»Das muss gefeiert werden! Schnell, lauf und sag den anderen Bescheid! Heute Abend geben wir ein Fest. Und natürlich musst du deinen künftigen Bräutigam einladen.« Schon lief Ida in die Küche, um die Vorräte zu inspizieren. Maria schaute ihr amüsiert nach.

»Endlich! Und ich habe schon befürchtet, für immer mit einem Eiszapfen unter einem Dach leben zu müssen. Du bist ein Glücksfall für sie, weißt du das? Für uns alle! Der liebe Gott segne dich.« Sie drückte der verdutzten Toni einen herzhaften Kuss auf den Mund, bevor sie Ida in die Küche folgte.

»Wenn alle das sagen, muss es wohl so sein, was?«, sagte Toni zu sich selbst und konnte immer noch nicht fassen, was alles in den letzten Stunden geschehen war. Normalerweise wäre in solch einem Moment der Kater um ihre Beine gestrichen und hätte mit seinem Schnurren seine Zustimmung bezeugt. Toni hatte den kleinen Kerl seit Tagen nicht mehr zu Gesicht bekommen und befürchtete, ihm sei etwas zugestoßen. Doch sein immer wieder leer gefressener Napf zeugte von seiner Anwesenheit. Wo auch immer er sich gerade aufhalten mochte, am Verhungern war er zumindest nicht. Offensichtlich hatte auch er seinen Weg gefunden und kostete seine Freiheit aus.

So saß Toni nun alleine auf der Bank unter dem Walnussbaum, der immer noch nicht alle seine Blätter abgeworfen hatte. Längst hatten die Stauden ihre üppige Pracht verloren, waren die Blüten der Echinacea und der Sonnenbraut verblüht. Einige Stiele hatte die Gärtnerin bereits sorgsam zurückgeschnitten, die Dahlien ausgegraben und an einigen Stellen Tulpenzwiebeln gesetzt. Vom Kräuterbeet zog ein würziger Geruch in ihre Nase, als wolle ihr Entschluss bekräftigt werden. Ein wohlig leichtes Gefühl hatte in Tonis Herzen Einzug gehalten, durchströmte sie von Kopf bis Fuß, pulste in jedem Zentimeter ihres Körpers. Georg würde staunen, wenn er später von ihrem Erbe erfahren würde! Was war sie gesegnet, was waren sie alle gesegnet! Denn dass Toni ihr Geld und Können fortan für das Gemeinwohl einsetzen würde, stand außer Frage. So viel Gutes hatte sie erfahren dürfen, da wurde es höchste Zeit zurückzugeben, und am besten fing sie sofort damit an.

***

Und es kam alles noch besser. Am Abend stand nicht nur Georg mit einem Strauß Wiesen-Labkraut vor der Villa, sondern zu Tonis Überraschung auch Frau Doktor Heuser.

»Herzlichen Glückwunsch, liebe Toni«, wurde sie von der Ärztin überschwänglich begrüßt. »Hätte ich damals gewusst, dass du es bist, die unserem lieben Georg im Herzen herumspukt …«

»Jetzt verwirr mir Toni nicht«, wurde sie von Georg unsanft zur Seite geschoben, der seiner Künftige zur Begrüßung innig küsste.

»Ich will auch einen! Schließlich bin ich nicht ganz unschuldig daran, dass ihr euch endlich gefunden habt.« Emilia spitzte ihren Mund.

»Du bist die Beste!« Diesmal fühlte es sich nicht befremdlich an, die Freundin zu küssen. Liebe schenken, weitertragen, was ihr alles Gutes beschieden war, genau das war es, was Toni in diesem Moment fühlte. Wen scherten schon Konventionen und Regeln! Hier in der Villa Libertas schon gar nicht. Und Emilia hatte alle Liebe der Welt verdient, sie würde für immer Teil von Tonis Familie sein. Erschrocken hielt Toni in der Umarmung inne. Hatte sie das gerade wirklich gedacht? Ihre Familie lebte auf der Alm, in einer kargen Hütte, löffelte aus Holztellern statt von feinem Porzellan, ihre einzige Aufgabe war das Überleben von Jahreszeit zu Jahreszeit. Familie in den Bergen bedeutete Zusammenhalt und gegenseitiges Absichern. Toni schüttelte sich, pustete die Vergangenheit aus ihrem Kopf. Ihre Familie war jetzt hier. Fühlte sich anders an. Es gab kein Oberhaupt wie ihren Vater, der über alles wachte. Keinen Berg, der ihren Tagesablauf bestimmte. Hier in München kam es auf jeden Einzelnen von ihnen an. Hier bestimmten sie über sich selbst. Bevor Toni weiter über ihre komplizierten Familienverhältnisse im Allgemeinen und im Besonderen nachdenken konnte, wurde sie von Constanze unterbrochen.

»Und was ist mit mir?«, fragte sie mit einem koketten Augenaufschlag. »Gehöre ich etwa nicht dazu?«

»Doch, meine Liebe, gehörst du!« Diesmal war es Ida, die Constanze innig in die Arme zog. »Du bist und bleibst wie eine Tochter für mich. Neben Toni und Emilia natürlich«, beeilte sie sich hinzuzufügen, als diese mit gespieltem Ernst die Augen rollten. »Und Anni, Irmi und Berta gehören natürlich auch dazu, wenn sie mögen«, fügte sie mit einem Lächeln zu den drei anderen Frauen hinzu, die die freudige Nachricht von Tonis Verlobung mit einem Jauchzer aufgenommen hatten und es nicht erwarten konnten, den Bräutigam zu beglückwünschen. Mit Küsschen, natürlich.

»Was macht Frau Heuser hier?«, fragte Toni Georg rundheraus, als er sie zu ihrem Sitzplatz geleitete. »Woher weiß sie von uns?«

»Das ist eine lange Geschichte …«

»Findest du nicht, dass du als mein künftiger Mann sie mir schuldig bist?«, antwortete Toni keck. Sie fühlte sich wohl in ihrer neuen Rolle. Wie gut tat es, kein Blatt vor den Mund nehmen zu müssen! Wie wertvoll war ein Partner wie Georg, der aus seinen Gefühlen kein Geheimnis machte. Aus seiner Vergangenheit erst recht nicht. Denn was er Toni jetzt erzählte, ließ ihr Herz vor Liebe und Mitgefühl überquellen. Hätte sie nur vorher von seiner traurigen Geschichte gewusst, sie hätte verstanden. Seine plötzliche Abwesenheit, seine sorgenvolle Miene. Vor allem sein Engagement im Waisenhaus, von dem Ida immer wieder berichtet hatte. Die ganze Zeit über hatte sie sich darüber gewundert, warum er lieber als Kinderarzt praktizierte, wo er doch über so viel Wissen und Kompetenz in der Frauenheilkunde verfügte. Jetzt fügten sich wie von selbst Fragen und Antworten zusammen, ergab alles einen Sinn. Auch, dass Ida ihm vorübergehend Constanze zur Unterstützung an die Seite gestellt hatte, schien ihr nur konsequent. Und Frau Doktor Heusers Anwesenheit erklärte sich damit, dass Georg der Ziehsohn ihres Bruders war.

»Hätte ich damals schon gewusst, dass du es bist«, rief sie abermals und umarmte Toni herzlich, »dann hätte ich mir ein paar sorgenvolle Nächte ersparen können. Schon lange nämlich möchte ich meine Praxis in jüngere Hände geben … und wünsche mir eine weibliche Nachfolgerin. Willst du?«

»Was? Ich?« Ungläubig schaute Toni zwischen Frau Heuser, Georg und Ida hin und her.

»Jetzt sag schon Ja!« Emilia stupste sie in die Seite. »Davon hast du doch immer geträumt! Beständigkeit ist das Geheimnis des Erfolgs. Und wenn es eine verdient hat, dann du! Das wird famos!« Sie hob ihr Glas und prostete Toni zu. »Wir werden es der Welt zeigen, warte nur ab! Ich werde dein Tun mit allen rechtlichen Mitteln zu verteidigen wissen! Du kannst dich ganz bestimmt auf mich verlassen.«

Kneif mich mal, hätte Toni am liebsten zu Georg gesagt, der neben ihr saß und ebenso stumm vor Glück von seinem Teller aufschaute, direkt in ihre Augen. Stattdessen nickte Toni, wusste nicht, was sie sagen sollte. Was gab es auch hinzuzufügen, wenn das Herzensbedürfnis in Erfüllung gegangen war? Glücklich lehnte Toni ihren Kopf an Georgs Schulter und träumte mit offenen Augen vor sich hin. Ab heute gab es nur noch eine Richtung. Und die ging nach vorne.

Mit einem Lächeln im Gesicht saß sie da, merkte nicht, wie es langsam kühler wurde und in der Villa die Kerzen leuchteten. Toni war in ihrer eigenen Welt, abgetaucht in einen wohligen Taumel zwischen Glück und Zukunftsplänen. Denn für Zweifel war ab sofort kein Platz mehr in ihrem Leben.

Mein Herzenskind,

so lange habe ich dir nun nicht geschrieben, so viel ist passiert. Doch wie heißt es: Keine Nachrichten sind gute Nachrichten! Zeit für einen abschließenden Bericht, damit du weißt, dass es uns wirklich allen gut geht. Aufregende Zeiten liegen hinter uns, goldene vor uns. Diese Woche findet nach acht Jahren endlich wieder das Oktoberfest statt – sehr zur Freude von Maria! Die Menschen sehnen sich nach Frohsinn, sie wollen feiern und tanzen, und so strömen sie von überall her auf die Wiesn zu uns nach München. Fein gemacht in Anzug und Kostüm, wollen sie Karussell fahren, den Tierdressuren und Zaubertheatern beiwohnen, den Schaubuden einen Besuch abstatten.

Diesmal werde ich auch dabei sein, stolz mit dem Kinderwagen mein Glück der Welt präsentieren. Es war keine leichte Geburt, aber dank Tonis umsichtigem Handeln kam nach etlichen Stunden ein gesunder Junge zur Welt. Dein Bruder! Constanze ist ihm ein wunderbares Kindermädchen und mein Bürgermeister ein großartiger Vater. Er hat tatsächlich sein Versprechen wahr gemacht und unterstützt mich, wo er kann. Es scheint, als genieße er sein Doppelleben als glücklicher Familienvater jenseits der politischen Zwänge.

Auch Toni und Georg leben glücklich zusammen. Noch haben sie nicht geheiratet, aber Frau Doktor Heuser lässt die beiden bei sich wohnen. Der mittlerweile promovierte Herr Doktor kann jetzt ohne Probleme seinen Beruf ausüben und zudem gemeinsam mit Toni ihr lang gehegtes Vorhaben umsetzen und endlich eine Sexualberatungsstelle organisieren. *Frauenarztpraxis*

Gruber/Bender steht auf dem Schild, von Efeu umrankt und trotzdem gut lesbar. Als Klara davon hörte, hat sie sofort vom Waisenhaus zu den beiden in die Praxis gewechselt. Seitdem organisiert sie die Sprechstunden und kümmert sich rührend um die Patientinnen. Dank Toni kennt sich Klara bald ebenso gut mit Kräuterheilkunde aus wie sie, gemeinsam bewirtschaften sie hinter ihrem Haus einen noch größeren Kräutergarten. Die Beete in der Villa Libertas pflegt Toni jedoch nach wie vor. Zu ihrer Freude hat sich das Katerchen dafür entschieden, ihr weiterhin als Glückskater zur Seite zu stehen. Und mir fehlt er hier, der kleine Kerl! Jetzt sitzt er auf dem Mäuerchen vor der gelben Villa und bewacht den Eingang, wenn junge, alte, schwangere, verzweifelte, glücklich lachende Frauen die Klingel auf dem Messingschild drücken …

Emilia dagegen lebt tatsächlich weiterhin bei mir in der Villa und verwaltet gemeinsam mit Maria nicht nur Cillis Erbe, sondern kämpft auch Seite an Seite mit den Damen vom Frauenverein. Es gibt noch so viel zu tun … Sie ist Tonis liebste Freundin, engste Beraterin und Vertraute und unterstützt sie in rechtsmedizinischen Angelegenheiten, wo sie nur kann. Nicht alle sind der angehenden Ärztin gewogen, es gibt durchaus Stimmen, die ihr den Doktortitel absprechen wollen, bevor sie ihn überhaupt hat.

Du siehst, wir halten zusammen wie eine Familie! Gleich werden wir uns auf dem Oktoberfest im Festzelt treffen und auf das Leben anstoßen. Auf die Zukunft. Auf uns! Denn wenn Emilia recht behält, werde ich dich zu Weihnachten endlich wieder in meine Arme schließen dürfen …